悄吟文丛

古粕 主编

第三辑

斤小米

著

尘光之上

中国言实出版社

图书在版编目（CIP）数据

尘光之上 / 斤小米著. -- 北京：中国言实出版社，
2024.1

（悄吟文丛 / 古耜主编. 第三辑）

ISBN 978-7-5171-4745-9

Ⅰ.①尘… Ⅱ.①斤… Ⅲ.①散文集－中国－当代

Ⅳ.①I267

中国国家版本馆CIP数据核字（2024）第018518号

尘光之上

责任编辑：张国旗
责任校对：宫媛媛

出版发行：中国言实出版社

地　　址：北京市朝阳区北苑路180号加利大厦5号楼105室
邮　　编：100101
编辑部：北京市海淀区花园路6号院B座6层
邮　　编：100088
电　　话：010-64924853（总编室）　010-64924716（发行部）
网　　址：www.zgyscbs.cn　　电子邮箱：zgyscbs@263.net

经　　销：新华书店
印　　刷：徐州绪权印刷有限公司
版　　次：2024年2月第1版　　2024年2月第1次印刷
规　　格：787毫米×1092毫米　　1/32　　10.25印张
字　　数：180千字

定　　价：59.80元
书　　号：ISBN 978-7-5171-4745-9

女性散文何以风光无限

古　耜

在中国古代，知识女性撰写锦绣文章虽系凤毛麟角，但属确切存在，易安居士和她的《金石录·后序》便是这方面的标本和佐证。不过作为一种创作现象或文学品类，女性散文终究是五四新文化运动推动妇女解放的产物，冰心、庐隐、丁玲、林徽因等才是其发轫与前驱，而女性散文真正的强势崛起和蔚为大观，则是从新时期到新世纪伟大时代的馈赠。

近半个世纪以来，在思想解放和改革开放历史大潮的强力推动下，从五四新文化现场一路走来的现代女性散文，越发显示出生机勃勃、阔步前行的态势：几代女作家进一步冲破陈旧观念的束缚和保守势力的阻滞，以崭新的精神风貌、饱满的生活热情和旺盛的创作精力，投身于变动不居而又生机盎然的生活现场，既积极参与公共空间的世相书写与问题探讨，又潜心关注女性自身的发展、提升与进步，从而不断捧出流光溢彩、质文兼备的散文佳作；一大批女性散文家正是在这种有内涵、有难度、有追求的创作实践中砥砺前行，逐渐登上一个时代的散文标高；而整个女性散文创作亦凭借持久的不间断的繁荣红火，成为当今时代散文现场勃发向上的重要一翼。恩格斯说："在任何社会中，妇女解放的程度是衡量普遍解放的天然尺度。"而女性散文的蓬勃发展正是女性解放的卓然呈现，透过它，可以看到国家的昌盛、社会的进步和民族的振兴。

女性散文何以风光无限，其中的原因应该有以下几个方面：

第一，新时期以来的女性散文创作，蕴含一种多方探索，跃动不羁的内在活力。曾有如是说法：在新时期的文学领域，小说、诗歌、戏剧乃至文学评论，都经历了强劲大胆的文体变革，唯有散文安步当车，依然故我，给人以陈旧保守的感觉。这样的说法是否符合散文的实际尚待讨论，但如果拿它来评价女性散文，则明显是圆凿方枘，失之偏颇。

事实上，女性散文并不缺少试验和探索。二十世纪八九十年代之交，"小女人散文"不胫而走，风行一时。其中掺杂的琐碎、无聊和自恋固然需要摒弃，但它对世俗场景的关注，对笔调的经营和细节的把握，以及由此酿成的较强的文本可读性，还是给散文创作以有益的启示。稍后，一种直接以"女性散文"为标识的创作群体亮相文坛。叶梦的《羞女山》、王英琦的《女性的天空是高远的》、韩小蕙的《女人不会哭》、张爱华的《关于爱情：往错了说》、斯妤的《也是叹息》、匡文立的《历史与女人》、唐敏的《女孩子的花》等一批作品，勾勒了这一群体的早期阵容。毋庸讳言，这些作品或多或少带有西方"女权主义"的影子，但更多的还是连接着中国女性实际的生命体验和观念认知，是基于自我感受的艺术表达，唯其如此，它们对于强化散文创作的女性意识，推动女性散文向纵深化和个性化发展自有重要意义。接下来，"新潮散文"和"新散文"交叉或次第登场，其中一批才华横溢的女性散文家，如周晓枫、格致、冯秋子、张立勤、陈染、塞壬、洁尘、杜丽等，以特立独行，高蹈脱俗的创作吸引着文坛的目光，其新颖的散文理念，个性化、陌生化的叙事风格，还有在语言修辞层面的苦心孤诣，剑出偏锋，均为女性散文的柳暗花明、推陈出新提供了有力借鉴，进而成为女性散文创新发展的重要资源和不竭动力。

　　第二，历史语境的转换和社会氛围的变化，为女性散文的繁荣发展提供了特殊机遇。无论古代还是现代，个体人生的日常生活都是丰富和重要的，然而由于文化传统、历史条件和社会心理的复杂互动，在较长一段时间里，人们的日常生活并没有得到文学书写的青睐，相反常常被忽略或遗忘。新时期以降，随着社会主义市场经济的兴起和人的主体意识的确立，以及商品和消费理念的传播，日常生活开始越来越多地进入人们的视野，并迅速成为文学的主要表现对象。在这一过程中，日常生活不再单单是一种题材或景观，同时还是一种不可缺席的审美要素——即使是篇幅宏大的历史或地理散文，日常生活亦常常是一种基因性底色性的存在。也正是在这一过程中，女作家的特长和优势得以充分展现：约定俗成的社会伦理和家庭分工，决定了她们相对疏离公众诉求与商场奋斗，而更多同衣食住行、儿女情长缠绕厮磨；长期的家庭责任和亲情输出又让她们对日常生活拥有更多形而下的理解与把握；加之有现代女性的思想和知识就中加持，这使得她们笔下的日常生活不但栩栩如生，活力沛然，而且时常发人深思，耐人寻味。近年来很是活跃的女性散文家，如苏沧桑、陈蔚文、李娟、阿微木依萝、钱红莉、王芸、指尖等，虽然创作题材与艺术风格均有较大的差异，但其中异曲同工、美美与共的一点，便是对日常生活的准确把握和生动描摹。而正是这种对日常生活的成功再现，给当下的女性散文增添了别一种精彩和魅力。

　　第三，在散文和女性之间存在一种微妙而稳定的对话与契合关系。曾有研究者认为：散文是一种更接近女性的文体。这话初听会觉得笼统和偏颇，但细想又不无道理。如所周知，散文属于文学中的"自叙事"，它通常需要作家更多调动主体的才华和手段，以构建属于"我"的精神天地与情感世界。而在"表现自我"的维度上，女作家显然更得缪斯的神髓与钟爱。你看：抒情是散文重要而得力的表现手段，网络背景下，一些沉溺于匆忙叙事的男性作家不同程度地舍弃了它，而在阿舍、安然、许冬林的笔下，一种源于女性生命深处的汩汩深情，或与岁月同行，或请山川相伴，或携诗境共生，则是一派流光溢彩，沁人心脾，显示出"情为何物"的力量。自视与内倾是五四时期女性散文常见的言说特征，这一特征在当今女作家中不仅得以延续，而且获得新生。不是吗？同样的绵绵絮语和娓娓道来，以往主要是精神沉吟，心灵独白，如今则更多引入日月消长、万物更迭，将其化作人在天地间的哲思和同一切生命的对话，张映姝、祁云枝、朱朝敏、项丽敏等女作家的生态书写，可谓这方面的生动展现。尤其值得关注的是，一批女作家如李舫、何向阳、艾平、王雪茜、林渊液等，大抵从弗吉尼亚·伍尔夫的创作理论得到启发，在坚持女性散文基本特征的基础上，开始进行积极的吸收与拓展，如大胆突破约定俗成的题材限制，合理强化作品的理性元素和文化内涵，不断尝试多见于男性作家的技巧手法乃至风格营造等，所有这些都有效地强化了女性散文的表现力、感染力和影响力，同时也为散文的整体发展提供了启迪与借鉴。

正是基于以上事实，窃以为，当下文坛应当对女性散文多一些关注、研究和推动。也正是沿着这一思路，笔者在中国言实出版社的鼎力支持下，选编了旨在展示当下女性散文创作成就的"悄吟文丛"，并于2017和2021年先后出版了该文丛的第一、二辑，每一辑均包括十位女作家的潜心创作。现在该文丛的第三辑翩然问世，再次推出十位女作家，她们是朝颜、阿微木依萝、黄璨、宁雨、罗张琴、蔡瑛、蒝茵、张映姝、斤小米、张金凤。我热切希望读者能喜欢这些作家和作品，同时通过"悄吟文丛"，感受到中国女性散文的风采以及她们欣然前行的跫音。

（作者系著名文学评论家、作家）

消弥于性别边界的生命书写

谢宗玉

当我们谈起一个作家及其作品，总难以避免地会联系到作家的性别，因此，也难以冲破因性别而生评价的樊篱：男作家更倾向于关注社会人生，而女作家则更容易伤春悲秋；男作家更粗砺广阔大步流星，而女作家则更偏向于细腻温婉儿女情长。人们认为，女性的特点注定了她们会更擅长于写婚恋情感之类，或者会更关注女性权利的争取。性别的烙印一旦打下，就有了噱头，有了看点。

这本无所谓好坏，都是个人选择，这样的选择，自然也有其深厚的社会历史渊源。从东方的李清照、张爱玲到西方的勃朗特姐妹，都是女性写作的佼佼者。然而，既受性别束缚，又不甘于此的女性作家，则兼具女性的细腻敏锐与"社会人"的责任担当，能从社会层次、时间碎片、人性幽暗、细密的生活里隐藏的密码中，发现更宏阔的写作题材，并投身其中潜心创作。于是，性别的樊篱被打破，作品本身成为读者最关注的对象。无论是苏珊·桑塔格，辛波斯卡，还是 S. A. 阿列克谢耶维奇或安妮·埃尔诺，她们都在做这样的尝试，并且成功地做到了：人们不再关注她们作品中的女性视角，而是关注那些更吸引人的东西，无论是在琐碎的日常中发现生活的真相，将深邃的思考与洞透的智慧蕴藏在普通的时刻，还是怀着悲悯之心关怀人类的命运，勇敢揭露不为人知的罪恶，怀着一颗善良之心去发掘人性的真善美。

斤小米的写作，或者是出于自觉，或者是出于学养，从一开始就消弥了性别的边界，摒弃了绚丽的装饰性词语，将"真"捧于读者眼前。我不能说她有意向那些世界级的女性作家看齐，但她的写作格局确实令人在深入读她的作品时，被她巧用的心思、娴熟的技巧、深刻的思考、深沉的忧虑吸引，不断发现新的东西，然后掩卷沉思，余音未已，忍不住回头再看，对那些看似写平常生活，写亲人朋友的文章重新审视，重新定义，发现文字底下藏着的更多意犹未尽的东西。

在斤小米笔下，每一个普通人，都是一颗尘，尘埃的一生，无非是飞扬，落定，他们所经历的时间也无非是漫长历史的一瞬。但尘土亦可有光，那是属于个体的价值。谁的一生不经历挣扎、孤独？谁不曾遍尝欢喜、忧愁？这一切，恰恰是生命存在的意义，是比微尘之光更珍贵的东西。

《尘光之上》一书，沿袭了斤小米散文叙写广阔大地上普通人物命运的特点，但在关注点的集中性上又有所突破。"暮色"系列三篇，关注中老年个体，在经过漫长且艰难的一生之后，上一辈的亲人早已逝去，下一辈的儿女则各奔他方，他们如何面对不知不觉中漫卷而至的寂静、孤独和无助？如何在最后的时光里进行自我救赎，寻找到一点继续活下去的依据？在寂寥的乡土上，那些外出打工的农民工们，如何面对破损不堪的婚姻，在渴求爱的余生里，又如何与自己的欲望讲和？乡村与城市，地域上固然有区别，人性的底层逻辑却基本相同，见微知著，斤小米用她敏锐的眼光，从这些平凡甚至卑微的人身上找到了答案，他们或觅爱，或在爱好中消磨光阴，或携手，或沉思。她笔下的那些人物，何尝不是千千万万个同时代正在老去的个体，又何尝不是未来的我们自己。

"尘光"系列表现父亲与土地，与老妻，与金钱之间的矛盾纠缠，受到各种考验的人性中，小小的狡黠，暗色的执着，都被她刻画得真实近于残酷。至于祖父八十九岁时为爱情的一次抗争，那些死去的亲人们生前的种种温情与不堪，也都一一以动态的画面呈现。古人为文，讲究为尊者讳，隐恶扬善，扬善便显得有些刻意，而斤小米以近乎凛冽的笔调写下最尊敬的亲人，恰是这种"真"，使那些如"尘"一般的人们的"光"是那样自然，温暖而动人：父亲在打了老妻之后终究心疼不舍，想用土地要挟创业的年轻人却还是更在意土地的未来，逼着骗子还钱，又不忍心真将人置于绝境；祖父年近九十都还想着要找个爱人，躺在棺材里感受死亡滋味，糊涂后的最后岁月凄惨得令人不忍心卒读，老而不死则辱，发人深省；家乡高高的山岗上埋葬下一个个亲人，他们代表的恰是那些在别人眼里毫无价值的岁月，但他们的一生，何尝不各有自己的光芒——每一个曾经热气腾腾的生命都值得被记住。

一生中经历的种种，皆因动念，皆因欲望。从爱人，到亲人，人们执着于眼下的迷障，也甘心沉醉于这迷障，可谓烟熏火烤，纵情恣意，方不悔一生。斤小米是写这些迷障的高手，在她的笔下，你很难看到所谓的"性空""离俗"，相反，万丈红尘，热闹俗世，正是人们活着的理由，也是每一个生命的价值。爱人背叛之痛，会被衰老的恐惧掩盖，食欲色欲之强，亦会被埋骨何方的追问淡化，爱与恶本没有边界，一念起落，便有生者死，死者生，再渺小的生命，也有自己的轰轰烈烈，有属于自己的光。"念动"系列，让每一个人在相近的故事里审视自己的生活，陷入深沉的反思，如同被重锤捶中胸口，声音钝感沉闷而长久有力。

整本书就像一组乐章，到最后，激越的鼓点渐趋平静，"风流"一节，在时间的洄流里，季节的馈赠中，乡思的味蕾上，尘光被一次次搅乱，又慢慢恢复安宁。写作者斤小米以往人生所历之种种，最后归于大自然季节轮回和乡土的声声呼唤，这无一不是对自《诗经》以降中国文学秉持的现实传统的继承，这些文字从沉重的思考走向轻灵的转叙，"若轻云之蔽月，如流风之回雪"，质朴而空灵，技巧与内容巧妙重叠，尘光落定处，余韵悠长，给整本集子一缕绕梁尾音，甚是巧妙。

在这本书中，我们与她一起，经历长长的一生，在她所造下的镜中窥视自己，我们看到，每一颗尘都有它的光，自有它的归处。

（作者系著名作家，湖南省作协副主席）

目录

暮色

尘光

念动

风流

暮

色

暮色苍茫

大旱之年

这一场大旱，说起来真的如同一场幻梦——老家的房子、亭子、沟港、稻田、竹林以及偶然响起的微末风声，紫藤萝瀑布浮动于阳光下的、几近颓败的影子，结成板的花围子里的潮泥，从地里冒出的、像烧焦了又分明只是燥热的气息——都显出一种只有梦里才有的颜色，像黑白闪烁的电影胶片，又像左一块右一块的补丁，给白得晃眼的日光做着解释：嗯，雨要来了，雨会来的。

整整三个月过去，雨在人们日复一日的等待中，始终不肯露面。

抗旱。黄昏时候，暮色的绸布轻轻地盖在离家门不远的大堤上，家公挑起一担枣红色的塑料桶，拿着一把长瓢，要去给菜地浇水。他说，辣椒，茄子，苦瓜，豆荚，这些都没救了，橘子树也只能听之任之，即使像火烧过也无能为力了，入秋的白菜总要挽救些的。他刚起身，又默然放下。他的腿因严重的静脉曲张，只能弯曲着，很夸张地一高一低，根本无法正常行走，更别说浇菜地了，最重要的是，他重新认清了一个事实，菜园里那两个池塘已经干涸，池底的淤泥裂开几厘米宽的缝，像大地张开的唇，向天空要水喝，平日里夏天长得极碧的荷，一茎都没有，全死了，他从哪里舀水去浇菜呢？眼见着是没有菜吃了，家公的眼里，掠过哀伤与绝望。

活到八十岁，头一次看到这两口塘干成这个样子，真是老天爷不给活路啊！他只能放好桶，坐在禾场里，半似自语半似哀号。过了半晌，叫道，拿我的纸烟来。

他自己种的烟叶，抽起来烟味呛鼻，我们怎么阻止都无济于事，他说，这样抽烟，过瘾，也放心。他把白纸精心裁成小方块，拇指、食指和中指撮起一小把干烟丝放在白纸中央，慢慢地紧紧卷动，最后吐了一小口唾沫粘住尖尖，再捏紧前端，折好，一根纸烟形成了。他从裤袋里摸出一盒双喜牌火柴，抽出一根，在盒子侧面一刮，火苗蹿起来，烟点燃了，空气中弥漫着硝和烟草混合的味道，与干燥、炎热的气息纠缠在一起，令人嘴角陡然有种要起泡的感觉。

每年初秋，这片土地必定有旱情，他早已熟知一切，并与之讲和。年轻时，他特别倔强，对于河边小土包上的那片黄土地里的出产，志在必得，毕竟，那是一家人的生计。夕阳西下时，他总会拖上他尚年幼的儿子，给土地解渴，他从河里一担一担地挑水，肩膀被扁担压下去，他似乎毫无知觉，面对土地，他有用不完的力气。儿子拿着比自己高得多的水瓢一棵一棵白菜地浇水，满头大汗，力不从心，从落霞满天河流闪闪，到月亮东升星辰寥落。

但从没有一年像今年这样，从六月开始就每天白太阳挂着，持续炙烤，屋后的水渠春天蓄积的雨水，从满满一沟，到见了底，家公每天观察，隔几天就给我打电话，说，不得了呢，老天爷要收人，一点没有要来水的意思。他的恐慌和焦虑，通过无线电波传达到我们的神经末梢，使我们跟着他一起患得患失、忧国忧民。儿时他是孩子们的依靠，如今他只能依靠我们。我安慰他，不着急，粮食和蔬菜都可以去买，今时不比往日，有钱什么问题都可以解决。雨总会下，儿女们大了，能保证父母具有足够对抗干旱的能力，在乡下，我唯一关心的是日常用水和吃饭问题，在电话里，我只有一句：井里还有水不？我家在洞庭湖腹地最低处，再往下打井，湖里的水位不到底，井里总有水。只要井里有水，人就能好好活着，我们便不用太担心。

这不是有没有东西吃、有没有钱用、井里有没有水的问题，老天爷不下雨，田里地里像火燎过，这怎么得了嘛？你们赶紧回家一趟，前几天晚上坝角的泥鳅王李矮子来家里池塘翻鳝鱼，半条都没翻到，塘里几尺泥都是半干的！你再不回家，泥都要全干了！

可是爸爸，城里一样大旱，我们也是三个多月没见到雨水了，用的都是自来水，每用一次都深感不安，总觉得每一滴倒进下水道的水都会汇成我的罪过，太阳晒着柏油马路、水泥钢筋的建筑，行道树一见太阳就无精打采，我们也只能成天躲在空调房里，还得拉上窗帘，像阴在洞穴里的蚂蚁。我们纵然回家，也没办法让雨从天而降呀，能怎么办？

但我们不敢违拗他，这个倔强的老头。由于忙碌，我们已经超过三个月没有回家，再不回去，实在说不过去。几年前我们将老家的房子翻修一新，特意在东面留了一个观景平顶，并辟开竹林，建了个木制凉亭。对于儿女们而言，舒适幽雅的环境是让父母安度晚年的基本保障，这样我们即使长久无法回家也能安心。但家公并不买账，他嫌夏天平顶没有遮挡，太热，而凉亭并不能遮风挡雨，不实用，就把杂物堆放在平顶上，把一些系东西的布条之类挂在凉亭里，风一吹随风飘荡，徒添荒凉。对于他而言，我们回家，才是唯一能缓解各种焦虑的灵丹妙药。

一路向北，从城市驶向农村。初秋了，大地一片微黄，因为缺水，少了润泽之意。穿过草木疯长及腰的乡间小道，穿过几乎只剩老人与鸡犬的村庄，回到老家，回到家公家婆身边。我看到屋后的沟渠里分明有水，虽然浑浊，漂着断枝落叶，但终究打湿了干涸已久的眼睛。家公说水是从湖里引过来的，这片平原沟港湖汊之间相通，从洞庭湖源源不断地往港里灌水，田地即使在大旱之年也能欣欣向荣，但洞庭湖的水如果干了呢？

不能说这是杞人忧天，事实上洞庭湖的水量正在快速缩小，按这样的速度，如果连续干旱几年，干涸也不是不可能。可这都是老天爷的事，谁管得着呢？

在裂开口子的池塘边，我站立良久，眉头紧皱，一筹莫展。家公的心却似乎安定了些，一高一低地摇晃着身子去开电机从井里抽水。我们回来了，用水量增大，他得保证水塔里有满满一塔水。不一会儿，电机发出奇怪的声音，冒出一股青烟。家公朗声叫道，不得了，电机烧了，应该是井里也没水了，赶紧去摇一下井，看摇得上水不？

我将一大瓢水灌进摇水桶里，捂住出口，咬着牙，使尽浑身力气，一下一下摇着，但把手很轻，水流下去，摇上来时变少了，引不出水来，活塞完全没有吸力，十几分钟过去，一滴水也没有摇上来。这正昭显着一个事实：真正的断水开始了。

只要我们迟回一天，他们便将在没有水的恐慌中凄惶地捱过分分秒秒。这是一个偏远的小村庄，一辈子都没有走出去过的家公，有什么办法来解决断水的问题呢？其实在此之前我们已经多次要求装自来水，但他坚持不肯，他觉得这完全是一种浪费，自己家有井，从未断过水，装自来水又要花费不少钱，又重复建设，完全没必要，再说，他有一个奇怪的理论：装了自来水就不会懂得水的珍贵了。而此时，家家户户都有自来水的情况下，生活于村庄一隅的家公，感受到了前所未有的无力，他终于不再坚持，说，明天就装吧。

但装自来水在地广人稀的乡村并不是一件容易的事，要从别家接过自来水管，在田埂上延伸几百米，跨过一条很宽的沟渠，才能达到我家。自来水管虽不重，却需人手接应，村子里人本就少，第二天我们又必须回城里上班，这可难倒了家公。他不是第一次感受到身处这片生养死葬之地的孤立无援了，也许这也正是他拒绝安装水管的真正原因——只有在此时，他才更为真切地感受到老去的无力和被遗弃的悲凉。

但问题总会得到解决，我们还在返城的车上，就接到了家公的电话：多出了两个人的工钱，安装公司从镇子里多叫了两个年轻人，一个在沟这边，一个在沟那边，一边打了个桩，管子接过来，还弄了个大管子架起来套着，可确保无虞。

家里来水了，大旱的恐慌被缓冲了一下，随着不久后的一场雨，消散了，家公却多了一桩心事——时不时要去摇一摇井水，直到第二年春天雨季正式来临，井水从摇水口溢出来，他果断关了自来水，重新买好电机，再次用起了井水。那一刻，他的眉头才真正舒展开来。

乡村医生

正月初四，婆婆痛苦的呻吟声穿墙而来，惊醒了我。蒙眬中睁开眼，见晨色正静静漫过额头。四周寂静一片，一切都在沉睡之中，寒气一丝丝从窗户缝隙里渗进来，我甚至能一口吸进白霜的冰屑。看一眼手表，四点半。

婆婆一声长一声短地哼，哎哟，哎哟，前世没做好事，这一世来受罪哟，各骨头里起火了，烧得我疼呀。她哼几声停几声，不多久又哼几声，她以为隔着一堵厚厚的墙，只要压低声音就不会吵醒我们。

每听她哼一声，我的心就紧一下，紧得发疼，但是，面对她积年老病类风湿引发的疼痛，我们实在无能为力。因为关节发炎，她双手的腕部和肘部的骨头几乎长到了一块儿，不能弯曲，两条手臂肿得像两根巨大的萝卜，行动起来十分困难。即便如此，她也不肯随我们去大城市就医，一是不放心独自在家生活的家公；二是车子的长途颠簸使她的胃翻江倒海，晕一次车的痛苦抵得她大半年的骨头发热发疼。她宁愿到处寻访各种民间偏方，吃各种奇奇怪怪的药丸，疼得厉害时就叫乡下的医生来打封闭针，开点止痛片，就这样年复一年地熬着。婆婆习惯了疼痛，我们也习惯了她的呻吟，所有人都为她的疼痛难过，所有人也都只能视而不见。

直到六点多，鸡叫声此起彼伏，我才披衣起床，开门到床边看她，只见她正在穿外套，一只手已经穿好，另一只手费尽力气也伸不进袖子里，我忙过去帮她扯住袖口，慢慢地将衣襟往上捋。她哼着说，唉，谢谢你呢，我的崽呀，这件衣服我穿了两个小时了，穿出一身汗，你去帮我拧块热毛巾来擦一下背和脸，谢谢你啊。

无论我帮她做了什么，她都一定会说"谢谢"，她总是忙着跟许多人说"谢谢"，如她的儿女、丈夫、邻居，当然，还有一切对她有些微帮助的陌生人。她太需要帮助了，于别人而言举手之劳的事对她而言却是"挽大厦于将倾"，且她深知任何一个人的帮助都并非理所应当。好几次，她在几百米外的邻居家打牌，突然就倒在地上不省人事，邻居大嫂也年近六旬，却以一己之力及时抢救，其他几位老姊妹七手八脚将她抬到床上，她这才抢回一条命来，醒来后除了跟这些老朋友说"谢谢"，还能做什么呢？

帮她擦背时，我第一次正视她的身体，一具生了四个孩子，正在垂垂老去的母亲的身体。那些肌肤尽管被时光夺走了水分，失去了弹性，但白皙细腻，极少斑点瑕疵，仍留有盛年时美丽过的痕迹。婆婆一向自尊好强，极爱惜这具皮囊，绝没有想过老了后要将它交付给不可知的双手。

谢谢我的芳儿，我有老人气了，怕你嫌弃。婆婆带着拖长的哼音说，语气中满是羞愧，说完她扶着床摸索着穿好鞋子，去上厕所。见她行动尚可，估计跟无数个相同的疼痛着的日夜一样，只要活动起来，就没什么大问题了，正月里，儿女们正好在家团聚，家里热闹，大约她心情也能好些。我便放了心，趁天还没大亮，又冷，想钻进被窝里再睡一会儿。

刚进房，只听得厕所里"砰"的一声巨响，跑过去一看，婆婆倒在地上，头部搁在洗脚的木桶边，旁边一堆呕吐物。跑过去扶，一股恶臭熏得我几乎发晕。带着惭愧的语气，她气息微弱地提醒我，"芳儿，我实在没来得及，屎尿屙在裤裆里了呢！"她一生十分爱洁净，拖着脚都要把家里收拾得干干净净，如何能承受这病体给她带来的羞辱！

我一个人扶不起，只好叫来她的儿女们。这病体虚弱的母亲，令每一个人心疼，这臭气熏天的母亲，却令每一个人都不由自主地皱起了眉头。我常常设想老去的情景，此时才知道，衰老和疾病使这具肉身逐渐丧失处于人世的尊严，也许这才是人们惧怕衰老的真相吧。皮肤的水分流失、美貌不再不可怕，记忆衰退、不再博学多知不可怕，反应迟钝、行动迟缓不可怕，可怕的是这具躯体不再受大脑的支配，时不时地摧毁我们前生的建设，使它变得衰朽、可疑、丑陋、腐臭，令人厌恶，令即使再爱的人也望而却步。

天气寒冷，婆婆的四肢因类风湿本就僵硬，此时更冷了，两个女儿就地帮母亲换裤子，费了九牛二虎之力才弄好。两个儿子将母亲抬到沙发上，对于母亲的病情却束手无策，正月初四，人人都在老家团聚，此地又偏僻，去县医院要好几个小时，即使到镇医院也要近一个小时，抬上抬下，也够折腾，只怕还不到医院人就没了。大家一筹莫展，婆婆边哼边断断续续吩咐我们，去，快去，把马医生请来，我只服马医生的药，叫马医生打一针就好了。

这个"马医生"，我们常听婆婆在电话中说起，但从未见过。他是个驻村医生，上门服务，随叫随到，比儿女们管用，婆婆每每说起他，不是"马医生很厉害的呢，我感冒很严重，叫他来家里打一吊针，人立马就精神了"，就是"马医生给我开了药，身上没那么疼了"，有时还会拍一下坐在家里沙发上打吊瓶的视频，说，"小病有马医生在，儿女们在外面可以安心工作"。"马医生"陪伴看望婆婆的时间远远多于我们，虽然这里面有金钱的因素，但婆婆说，没有他，我有钱也没办法第一时间得到帮助啊。

对于乡村医生，我心里总有些疑虑和轻视，身处大城市的人总有身份的优越感，想当然地觉得小地方的自然要差些，在这样的世风之下，但凡有一身本领的医生，怎么可能甘心待在乡下给老弱治小病。我甚至怀疑他没有行医执照，是野鸡医生，但在父母亲最无助无力时，他总能及时出现迅速帮忙解决问题，大概也不是什么坏人，也就只能听任他们对他的信任了。这次正好在家，会会这医生，看看他的本领，也好。只是，毕竟还是初四，他在不在村医院还不一定呢。

婆婆赶紧提供号码，打过去，一个瓮瓮的男声，说，初二就到院部了，不过天冷路不好走，又远，要不我开点药，你们来拿吧，她老人家的病我了解，吃点药保住几天不疼不晕应该没问题。婆婆一听，急了，喂，马医生呀，我只怕会死呢，要麻烦你走一趟啊，这次屎尿又屙在裤裆里了，我儿子有车，我让他接送您。她声音依旧微如游丝，但语气却坚如磐石。马医生犹豫了几秒，仿佛是一咬牙，说，那好吧，那我来一趟。

冬天的乡村大地，所有阔叶树的叶子都掉光了，只剩光秃秃的枝丫刺向天空，大堤旁的枯草上打着厚厚一层白霜，芦苇收割后，洞庭湖一望无际的便是苍灰的空茫。放目望去，大堤两边全部是稻田、鱼塘，中间七零八落地点缀着些民居，每一座房子在这片平原中都显得分外孤单。我们的父母就生活在这样一片空旷的孤单里，春天草木繁茂时，这种孤单被包裹在生机与热闹里，令人难以察觉，唯有大地被全面收割了，它们才又跑出来，跟着平原的风四处飘荡。沉寂中，一股深重的悲凉席卷了我——我们的父母，在哺育了我们，放我们高飞之后，成了这片大地最后的守望者，他们是如何既平静又绝望地度过最后的岁月，每天说服自己敞开怀抱迎接死亡的呢？

很快我们就找到了村医院，一座白色的两层小楼，微缩版的医院，洁净，整齐，售药区、病床区与问诊区用铝合金栅栏隔开，里面药品分类摆放整齐，外面挂着行医资格证。一个皮肤黝黑、双目炯炯、状如农民的微胖中年男子从里间出来，说，药已经开好，但她这个状态只怕还是得吊瓶水，你们应该知道，类风湿属于免疫类疾病，提高免疫力才是根本，我这个小庙实在没有那种特效药，只能先用药控制并发症，再打一针白蛋白，有点贵，你们同意我就带过去。

他的语气笃定，与那些有着专家头衔的人并无二致，丝毫没有小地方的那种畏首畏尾不自信，大抵这正是他的病患们对他的信任与依赖带给他的吧。

怎样对她病体好就怎样吧，您了解她需要什么。我们说。

他从里面拿来一盒什么药，背起药箱，果断地上车。一路无语，见到婆婆，他手脚麻利地打开药箱，把开好的药拿出来，然后给她吊瓶。婆婆的手背上已经有许多针孔，有的地方血管都紫了，马医生皱着眉头说，您这病得去长沙，看能不能保住，再拖下去，我这临时管不疼的药都难以起效了，我跟您说过，这药治标不治本，我也不是搞类风湿专业的，真的难以有什么效果，还是去城里好好治治吧。

说完他又把食指和中指扣在婆婆的手腕上，过了一两分钟，又说道，应该是有心衰，再不去，恐怕要油尽灯枯了。

婆婆一直高一声低一声哼着，她害怕死亡，也难以忍受病痛，但此时她哼出的声音明显小了，并渐渐平息下来，不知是不是药起了作用，但马医生的话很管用，她再次用了"谢谢"——谢谢您，马医生，开春我就克服困难去长沙。

马医生的脸上浮起了笑容，说道，那就好，对于您，我也算是功德圆满了。说完收拾起药箱，准备离开。

这时我们才想起来，都还没来得及给他倒茶，由于太早，也许他连早餐都没有吃就过来了。也才想起来，哦，正月初四，是婆婆的七十三岁生日。

电动车与池塘

当那辆全封闭式大玻璃窗电动三轮车像一匹马一样被拴在我家廊柱旁的房檐下，它大红的颜色，全智能刮刮锃亮的操控台，宽敞的内室，豪华的后排沙发座椅简直要闪瞎了我的眼。我不可置信地摸了又摸，看了又看，问父亲，这是你自己买的？

父亲很自豪地拿出钥匙，无比慷慨地递给我，说，你试试车。

　　我没接钥匙，质问道，你这重复建设，是为了什么？这种车的速度与复杂的操控性能岂是你一个八十岁的老头能驾驭得了的？我语气凌厉，只差说那句"你这是作死"了。我的目光投向了另一辆大红的三轮摩托，那辆车是一个敞篷的简易版本，基本能满足他在乡村的代步与运输需求，我们常年不在他身边，这辆摩托车利用速度优势缓解了他的孤独——只要开动它，就意味着外部世界迎面向他扑来，他觉得自己依旧年轻，并没有被这世界遗弃。因此，他每次在乡村小路上开车，都会将马力开到最高挡，一路狂飙，任由风灌满他的衣衫，全然不顾自己的老骨头会散架，更别说担心出车祸之类的了。为了他开车时那一往无前的猛劲儿，我常年提心吊胆，与他通电话时，总要反复叮嘱，严格要求。

　　如今他竟果断花一大笔钱买下这豪华版，在确定这确实是他的杰作的一瞬，我的脑子都要爆炸了。我年迈的父亲还想做一个小伙子，还想青春洋溢地在大马路上，带着他的老妻抖威风，为此宁愿以安全为代价，为此不惜动用他为数不多视为珍宝的存款，我又惊诧又气恼，一时间不知该拿他如何是好。

　　面对我的大惊小怪，他一副泰然自若的样子，说，这有什么稀奇嘛，我又不是没开过车，这车好驾驶，又能遮风挡雨，又能不晒太阳，多好，如果再年轻二十岁，赶上好时代，我还要去拿个驾照，买个越野车，满世界跑呢，我可瞄上它很久了，过些天还要去上保险，木已成舟，你反对无效。

我狠狠地白了他一眼，接过钥匙，打开车门，试车。一挡，二挡，三挡，倒车挡，刹车，油门……智能操控台与语音播报同步，声音大得惊人。开车时要手脚并用，我试着踩油门，车猛地往前一冲，劲非常大，可见加速之快。我吓了一跳，这样的速度，一旦出现特殊情况，他这样的老人根本不可能反应得过来，车祸的可能性大，出事后果不堪设想。我又试倒车功能，调适反光镜，慢慢加速。几秒之内，这车就如同脱缰的野马，欢脱脱往前驰去，我的心都跳到了嗓子眼，慢慢熟悉后才平静下来。绕村子跑了一圈，认清了事实，我只能恭喜父亲提到这么好的车，说了些吉利的话给他添添喜气。但我依旧深藏隐忧，按他开快车的性格，只怕他一条老命要折在这上面。

从我回家开始，他一改从前那种故作深沉等待晚辈恭敬他的高姿态，喜笑颜开，转个圈又回到车旁，这里摸摸那里瞧瞧，可见这辆车给他带来了莫大的快乐，既然如此，那就由他任性去吧。

过了些天，他在电话里委屈地说，唉，老了，不中用了，车子去上保险，就算有钱，人家都不给我办理，难道就认定了我会出事？真是太小瞧人，殊不知，人不可貌相，海水不可斗量，我老是老了，还不糊涂，做事自有分寸。他愤愤不平，只因这车不买保险不上牌，就不能正规上路，出不了远门。我表面上安慰他，心里头窃喜不已。

几个月过去，平安无事。再回去看父亲，见到豪华小三轮依旧静静地拴在柱子边的屋檐下，洁净锃亮，估计他也没胆经常开，毕竟命重要，就随口问了一句，这车开得多不？

父亲好像没听到，一声不吭起身去厨房淘米煮饭，他的老妻笑着向我凑来，神秘兮兮又笑得喘不过气来地说，你不知道吧，你爸爸前几天把车子开到池塘里了！

又一个炸雷惊得我不可置信，什么？就这个池塘？

我家屋前有个池塘，说大不大说小不小，但从未断过水，水满时也是能淹死人的。前几年家里搞装修，我们为了造景，还特意叫挖掘机将其拓宽了三分之一，父亲爱美，在池塘周边栽了丹桂、"孩儿面"茶花，里面种了荷花、菖蒲，坡上种满铜钱草，一到春夏之交，蛙声起伏，菖蒲茂盛，荷叶田田，鱼戏莲间。不过池塘确实一直是安全隐患，因就在禾场边，又没有护栏，通往池塘的石阶又窄，如果不留心，完全可能摔下去。我一直说要把池塘围起来，父亲嫌会遮住视线，坚决不肯。

是呢是呢，你不知道，那天他从外面开车回来，一溜烟一样，直通通朝池塘里开，吓死我了。她陈述时一直带着尖锐的笑意，语气中有一种莫名的快乐自豪和幸灾乐祸。我横扫她一眼，问道，那后来呢？

后来，我蒙住了，看到车子掉在水中央，还没沉下去，你爸爸大声叫，去叫李左，去叫邻居们来救我！我这才反应过来，赶紧跑去李左家，说，快点快点，老王掉池塘了！车子也掉池塘了！李左在跟张卫国他们打牌，有四五个人，一听，吓得不轻，牌一丢就往这边跑，四五个劳动力跳进池塘，才把你爸爸打捞上来！

她还在笑着，我已经想到了当时的惊险程度：她自己是长年癫痫，反应迟钝，李左家距我家直线距离超过了三百米，就算是她飞跑过去说清这个事，也要五六分钟，他们拿工具之类再过来又要五六分钟，李左也已经近七十了，一边腿是瘸的，卫国那些人至少上了六十，盛年时都是好劳力，现在全都头发白了，眼皮耷拉，力气自然也大不如前，要把父亲和车从池塘里捞起来，肯定费了九牛二虎之力，亏了不在春天，又逢夏旱，不然在等待救援的时间里水定会灌进车里，老王命将不保。

正说着，父亲拿着一簸箕谷子装模作样地从我眼前晃悠过去要喂鸡，我一把拖住他，大声说，你不是保证不会出事啦？难怪车子开进池塘了也不敢告诉我。

你别听她的，她就是太夸张了，没事呢，你看我，没受一点伤，你再看车子，泥巴都没一点，依旧新崭崭，要是真有事，这车子不报废了？不过这车是有点猛，那天我只喝了一小口酒，想着没事啰，谁知道一踩油门，它就自动跑进塘里了。父亲讪讪地笑着，像个犯了错的小孩，脸上挂着害怕被批评的神色。

你太儿戏了，我联系买家来领回这个车子，你不能再开了，不要到时候摔个残疾，我可没时间照顾你。我气得打哆嗦，他还在那里笑嘻嘻毫不在意。想起祖父年近九十掉进池塘一次之后就基本上再也没利索过，我害怕父亲重蹈覆辙。

那不行呢，这是我的自由，你随我，我就爱开这个车，自由得很。你们又不在身边，几个月才回来看一次，我很寂寞呢，一天到晚守着这个屋子，人都是傻的，有了这个车，又不怕风雨，又不怕太阳，想去哪里去哪里，随时可以动身，你不知道吧，我曾开到烟包山的大堤上去看过一天的水，那个水，真是看得人舒服，我还开着去了许多诗友家里，人人都羡慕我胆子大，我们聊诗歌，搞各种活动，我很开心，这样我才不会每天睁开眼睛就想到死，脑子里只有我的儿子女儿，每天盯着你们吵。你们还年轻，正拼事业，哪里能想到我们这些日落西山的人的无奈？我就是要到处走走看看，别人说这是作死，如果真的这样作死了，我无怨无悔，你就不要管我了。

父亲很急地说完这番话，就进去拿钥匙，开车门，对我说，要不你坐坐？我带你出去看看？

接连的震惊已经使我几乎要失去思考力了，我只能顺从地坐上车。父亲油门一踩，说了句"坐好了啊"，载着我就往村级公路狂奔起来。我打开玻璃窗，乡间清新的风呼呼地吹着我的脸庞，儿时的村庄在几十年间依稀有原来的面貌，但这也早已不再是儿时的故乡了。每年经过这里好几趟，我从未如此细致地看过远处的民居、葳蕤的草木，如同我从未真正细细地看过我日渐年迈的父亲。八十年，时针分分秒秒走过的八十年，我怎么从未想过，他自有他的丘壑？从我成年开始，对他，我除了有不容动摇的爱，还一直抱怀着怨恨、疑虑、鄙夷、不屑，我甚至能看到他一根头发丝大小的阴暗处，并从未想过原谅与理解，更别说跳出父女关系，把他身上"父亲"的标签撕掉，以一个"人"的高度去看待了。

然而，山始终是山，水也始终是水，一草一木，欣欣向荣与垂垂老去，厌弃喧嚣人世与迷恋万丈红尘，从无高下之分，人的一生，都只是奔向自我的一生，与他人的关系，都是附加。

看着父亲快乐地开着车的后背，微驼，却倔强，我便也释然了。这辆车给他的比远方儿女们给他的更实在，也更温暖。求仁得仁，又何怨乎？

暮云合璧

一

水乡仲秋，洞庭腹地，还未收割的稻田中央，晨曦微露。

一阵风从远处的稻谷尖掠过，一路轻跑过来，给藏在东边竹林里的亭子蒙上了一层薄薄的雾，增添了几分静默。东家的鸡，西家的狗，因距离很远，只隐约传来些许叫声。不远处的屋前，已经搭起了大红色拱棚，给拱门充气的机器响了一夜，充气门保持鼓鼓囊囊威武雄壮地竖了整整一晚。具有中国农村特色，专门用作红白喜事的红气球挂着飘带沿着进村的路蜿蜒过来，每一个上面写了不同儿、女、孙们的名字，"祝父亲八十大寿生日快乐""祝爷爷寿比南山福如东海"……儿孙满堂，尽享天伦，是父母一生的荣耀——母亲说，逾古稀之后的生日，阎王也不管了，可以大操大办。根据两位老人的意思，怎么热闹怎么来，远近亲朋，都通知到，唱诗班、花鼓戏班，管乐弦乐，全请来，要的就是一个宾朋满座，鞭炮齐鸣，锣鼓喧天。

亭子四周围了一米高的竹篱，篱落旁的白蔷薇，花早已凋落，藤蔓渐黄，显得有些凌乱，竹林也不似春天碧翠，微风瑟瑟，颇有些萧疏意味。天色还早，趁着宾客们还没到，我坐在亭子里远眺，一望无垠的田野笼罩着一层雾，远处的树林、房屋，只隐约显出一点灰色的轮廓，"平林漠漠烟如织，寒山一带伤心碧"，此情此景，搜肠索肚，竟唯有此句最为贴合。

李青萍推开篱门，沿着石子路，朝我走来，步履有些迟疑。

她昨晚经过五个多小时，从长沙辗转乘车赶来时，夜色已浓，预备的餐酒席早已散了，月亮在大堤上升得老高。我们早已洗漱完毕，各自进了房，只听见哥哥推开母亲的房门说，李青萍来了，声音瓮瓮的，像有些不高兴。母亲赶紧披衣起身，打开大门，拧开雪亮的路灯迎接。兄弟姊妹们都装作睡了，没人出来与她寒暄，虽然大家都盼着哥哥早日结束单身，有个知疼知冷的女人陪伴，有个温暖的小家，也盼望农村老家有个身体健康头脑灵活的女主人来当家做主，在父母身边有个照应，且她也已经跟他交往三四年了，但他们俩时起时落、时近时远、扑朔迷离的，她一直没当上正宗的嫂子，自然也得不到那一份应有的尊重。

天黑时母亲把青萍与她交流的信息给我看，里面全都是青萍对哥哥的埋怨，大概的内容是，哥哥并不爱她，只爱她的钱，好几年了，她泥足深陷，沉没成本太高，不甘心，经常借酒消愁，酒喝多了就跟母亲打电话哭诉。最近她又发现哥哥有了别的女人，对她甚是冷淡，全然不顾这些年的恩义，令人寒心。母亲只能一味地安慰她，用极狠的语言骂儿子，并保证儿子对她是一片赤胆忠心，其他女人都是浮云。母亲说，男人在外面，那么久不与你相见，总有些生理需求，难免些花花草草，只要他的心在你这里就行。一世讲究颜面的母亲，白发如银的母亲，用语卑微极了，她太想要一个儿媳，太想在死之前，看到儿子重新成家，有人照顾，生活平稳安逸，为了这个目标，她尽可能地屈就，尽可能地让青萍理解她的儿子，解除他们的误会。

但私底下，同为女人的母亲对青萍是不满且不解的，她说，这青萍也真是的，既然我儿左也不好右也不是，那她怎么不分手呢？之前几年是她为了儿女拖着不肯离婚，如今婚倒是离了，又觉得他种种不好，那又干吗还要相见？五十几岁的人了，天天一说就是情情爱爱，难道这滋味真有这么好？

我也是儿媳，大概怕我怀疑她也会在背后这样说我，母亲在我面前说话很谨慎，极少诋毁人。从前嫂嫂与哥哥没有离婚时，她从未说过嫂嫂的不好，如今他们离婚多年，哪怕当时是嫂嫂跟别人跑了，生了孩子回来，犯了重婚罪，她也主张不予追究，只说全是哥哥的错。对哥哥单身后的历任女朋友，她一律接纳，用哥哥的话说，"只要是个母的，妈妈都会同意"，也许是因为她瞧不上自己的儿子，也许是因为她真的懂女人。这使每一位热爱哥哥的女人，都会情不自禁地叫她"妈妈"，她也总无比热情地回应，她的热情因此打了折扣，"妈妈"这个名词便在这样的叫声里也显得廉价起来。

就是这样的母亲，在我面前，对还没过门的，她巴结还来不及的李青萍，进行了无情的质疑，她的语气里充满厌烦。我也很讶异，一个五十五岁早已绝经的女人，一个历经世事满脸风霜的女人，真的还没有放下对男人的期待，还会对男女之爱如此执着吗？她既已看到这场荒诞的情感的真相，斩钉截铁地认为他并不爱自己，为什么不果断地离开？在她长久的否定之后，这个男人对她还能存有多少她追求的"爱恋"？

尽管他们一直在闹别扭，她终究在这样的大日子来了，她扭捏地不肯与哥哥同房，却还是睡到了哥哥的床上。母亲悬着的心终于放下来，对我说，还有希望。

此时，她犹犹豫豫地朝我走来。作为未来可能的妯娌，我笑着起身迎她，调侃道，和好了吧。

她眼眶一红，右手揉了揉鼻子，说，我来，就是来确定到底好不好的，趁大家都在，想听听你们的意见。作为女人，你又是这个家里唯一与他没有血缘关系的人，你的想法应该最公平公正，所以我想先来给你看些东西。

说话间，她颤抖着划拉开了手机，点开了她与他的对话页面。

二

——亲爱的萍，借三千给我，好吗？

——你不是还跟那女的好吗？你去跟她借呀。

——我只要三千，去交一个费用，赚了就还你。

——你总是这样，需要钱了就来找我，你有没有爱过我？

——硬是没有，两千也行，真的是应急呢，大姐。

——你到底对我有几分真心？你有没有爱过我？

——你把钱给我我就永远只爱你一个，再不爱别人。

看到最后一句，我气血上涌，头晕目眩，心里有一万把刀向他刺去，而面对眼前这个年过半百的女人，除了怜悯，便是鄙夷与疑惑。她是真的不知道他对自己的感情吗？还是贪恋泥淖里的一点点温暖？卑微至此，她究竟图什么？若非亲眼所见，谁能想到这是一个长沙城里的女人与一个沅江乡下一贫如洗的农民工之间的对话？

但感情的事，冷暖自知，大概，她能追随这么远来到这里，总有她的理由。我强忍住评价，听她继续倾吐委屈。

他呀，穷是穷，还是很紧俏呢，跟我认识的时候还吊着个余丽，中间出了个菊香，现在又有一个，听说是衡阳的，比他小了十岁，我要不是因为他欠我一万多元没还，肯定跟他断了。

李青萍的语气中有说不出的委屈、不甘、怨恨，又夹杂着些许为这个男人骄傲的意思，心内鼓胀的气流使她的整张脸看上去都是肿的，越发不好看了——她确实不好看，头发稀疏，绣的眉毛很细，颜色也淡了，像一条小线虫趴在眉骨上，眼睛眯成一条缝，皮肤本来就白，又打了粉，匀在她的脸上却显得有点过于白了，让人看不清楚她的五官。身材是浑圆的，穿着连衣裙，高跟鞋，倒也得体，在农村的场子里，又显得做作。

我若是男人，也不喜欢你。我心里嘀咕了一声，但看她难过的样子，又同情起她来，无论如何，这样三心二意的哥哥，更让人不喜欢。

就单看这段话，意思很明白，你借钱给我，我才爱你，难道你看不懂？说实话，这样的男人可真让人恶心。你得自己想清楚，与他相处，你图的是什么。图钱，他肯定没有；图感情，只有你自己知道。如果二者都没有，还是赶紧分了，别给自己添堵。又或者，只是图在这个冰冷的世界上有个温暖的慰藉，那就尽量少点计较衡量，多点宽容理解。

我实在忍不住，说了实话。

她的脸唰地一下子就红了，她一定没想到我会这么说，毕竟，所有人都劝和，跟她说的都是他的好话，大抵，她在我这里也想得到一样的印证，以维护她那脆弱的自尊。一时间，我们之间处于短暂而漫长的沉默中，仿佛过去了一个世纪，她才找到回复我的话。

我和丈夫是凑合成的夫妻，一直冷冰冰的，已经分居多年，两个孩子也大了，都争气，工作也好，谈的朋友也好，我们各过各的日子，本来打算以后帮着儿女带带小孩，也不用离婚，就这么要死不活过完一生，也就罢了，谁知道有一天，会遇到你哥哥，真是冤家呀。那时他在望城的一个建筑工地上做工，我们老家房子征收了，得了征收款，我就新买了一套，顺便在家附近超市做销售，他来买东西，就这么认识了。你别看他呢，穷是穷了点，长得却好看，都说他像工地版本的刘德华，有种令人心动的颓废感。主要是他会写诗，那时候总写打油诗给我，我没想到一个农民工还有这才华，自然就被他吸引了。他比我小三岁，人们说，女大三，抱金砖，我当时觉得真是枯木逢春啊，他做事又快又好，又讲卫生爱整洁，不像有些男人，邋里邋遢，最主要是对我好，又体贴，又温柔。那一年我正好是更年期，大姨妈不正常，一到不舒服，情绪不稳定，他就陪我散步，说话，安抚我，有时还会给我买点便宜小零嘴之类的。像我这样的人，这辈子都没得到过爱情，到老了，遇到他，我才知道，原来我也是可以被爱的。那时我就下定决心跟着他，原先没想过的离婚自然也想了，尽管后来我又发现他喜欢打牌，一放假就去打，打得昏天暗地，把钱全都输了，借了钱也要打，又发现他骂人很刻薄，但我还是没有放在心上，也不计较这一切，我想，人总不能十全十美，他在工地上做工也辛苦，一班人在一起，没有别的娱乐，无非就是打几把牌，只要我们俩心在一块儿，将来成了家，他会为了我改变。所以那时候，他没钱了，找我要，我总不忍心看他落魄，会给他，但多年来的习惯，我还是记了账。

对呀，你记账，他心里恨呢，总说你精明，精于算计。我看她说得投入，语言里总有些幻想，就用现实敲醒她。

我知道，为着记账的事，他跟我吵架，怪我太贪心，我也不知道自己贪心在哪里——其实这些都不算什么，在一起的时候，还是幸福快乐多于痛苦忧伤的。但他的工作性质并不稳定，一会儿望城半年，一会儿益阳半年，一会儿衡阳一年，一会儿广东一年，我也不能跟着他跑，聚少离多，他对我渐渐不耐烦起来，后来越来越冷淡，我不跟他联系，他就极少主动与我联系，除非涉及钱。这年头，钱不容易挣，可他累死累活，多少也应该挣了点，我也不知道为什么会那么没钱。他在我面前永远都是那么穷，这么多年，他连一双袜子都没给我买过。哪个女人不盼着男人的那点好呢？他想要钱的时候，就过来与我好几天，自己有钱了，就出去打牌。我总在想，当初他是不是对我也有一点点真心？他应该对我有一点点真心吧？就冲着这一点点的真心，一点点的爱，我也是愿意跟随他一辈子的，可是，他时而柔情蜜意时而冷若冰霜的样子，可真让人绝望啊。

李青萍滔滔不绝地说下去，她那张白的脸愈发白了。

他也是个正常男人，又在壮年，干的是体力活，只要休息好，就精力旺盛，一个人在外，有个女人什么的，解决一下生理问题，我也能理解的，可是他倒好像见一个就动情，这些在外面打工的女人们也奇怪，一个个往前贴，比我还勇敢无惧，难道这世上有这么多像我一样不图钱只要爱的傻瓜蛋？我是真看不懂他，心想着，无论如何，也要跟他有了了断的，昨晚看他接我，一个人孤零零的，又瘦了，穿得也寒酸，我心里又软，仍想着要跟他一起搀扶着过完这辈子，你说我是不是傻？

说着，她的眼眶红了。这时我才看清她的眼睛，不大，却有神。这让我想到了另一双眼睛，那是一双更苍老也更深情的眼睛。

即使人至中年偏老，即使一无所有，即使身处底层，爱，依然是他们执着追寻的光。不，爱从来是身处尘芥之中的微小者唯一可以拥有或者争取的，也许这才是真正的答案。

三

时间回到六年前。哥哥单身五年后，腊月的某一天，给我们发信息问，能否开车陪他去火车站接一下余丽。

雪停的夜晚，天寒地冻，没有谁愿意顶着寒风出门，但大家都对这个未进门的"嫂子余丽"充满好奇，她的关键短语当时只有三个：广东韶关人，比哥哥大八岁，离异有房。当年哥哥四十七，在外面做消防器材的安装，因为沉迷玩牌，已经输掉了家里的店面，一贫如洗。他俩这次，属于网恋奔现，哥哥说，余丽千里迢迢来，抛儿弃女，准备在湖南过年，如果合适，结婚也不是没有可能。

我被这种相见方式惊呆了，在我印象中，网恋只发生在年轻人之间，中年的他们，一开始就这么猛，真是闻所未闻。更何况，那年的余丽就已经五十五岁，还有什么爱情是值得她不顾一切千里奔赴的呢？像哥哥这样在我们眼中一无是处的男人，究竟有什么样的魅力，能让一个历经世事正迈向老年的女人愿以身家性命相托付？

带着好奇和期待，一家人浩浩荡荡，冒着严寒，到了火车站。

冬夜的出站口，冷冷清清，严实的布帘被第一个出站的人掀开，接着是第二个，第三个，呵出的气在路灯下形成若有若无的一片白。最后，一个年逾五旬穿着驼色大衣的干瘦妇人拖着沉沉的行李出现了，东张西望，像在寻找什么，哥哥远远地叫了一声，"余丽"，她转头向他，也叫了一声，"军"，朝他跑来，那身姿像个在冬夜冷清的火车站广场欢快地舞动的小姑娘。走近了看她的脸，这是一张怎样的脸啊，真是"一言难尽"。这张脸上布满了本不应该属于她这个年龄的皱纹，脸型用"尖嘴猴腮"形容也不为过，唯有那双眼睛，虽然眼周也布了皱纹，却深沉有神，又似古井无波。

余丽第一眼见到哥哥，就自自然然地挽起了哥哥的手，哥哥本能地一闪，脸上闪现一丝不易察觉的失望，但很快便也挽起她的手，又转身帮她提过行李，看上去，两人像认识了很多年。

当晚他们就在一起了，第二天一大早乘车三个小时回到了乡下老家，准备过年。满心欢喜等待儿媳的母亲，过了一天，实在忍不住悄悄打电话给我，说，我只觉得这个余丽又老又丑，对你哥哥迷恋得不行，这样下去，只怕不会不长久，你哥哥就是个浪子，一般的女人况且拴不住他，更何况比他大了这么多，还那么丑，就算有钱给他用，也没有用，站在一起不会比我这个当娘的小多少，她叫我一声"妈妈"，我一身鸡皮疙瘩止不住地泛出来，你说这怎么玩得下去？

静观其变，感情自有来去，往往别人看来不般配的，却能长久。我安慰母亲。

过年时，天冷无事可做，家家户户在一起也是玩牌，纸牌，麻将，无非是这些娱乐。等我们回家时，余丽已经跟家里人混得一片烂熟，不仅"爸爸""妈妈"叫得顺溜，连同左邻右舍，也是个个叫得出名字，呼朋引伴，俨然已经是这个家的女主人。哥哥嫌女人们打的牌输赢太小，很少在家陪她，如同往年在家，早出晚归，与村子里那些在外打工，也只过年回家的男人们打输赢更大的牌去了。母亲盼过年，又怕过年。只有过年，一家人才能齐整整地聚到一起，母亲欢喜；儿女们好不容易等到年底结算工资，往往春节还没过，那些钱就输了个精光，母亲害怕。村口李桂英家开了牌场，眼睁睁看着这些在外打工的人揣着一兜钱回来，哪有不邀去玩的道理？每天等晚饭时间一过，电话总准时响起，哥哥驾着他那辆烂雅哈一溜烟就去了，玩到天亮才回，回来多是耷拉着个脑袋，要死不活。

听说余丽来的前几天，他规规矩矩在家陪着她，两个人有说有笑，母亲只道他从此都改好了，谁知不多久就故态复萌，因循着那种无限死循环状态。母亲很担忧，每次哥哥往外走，她就使眼色唆使余丽跟着一起。余丽立即会意，也跟着出去过几次，回来说哥哥不喜欢她跟着，总让她回去。她并不知道很多人嘲笑哥哥又找了个"娘"，这让哥哥觉得很没有面子，他们在网上聊天时的那些诗情画意，全被这无情的年节习俗淹没了。

过年前一天，小雪飘飞，我们回家过年，车开到前坪，余丽已经站在雪中等待，帮我们搬行李，抱狗，又去倒茶，准备饭菜，热气腾腾，俨然一副嫂嫂的架势，她干瘦的身子藏在厚厚的羽绒服里，倒多了几分轻盈，脸上的皱纹在白雪的映照下淡了几分。我们到处搜索哥哥的身影，她笑着说，他又出去打牌啦，明天应该会在家。

说此语时，她苍老深邃的目光里，有黯然的神色闪过，但很快又换成了热情。单看眼睛，你很难想象这是一个已经年老且身在异乡之人的眼神，这眼睛里有一种说不清楚的情意，昭示着她对这个家对未来生活无尽的期待与热爱，对归宿的渴望与确认。那时我想，也许，她是适合哥哥的，年龄大些，历经世事，必定更为通透，也更懂男人，至于相貌，无非是"情人眼里出西施"，习惯了也就好了，而她还有一套房子，有些积蓄，孩子又都大了，一个人潇潇洒洒，没有后顾之忧，千里追寻而来，无非是为了爱。

但那一刻我也很迷茫，爱究竟是什么，竟可以让一个即将步入老年的女人如此不顾一切，自降身价，千里奔赴，她所求之爱，真是哥哥能给得起的吗？如果她发现所谓的

"爱"的真相，终究败于相貌、年龄、距离、财富，她是否这一生都会失去再寻爱的勇气，真正进入暮年状态？

那时我真替哥哥第一次带回来的这个女人捏了一把汗，直到他不断地尝试带新的女人回来，我才知道，在一文不名的哥哥这里，永远都不乏飞蛾扑火者，她们如此热衷于奔赴一场允诺却给不起的未来，哪怕粉身碎骨。

四

可以预见，条件远远优越于哥哥的余丽，终究只能黯然离场，她放低世俗要求，想用"爱"来冲淡更年期绝望感的愿望，即使一个穷光蛋农民工也无法让她实现，她以为是年龄、相貌的问题，但并不是。或者，只是女人一旦对一份感情寄予期望，就会不在意对方是否只是言语的巨人，行动的矮子。

在纠缠了两年，在电话里叫母亲"妈妈"两年之后，在她知道有李青萍的存在之后，她才狠下决心，抽出脚来，不再对嫁给哥哥抱有憧憬。也许是哥哥的善后工作做得好，也许是母亲心慈不忍添加伤害，六年过去，她至今依然保留母亲的微信，与她联系，叫她"妈妈"，随着年龄的增长，年逾六十的这一声"妈妈"，听起来更怪异了。

当李青萍穿着高跟鞋出现在母亲面前，甜甜地叫一声"妈妈"，母亲笑开了花。深谙世事的母亲知道，最合适的这个人出现了，她不美却白净，文文静静，没有负担，镇得住她儿子。母亲亲热地拉起她的手，带她看家里菜地、院子、房间，堤坡上的紫云英，远处的芦苇，她只想把最好的都给她，留住她，虽然她怎么也想不明白，一个与她儿子年龄相当，条件远比哥哥优越的城里中年女人是怎么看上她这个又穷又凶的儿子的，但她也知道，男女相处，无非是相互愉悦，大概是儿子讨女人喜欢的手段多，倒也不错。李青萍做得一手好菜，只要来老家，就要一展厨艺，让多年做饭的母亲歇下，这让母亲不由又多出几分幻想：大儿媳撑起这个家，她可以休息了。

但哥哥似乎依旧不满，过了开始时的那股新鲜劲，李青萍对爱的渴望使他倍感烦闷，如同上了一道道枷锁，不到一年，哥哥又带回了一个叫菊香的女子。

菊香是唯一一个第一次见到母亲，没有叫"妈妈"的人，她四十一岁，新丧，有一个还在读初中的儿子，在一个小酒店当会计。满月般的脸有些黑，五官都比较大，眼睛漆黑，身材高大健壮，穿着很职业化，看上去非常有主意。她很矜持，坚决不同意与哥哥婚前同居，似乎十分看重名节。除了哥哥自己，没有人相信她瞧得上哥哥。

母亲说，我第一眼看到菊香，就觉得不对劲，她肯定是有什么预谋，可你哥哥啥都没有，我又不知道她谋他什么，她叫我"姨"呢，正好我也不同意让她叫我"妈妈"，就一脚踩住不同意他们交往。你哥哥偏偏像着了魔，认定了她，恨不得就娶了她，我看她那个样子，不是好相处的，你想娶她，她愿意嫁给你不？别自作多情了。

母亲正面说，还发动其他儿女给哥哥做思想工作，可哥哥不为所动，坚持要娶菊香。为了获得支持，他干脆一不做二不休，将菊香带到我家。菊香跟来，与我说话，甚是妥当，说哥哥很会照顾人，对她很好，虽然穷，但江山是靠人来打的，她有信心在与哥哥生活在一起后，把日子过得红红火火。说着，菊香端起一杯茶，小手指与无名指微微翘起，无名指上一个钻戒虽不大却闪闪发光，卡在她有些肥的手指上，分外显眼。这分明与哥哥不是一条道上的，一时间我也深感疑惑，其他人或许都有各种各样的理由爱哥哥，她这样的条件与长相，难道也只是因为缺爱？哥哥娶了她，自然是服服帖帖从此浪子回头，可她跟哥哥在一起又图什么呢？恐怕不长久。

她与我坦陈心迹，让我转告母亲，请她同意，说她的前婆婆对她不好，丈夫死后，霸占了她的房子，令她无处可去，哥哥爱她，她就会死心塌地地跟着他过一辈子，她只有一个条件，她要让她的儿子在乡下单独有间房，要哥哥答应养大她的儿子。

这次，对儿媳望眼欲穿的母亲抵死不同意。这不是她能认同的爱情与婚姻，她认定，极度的不平衡不协调里，一定藏着不可告人的秘密。

哥哥的婚事就此搁浅。

随着哥哥对李青萍态度的冷淡，她终于知道了菊香的存在，开始时，她日日以泪洗面，想让哥哥浪子回头，哥哥毫不留情地要求与她分手，她又提出让哥哥偿还她这些年借给他的钱，有好几万，还清了，就一刀两断。但哥哥明显是还不上的，就只能虚与委蛇，一边给李青萍一些爱的希望，一边又冷落她，令她摸不着头脑。我猜，李青萍这一生初尝"爱"的滋味，大概就是在哥哥这里，否则何以解释这样的纠缠不休自取其辱？中年人的爱情，至少要留些体面吧？而哥哥，既然本就一无所有，自然也就一无所失，才可以如此混乱放肆地释放爱，践踏爱吧。

不久之后，这场闹剧随着大姐和二姐相继在当地的夜宵摊上看到菊香戛然而止，画上句号。二姐说，那晚我就坐在邻桌，听声音熟悉，转眼看过去，只见菊香端起酒杯，跷着兰花指，与男人们推杯换盏，整整一桌只有她一个女的，她应付自如，把每一个男人都哄得开心，哪里是一定要结婚才会同居的模样，哥哥呀，你不是她的对手呢。大姐也笃定地对哥哥说，我也在大街上见过她一次，嚼着一口槟榔，满脸堆笑地与一个男的手挽手，她可不愁下家呀，她就是要利用你这个傻子给她养崽，她自己好逍遥快活。

哥哥当然是不信的，只有在菊香这里，他才找到多年消失的挑战的热情，然而，又能如何呢？最后发生了什么不得而知，表面上看，在多方压力的逼迫下，哥哥唯一一段自己十分中意的爱情无疾而终，菊香消失了，就像从未出现过。他又回到了李青萍的身边，只有李青萍，只要他给她一个微笑，她就会主动地贴上来，她渴望爱的心，如同渴望甘霖的久旱大地。其实，对于哥哥，对于其他人，又何尝不都是如此。

五

时间流淌到那个疫情肆虐的正月，所有人都被冻结在原地。回老家过年的我们一直没有收到上班的消息，到处都是病毒，随便动动都可能招来祸患。百无聊赖的留守中，我们和哥哥以前所未有的热情开始造蔷薇园。

正月初五，春天已经在门前大堤的堤坡上露出头角，野腊菜的叶子绿得泛油，油菜叶也长到齐小腿肚高，有的已经开始冒出黄色花苞。村庄笼罩着一片薄薄的雾气，不一会儿，初升的太阳渐渐驱散了迷雾，湾子里一片寂静，沉浸在一种前所未有的安宁之中。

穿着黑色高领毛衣的哥哥可能因为不能出去熬夜打牌，也无法与女人们见面纠缠，脸上呈现出一种从未出现过的少年感，年已五十的他，瘦削中略带佝偻，高高的鹰钩鼻给他画出一个很好看的侧影。前一天吃饭时，兄弟俩简单地商量了一下，今天造园子，种蔷薇和牡丹，他一大早就开始干活了。只见他拖着小拖车到大堤边装土，这条废弃的子堤由洞庭湖里的潮泥堆成，相当肥沃，春天无人打理的地方紫云英开得满大堤都是，当阳面种了油菜棉花，产量也可观。可积年累月下来，土块结得很紧，哥哥每挖下一锄头都要皱紧眉头铆足力气。但他一声不吭，一趟一趟，将绳子套在肩上，弓着腰，像牛一样，一步一步拖着拖车，将土运到园子里和亭子旁，耙土，湿水，平地，撒种，有条不紊，一丝不苟，满脸平静柔和。

在我们看不见的工地上，他大抵也是这样工作的吧？我想起他发的视频里堆放的砖头，水泥，水管，以及他戴着安全帽微笑的大头自拍，我们看到的他永远都头发洁净，穿戴整齐，衣衫没有一丝褶皱，没有人能设身处地感受他的艰辛。

对于做花园建亭子这种事，在农村人眼中看来换不来粮食和金钱，实属无用，但平时极少沟通的两兄弟，竟出奇一致地怀抱热情。哥哥向来如此，只要从繁重的工地琐事中脱身回到乡下，不打牌的时候，他就会将房子内外打扫干净，修整马路，拔除野草。房子重新修整后，陆陆续续几年来，趁我们在家，方便一起搭建花架，已经做了紫藤萝小屋，每到春四月，紫花成串三面垂下，像极了紫色的瀑布墙；又在房子四角插了四根高高的木桩，周围撒上牵牛花籽，盛夏季节，蓝白的喇叭花螺旋着上升，一路攀爬到屋顶天台，在阳光下，微风中打开小小的喇叭低语。

在我认识他将近二十年后的这个宁静时刻，我才开始审视一向被家人嫌弃却总受到女人们欢迎的哥哥，儿子差不多三十岁了的哥哥，老光棍穷哥哥，想起一些他的好处来。

过年前，农村的风俗是"打扬尘"，每年都是他独自回家，把房子上上下下里里外外的卫生打扫一遍，把每一片玻璃都擦得锃光瓦亮；大家都回老家后，大多时候他会默默地给一家人做好饭菜；他做面条的技艺高超，也曾经因做面起家，富裕过一段日子；他喜欢吹牛，吹的无非是他的弟弟弟媳如何有才华如何风光；他喜欢用最凶狠的语调骂人，仿佛下一秒就可以抄家伙打起来，却从来没有真的动手做过狠毒的事，反而是只要稍有能力，帮助起别人来就十分大方，与孔乙己"排出九文大钱"神奇地相似；他喜欢借钱，借钱时说尽好话，却极少还钱，因为无钱可还，你以为因借钱需还，那便是最后一次，谁知他转过身来又可怜兮兮讲尽好话、故技重施、涕泪俱下地再借；他打牌把一个家打散了，却不愿放弃这于他而言唯一的娱乐……尽管他确实对家里经济毫无贡献，似一个游魂般存在，但他是实实在在存在的，令母亲气恼担忧的"儿子"，他总让我想起鲁迅先生笔下的人物，感叹作家的伟大——一百多年过去，生活中从不缺让人"哀其不幸，怒其不争"的人。

在这个涧子里，有一群与他相似的人，与他过着的，大抵是近似的生活，甚至婚姻，甚至爱情：一路数过去，东邻郭家，妻子得了类风湿，在网上胡乱买药吃，最后把自己吃死了，留下丈夫和两个未成年的儿子；西邻的刘家，丈夫在长沙城里做木工，妻子一人在家带娃，夫妻俩一年都见不了几次，各自又找了人以做短暂的慰藉，且都是对方默许了的，他们的两个孩子，读完初中就外出打工，女孩很早就嫁给了一个四川人，二十岁不到就生了孩子，男孩则除了打工就是去网吧；远一点的赵家、李家、彭家，壮男都在外打工，回家过年就聚一块儿打打牌，输赢很大，也在所不惜，其他时间，大概也如哥哥吧，与不同的女人们短暂相逢，相互慰藉，求爱——他们一年难得有放松娱乐的时候，且除了活命，便只剩那一点爱与被爱的渴求了。这片大地上绝大多数人都如他一样，生命渺小如蝼蚁，活着就是活着而已，能活着，就是最大的快乐与幸运了。如果活着不只是活着，那还能是什么呢？从这片土地上出走又归来的人，他们如此卑微、孱弱，但他们却依旧挣扎，在生存里挣扎，在婚姻中挣扎，一场又一场的爱，是他们能支付得起的唯一代价，也是在很多人眼中最昂贵的代价。

看着他劳作的身影，我不由肃然起敬，开始有点理解爱欲褪色却苦苦支撑着的人到中年的哥哥，理解他那些前仆后继的女人们了：相比之下，哥哥虽然穷且无信，却还保存着一点点对美的向往，这与爱的底层本质，是相通的。这样的哥哥，追逐，被追逐，爱，被爱，奢侈地消耗着生命剩下的辰光，在来去匆匆的都市人眼里，塑造出"底层"的颜色，在自己的国度，做了王。

六

今年春天，到东莞打工的哥哥破天荒地给家里买了一台抽油烟机。他说，他认识了一个衡阳女人，长得漂亮，还对他温柔体贴，给他买东西也从不计较金钱，他再一次浑身都充满生活的劲头，唯一的遗憾是，与那女人只是露水夫妻，她并不想嫁给他过一辈子，我猜他自己大抵也没有安下心来过家庭生活的念头，毕竟长沙的李青萍仍一直以他的正牌女友自居，为他办了离婚，一心想着跟他踏实过日子。他年过五旬，除了父母，对他的选择，谁还能规劝置喙？李青萍面对这样的哥哥，又能如何？

她怀揣着那一点执念，远道而来，面对他薄情的真相却不肯相信，没有人可以叫醒一个装睡的人。

晨雾散去，宾客渐渐多起来，她的愁绪就像一滴水融入了一片大海里，再没谁去在意了，连她自己也只能强行按压下一切，当起了这个屋子的女主人，端茶送水，仿佛什么都没有发生。

黄昏时，晚霞满天，热闹归于平静，一家人开始清点礼簿，她才又从大海里以一颗独立的水珠的姿态冒了出来：她默默地坐在一旁，看我们算着那些世俗的数字。也许她和哥哥之间早有约定，她只是在等着从这些收来的钱里拿回应该还给她的那一部分，她明知这些钱是母亲的，与哥哥无关，也要从钱下手，表现她的无情和对钱财的贪恋，让离开显得并不体面，这样也就避免了回头的风险。就像从前的嫂嫂，为了从与哥哥生活的痛苦中解脱出来，宁愿冒着重婚罪的风险，跟别人生完孩子，破釜沉舟绝不回头一样。卡佛说，"我从未想过两个相爱过的人竟能分裂至此，两座因为爱情连接起来的孤岛竟会在某一天分崩离析后容不下彼此的存在。这太恐怖了。当我们在谈论爱情的时候，我们到底在谈什么？"是啊，在哥哥与他的女人们这里，生活从来也不只是爱情，爱情的本质原本就含混不清，在他这里尤甚。这些不断出现在他生活中的女人们飞蛾般扑向他，试图在他身上获得"爱"的温暖，事实上，他的温暖从来只是假象，她们亦未必不知，可又为什么仍然扑上来呢？这是我所不能理解的，我的理智告诉我，我所看到理智崩塌或情感破灭的残破人生，纠缠不休的痴情爱恋，老房子着火一般的激情……所有这些让我产生逻辑眩晕感的人生，不过是一摊被泼在地上的水，在泼出去之前，是清澈的、干净的，可终究全变成了泥土或垃圾，水与土，再也无法分离。

母亲当着所有人的面，点出五千元递给她，说，我替儿子还五千，你们之前剩余的瓜葛，我不再参与，百年修得同船渡，千年修得共枕眠，你们好自为之吧。你们也知道，老头子八十，我也七十四了，我们离阎王老子不远了，想过几天清静日子。你们能在一起我最欢喜；倘若不能，趁早分了，省得打打闹闹。一晃就到六十，人一到六十啊，什么爱不爱的，也没意思啰。

李青萍白净的脸上露出羞惭之色，眼睛里泛起了泪光。哥哥呢，低下了头，思索片刻，起身提起墙边浇花的大洒水壶，就往池塘边走，李青萍犹豫了一下，跟了过去，高跟鞋磕得地面"咣当咣当"响，像是为那一片暮色打节拍。

此时我看向田野尽头大堤上的天边边，暮云飞卷，夕阳沉落之处，一片亮光透过云层，柔和地铺向大地，将两个人影并入一大片亮黄色里。

暮光敞亮

夜的穹顶笼罩着大地
它是如集预言的主人，
直到那，云雀帝国一片啼鸣，
当我们还在做梦时，它们已唱响，
穿走我们的衣裳，与炫目的
皇冠，尽管看不到，但光环犹存。

——艾伦·金斯堡《斜阳之歌》

只要足够努力，我们的脚可以脱离地面，升腾起来，像只氢气球，一直往上升，升到云层之上，看到那个我心里想要的世界。

小的时候，我对此深信不疑。我经常仰头看天，太阳升起落下时天边的各种颜色让我着迷，月亮当空时湛蓝的夜空让我着迷，排成"人"字与"一"字的大雁让我着迷，变幻着各种形状的云朵也让我着迷。只要一有空闲，我就会那么一直看着，站在心中的高空上，举目四望，看到遥远的他乡，看到邈远的时间里去。

那时，我常常做一个这样的梦：我梦见自己躲在一个很小很小的洞里，从洞口往外看去，一个巨大无比的人拿着一个巨大无比的球朝我走来，无边无际的压迫感令我窒息，令我感觉自己变成了一根细小的针，掉在地上动弹不得，我拼命挣扎，拼命逃跑，但跑了一万步也抵不过那个巨人轻轻松松迈动的一步，天空就在头顶美丽着它的美丽，但我无法飞翔。那时多想生出一双翅膀，哪怕只是一只蝴蝶，一只飞蛾，也总比只能一步一个脚印地落在大地上好。

　　当我无数次如同将皮从肉上撕下来一般，硬生生将自己从梦境里拉出来，恍惚四顾，发现我依旧躺在床上，而床只在地上，我们注定只能在大地上度过一生，我便决定，即便大地没有天空广阔，但只要它像我每天看到的一样，与天空呼应，无论如何，我也要挪动一下地方：人不应该是一座被钉死在某一处的房子。因此，我拼尽全力挣脱家乡，挣脱比家乡更远一点的地方。在我短暂人生所经历的漫长分秒里，我从一处到另一处，离开，寻找，奔赴，停留，有时是一天两天，有时是一年两年，直到现在。现在我的停留之所，已经超过十年，当我发现自己开始留恋当下，不再向往他方，我也已成为一颗钉子，扎扎实实地钉在这座容纳了无数人的城市里，我才明白，人无论如何都逃不过做一颗钉子的命运，或早或晚，我们都得接受它，像我们的父亲母亲一样。

回望那一排歪歪扭扭挣脱大地"升腾"的脚印，我才恍然深悟，关于升腾的遥想，源于当年如同当下的我自己一样的父亲母亲：他们将房子钉在那一片叫"家乡"的土地上，无论谁，无论什么时候去找他们，他们不是在房子里做饭或者睡觉，就是在距离房子方圆不到三里的土地里躬身劳动，生活毫无新意，每天都是无限重复。有时候我故意躲起来让他们找我，让他们因为找不到我而着急，但他们很快就能精准无误地把我从柴垛或者别的什么地方拎出来，这可真令人沮丧。生活没有什么盼头，生老病死如同日升月落，了无新意，令人无法不想着要逃离，除了升腾，还有什么更好的逃离法子？

钉在原地的房子一钉就是几十年，只要回去，它永远在那里，里面的人，父亲、母亲，仿佛永远也不会消失，我没有想过这其实是我漂流的稳定之所，升腾的力量之源，直到这一天，升腾不再是挣脱生活的梦，我蓦然发现，房子里的人已到垂暮之年，很快就会轰然消逝，房子也会倒塌，风雨侵蚀之下，灰飞烟灭，而我已经接过接力棒，成为我儿子升腾逃离时的回望之所。

此时，我看到，在我童年渴望升腾的大地上空，天边出现颜色驳杂的光，暮色拼尽全力地亮堂起来，这大概意味着，不久之后，这些光就要隐到夜幕深处了。

雪青色：抬棺者的脚步声

金刚师。我还能做金刚师，你看我身体好不？

村子里的李笠阳叔叔上吊自杀后，父亲竟然去当了一回金刚师。年近八十的父亲说这句话时，耷拉下来差不多盖住眼睛的眼皮被他使劲儿撑起，一道光从眼里射出来，映照着他脸上浮起的得意之色。

金刚师是抬棺材的人，是年轻与力量的代名词。在土葬依旧是主流的农村，死后埋葬在自己的地里，与历代祖先会合，死，就不称之为死，而叫往生，是奔赴远远长过一生的时间，是去往永恒的归宿。因此，死比生更隆重，一个人的死，可以发动全村子里的男女老幼，各负其责，为其举行各种仪式，其中，抬棺就是最重要的仪式。出殡下葬前，大约上午八九点钟，亲人们围着架在长条凳上的棺材哼唱，哭泣，转圈，启开棺材瞻仰最后的遗容，在一片凄绝的哭声中合上棺材盖，然后分四段，套上四根异常粗壮的麻绳，挽到棺材上方打出一个空心结，穿上四根大木棒，八个金刚师分列两侧，一声"一、二、三，起"，哀乐响起，金刚师们同时掮起木棒，迈开整齐而缓慢的步伐，迈出堂屋，一步一步走向墓地，直到将棺材放进"金井眼"（棺材坑）。

棺材的木材质地不同，重量有很大的区别，但加上逝者本身、棺材里放进的石灰、衣物、逝者生前喜爱之物之类，很有些分量，从家里抬往墓地，有的要走上两三里路，且常是不平的山道，差一点力量都不行，若因其中一人跟不上，耽误了抬棺，据说会对主人家极不吉利，对后代不好，这也会让所有金刚师过意不去，因此任谁一旦做了那一次葬礼的金刚师，咬紧牙关也会挺着，争取顺顺利利地完成任务。如果遇到雨天，路途泥泞，金刚师会要求抬几步休息一下，主人家也都十分恭敬，披麻戴孝的孝子贤孙一个个下跪、磕头、装烟，表达对金刚师的感谢。因此，金刚师多半从壮年劳动力中选，即便如此，仍然每次都有金刚师扭了腰、伤了腿之类。但谁家还没个死人的时候，村里的人无非是相互帮衬，交换着上，这大概也是几千年来农业社会重男轻女的原因之一——女人是不能做金刚师的。

不过近年来，随着火葬的介入，乡村里也有很多人选择死后让亲人捧回个骨灰盒，省了许多烦琐程序，加上年轻人入城打工，不到年节极少回家，村里能做金刚师的微乎其微，金刚师的年龄也无限地增大了，以往满六十就不做金刚师了，现在六十五岁的都作为主要力量上，抬第一棒或者最后一棒，没想到八十岁了，比棺材里躺着的年龄都要大，他还得上。

我是回家探望父亲时，听他偶然提及当金刚师一事的，短短的一句话令我心中不由感到一阵悲凉，村子真的空了；又深感担忧，父亲再不服老，年龄摆在那里，村里人也是真敢让他上啊。作为远在他乡的儿女，我们又有什么资格反对他呢？除了他自己，谁也阻止不了他要为别人抬棺的脚步，大抵对于他而言，还能为村里逝去之人做点事，证明他还有一分价值，不会被村里人看低，他的儿女们已经远离村庄，不能为这块出发的土地上的人做一点贡献了，等到他死去，他害怕没有人肯为他抬棺，那样冷清且冷漠的葬礼，于他而言是最不能接受的未来——他为自己有个体面的葬礼，准备了许多年，似乎可以更坦然地面对死，也更平静地等待死亡了。因此，当再次获知他又要当金刚师时，我特意再次请假回家，怕他万一出事，只能做好随时送去就医的准备。

这是一个深秋的晌午，阳光明亮而寒意侵人。比父亲小七岁的黄发民突发心梗去了，村尾哀乐飘来，父亲的脸上涌起悲凄。他说，真年轻啊，真不该轮到他。我便问，那应该轮到谁呢？你？！

关于死亡的讨论来得这样令人猝不及防，父亲被我问在原地，一言不出，假装整理衣服。他穿着我新给他买的羽绒皮服，戴着黑色呢子帽，背微驼，脸上没有多少皱纹和斑，看上去精神很好，不见老。他与我通话时，最喜欢说的话是今天又给菜地施了多少肥、浇了多少水，橘子又出产了多少，能卖多少钱，仿佛他并不在意时间已经在他身上整整流淌了七十九年，他这条河的河底已经积了远多于常人的泥沙，再积一些便要断流。在他的认知里，只有永远活在年轻中，死神才会忘了他。

过了一会儿，他讪笑着说，就算是轮到我了我也不怕，人固有一死嘛，我这辈子，在这里出生，活过了七十九年，再在这里死去，从来都没有离开过这里，尽管曾经无数次想要离开，但仔细想想，这应该是最好的归宿了，但我不想像发民一样死，太突然了，也不能像李笠阳一样得抑郁症死，七十岁的人上吊，死相太难看，我最好是老死，坐在摇椅上睡着睡着就死，这多好，反正你们也不在家，每个人都要过自己的日子，每个人都要面临自己的孤独，这也没什么不好啊。不过我死之后你们还是烧了算了，一则，如今难以找到抬棺的人；二则，人死如灯灭，也没什么好，一定要躺棺材里去腐烂掉的。

从没想到他这么通透，原本我以为，越接近死亡的人越害怕面对死亡，思想建设是做过的，真正地一步一步靠近，要做到坦然无惧，并不容易。

在这样出人意料的通透中，我默默地跟随着他走向金刚师之位，再一次见证了乡村隆重的葬礼，与我儿时经历过的几乎一致，严肃、庄重，准备起棺时，人们让八十岁的父亲站在第三位，他毫不迟疑地走过去，试了试木棒，但很快就有一个后生接替了他。父亲不放弃，一路站在后生边上，随着队伍往前移动，他的脸上也跟着浮现着力之色。此时他的心里，依旧把自己当成金刚师，只不过没上场而已。

看着父亲艰难移动的脚步，听着鼓乐之声，我仿佛看到黄昏时天边的雪青之色，那是只属于父亲的颜色：清透温暖、平和从容，给暮色一抹倔强的冷清明亮。

天青色：哭灵的悲声

端华哭灵名震一方，但外婆走之前，我从未见识过。

那天，八十六岁的外婆，众望所归地走了。天空飘着的小雪，说停就停，太阳冷冷地在高空里照着，给进进出出置办丧事的人带来几分温暖，那清冷而安静的光，仿佛外婆的眼神。

其实外婆刚满八十六岁，不算很老，完全能自理，头脑清晰，做事有条理，一点要走的意思也没有，可是，自从六月里摔了一跤，腋下的两根肋骨受了伤，她就一直起不了床，半年时间里，她的女儿，我的婆婆端华天天陪睡，端茶、喂饭、洗身子、陪外婆说话，已经累病了两次，得了类风湿的双手肿得绷紧，一夜一夜钻心地痛。儿女们心疼自己母亲，望着满头银发，斜躺在床精神依然健旺的外婆，心里不由起了埋怨——已经八十六岁了，外婆啊，你为什么还不走呢？你不走，妈妈的劳役何时是个尽头？

以前，儿女们总是说，妈妈，来与我们住吧！端华叹息，唉，外婆没死，总是出不来的；儿女们又说，那就把外婆一并带来！妈妈说，外婆一辈子没出过远门，不会来的，而且只要我出门，外婆就总含着泪说，你要快点回啊，我怕你送不到我的终！外婆没有儿子，更注重临死前床前有人守着，她清冷了一辈子，这点愿望实在不过分，儿女们也只好作罢。然而，心里却也埋怨：唉，外婆成了横亘在他们与母亲之间的一条河，要渡过去，多么艰难！

于是私下里，大家的心里都会想着，外婆什么时候死？她怎么还不死呢？是时候了呀，已经八十六了！——这些自然并不是有恶意的诅咒，只是，生命这场来去，自自然然地，到了哪个时段，就该履行哪个时段的职责，外婆到了八十六岁，死，是水到渠成的，不是吗？

丧事办得很热闹。除了端华，其他人都没有哭。灵前安排了夜歌队，一开始，我以为夜歌就是哭灵，就全神贯注地听着。夜歌声悲凄、洪亮、押韵，唱夜歌的时而清唱时而配乐唱，兴致高涨，一刻不停，每一句都能恰到好处地把节奏和韵脚对上，连续唱三四个小时，高一声低一声，叙说着外婆平凡又伟大的一生——在民间，死者总是有无限功绩的。这不仅需要一把好嗓子，更需要一个好脑子，这样的吟唱使笼罩着"死亡气息"的夜晚莫名地增加了几分喜庆与期待，一村子的人都围坐在外婆的棺材旁，对着几炉通红的炭火，听着夜歌歌手"才华横溢"的哭诉，分明就是借着外婆的去世，观赏一台难得一见的精彩节目。直到深夜，村民们还是恋恋不舍，不肯离去，对于他们而言，漫长冬日里，寂寞且孤独的乡村生活太缺少这样热闹有趣的时刻了。

此时灯火通明的房屋外，涮子黑漆的夜空，飘起了夜歌单调的歌声，这声音一直延伸到很高很远的田野上。

单调的哼唱，哭泣的腔调，怪异的停顿，放在平时绝对是满布恐怖色彩，然而，歌唱者会根据逝者的年龄、死法，改掉唱腔中过于悲伤的部分，确定插科打诨的频率。他们以唱夜歌为生，见惯了生死，大抵也不觉得死亡是一件多么值得悲伤的事，有时死亡倒是一种解脱。外婆这办的是白喜事，在夜歌中插入一些低俗的内容，才能让来守灵的人坐得下去，熬得过又寒冷又寂静的冬夜。

于是，一会儿找孝子要红包，一会儿讲小段子，一会儿哭，一会儿笑，带动一屋子的人的情绪。就连一直哭着，人都傻了的端华，也时不时被他们唱出的内容弄笑，情绪立时开朗。外婆的灵堂设在堂屋里，连续两夜，大伙烤着火，守着黑黑的棺材一直到天亮，因为有了搞笑的夜歌，大家的倦意一点点被驱走，扎扎实实地陪了外婆两个整夜。

每次因为什么而笑翻了天时，端华都会走过去抚着棺材，对躺在里面的外婆说，妈妈，你要是还在，一定也要被她们笑晕的！妈妈，我多么想你的笑声啊！说着说着，就不由自主地抹眼泪，低低地声声叫着"妈妈"。

终于，在某个时刻，夜歌声带来的回忆不可遏止地让她再也无法从悲伤中缓过神来，在大笑过后，她情不自禁地开始放声悲歌。

与夜歌相呼应的真正的"哭灵"开始了。端华原就是哭灵的高手，更何况眼前的逝者是她的亲生母亲。情真意切之下，她用悲痛的腔调，真正开启了外婆的一生：我的妈妈呀，你怎么舍得扔下你的女儿独去呀，想你身为周家的闺秀，长相为当地公认的美人，读了古书，女工第一，却嫁给了贫农文盲我的爹爹呀，爹爹心肠又歹毒呀，不知道关心你，只要你不停生呀，女儿生了一堆，儿子却没一个，被人瞧不起呀；你一个人拉扯大我和妹妹呀，爹爹还要打呀，打得你团团转，你也只能打落牙齿和着血往肚里吞呀；你呕血也无人管，多少次死里逃生呀，我的妈妈呀……

端华这么一哭，将一个沉寂的夜晚推向了回忆与悲伤的高潮。一屋子的人立即陷入对外婆笑声的回忆里。一幅一幅的画面就咿咿呀呀像轻雾般在心头升起。我认识外婆时，她已经七十六，娟秀而干枯的脸庞上，展开的笑，是与没有牙齿的嘴里发出的爽朗笑声一起的，"哈哈"声一出，灰白的头发立时精神起来，枯瘦得只剩一层透明的皮包着脆硬的骨头的手，经脉分外鲜明，连墙上的砖，屋顶的瓦都仿佛受了感染，一起笑得颤动。尽管外婆常常感叹她没有儿子，十分可怜，说起往事，又常常泪流不止，但是，这丝毫不能影响她的笑，那样肆无忌惮，那样坦荡无忧，那样生气而生动。

我想起了那个夏天，我穿玫红底黑蚕丝裙回来，她感叹，年轻着真好，穿什么都这么好看，而我以为，年过八十的外婆早就不关注"美"这样的事了；我被鞋子磨破脚皮的那个冬天，外婆悄悄地给我绣了双鞋垫，简直是从古代淘出来的绣品，漂亮的花色，匀称的针脚，展示出那个时代的绣功；我在沙发上看书小睡，她默默地为我盖上小被，嘟囔着说，这姑娘，也不知道照顾好自己；我接她到新家看看，几十年没出过远门的她，看到城市，像古代人穿越到现代，看到家里的装修，感叹这真像皇宫——外婆使我真实地感知到一百年前的那个时代遗留下来气息，使我似乎触摸到了那个时代的脉搏。在我认识她的很长一段时间里，她生活在用茅草做屋顶，苇秆夹墙壁，泥土当地面的小房子里，点煤油灯，用小柴灶做饭——她倔强地保留着从前生活的习惯，不接受新时代的改变，直到端华强行将她接到家里。

有一天，南风很大，吹动坐在堂屋里纳凉的外婆的白发，她尖尖的小下巴，端庄的五官显得特别好看，虽然岁月的皱纹已经明显地将她侵蚀。我说，外婆，你年轻时一定很美吧？外婆哈哈大笑，没有牙齿的嘴，竟然并没有意想的可怕。谁的一生不曾写满故事？谁又能将所有的故事交付？

在回忆里活过来的外婆，令闻者全都落下泪来。死，是实实在在的欢喜，又是何等实在的悲伤！在这样哭灵的歌声里，多少人想到了自己的死，多少人又沉落到过去的、未来的岁月里去。

转眼又是十年过去，年近古稀的端华，喜欢与夜歌队一起哭灵的端华，决定再不哭灵了，只因哭灵要哭好，对每一个已逝者都需怀着真挚深切的情感，一旦触动衷肠，她就要沉浸在别人的人生悲喜里很久很久，如同跟着经历一般，年纪大了之后，她自觉已经受不住这样深度的悲喜冲击。她一生热爱的无非是这热闹喧腾的世界，她说，我要安安静静地回顾我自己的一生，然后从容走到我妈妈的面前去。

一切嘈杂声退去，暮光中出现一片澄澈的天青色，映照着端华的脸，异常平静安稳。

淡黄色：花鼓戏的二胡声

"我曾经问个不休，你何时跟我走，可你却总是笑我，一无所有……"，大街小巷各色摊位上，录音机里循环播放着《一无所有》的时代，崔健用嘶哑的喉咙，带来令人绝望又着迷的摇滚。这一切恍惚就在眼前，热爱崔健的青年，却已一不小心年过半百，他们的孩子像他们当年一样，将父母远远抛在身后，"一无所有"地在城市的版图上攻城略地。

北京、上海、深圳、重庆、长沙……地铁站里，公交车上，无数年轻的面孔来去匆匆，他们在生活里奔忙，奔向一个又一个站点，那些空间的站点，时间的站点，生命的站点，快乐与悲伤的站点——这是一个年轻人的时代，永远年轻的时代。年轻人一无所有，年轻人一往无前。城市因为有了这些生动的、奔跑的、生机勃勃的面孔，才蒸腾出生命独有的味道，但很少有年轻人回头看看被远远抛在背后的父母：在他们的世界里，父母属于过去，可以尊敬、孝顺，却早已消隐了光焰，他们根本无法听到从他们的生命深处传来的压点的锣鼓声。

他们不知，"一无所有"闯世界爱自由的勇气也曾注入他们的体内，他们也曾是年轻孤勇的灵魂，即使时至暮年，也要以孤绝的姿态跳跃出升腾的火焰，有热度的火焰，有光亮的火焰。既然时尚似乎注定与农村与年老有一定的距离，创造属于自己的时尚未尝不是一种值得期待的尝试，要知道，父母们一旦推开广场舞的大门，新的世界扑面而来：抖音滤镜里可以随意化妆、戴花、磨皮、配音；各种购物软件带来无上便利；微信视频随时连线兄弟姊妹，一声令下便可快速集合……但这一切都比不上将最有乡土气息的地方剧种那么叫人快乐。戏曲自有它的魅力，从锣鼓丝弦到人物角色，从化妆舞台到走步唱腔，无一不需要灌注时间、才华与热爱，不管作为观众还是演员，戏曲都足以使沉寂的暮年因为着迷于某一物而重焕异彩——

在儿女们面前一向木讷寡言的文斌一旦手执一把二胡，端正好身姿，往台阶上一坐，一个未经构思的黄昏，一种超出所有人认知的精彩，就在他与端华配合起来的花鼓戏唱腔里降落下来。

"如果没有这点快乐，在一天一天注定走向死亡的路上，就真的没有半分念想了。"

"人都是要死的，不必着急。"

拉二胡之前，文斌的嘴里，时不时悠悠地冒出一两句这样的话，一下子就把他从一个地道的农民的身份里拉了出来，这样的话，与史铁生说的那句"死是一件不必急于求成的事，死是一个必然会到来的节日"几无差异，他俨然成了一个哲人，这大概是花鼓戏的戏文引领的。小学都没毕业的文斌，在端华面前一向谨慎拘谨的文斌，一旦二胡在手，心思便无比平稳、愉悦且开阔，能顺利完成从农民到"艺术家"的华丽转身。

湖南的地方剧种花鼓戏，唱词用的是方言，经典的故事无非是那些耳熟能详的才子佳人、牛郎织女、分离团圆、状元高中、谢主隆恩之类，毫无新意，老剧目的台词，票友们基本上都背得出来，神奇的是，看它一百遍，依然会期待第一百零一遍。比如《刘海砍樵》，那一声"胡大姐，我的妻啊，你把我比作什么人喽嚯嘿"一起，所有的观众都能接下胡大姐的回话，可还是会目不转睛地盯着台上的演员，期待她的演绎。每个经典的剧目无不如此，这才是它真正的魅力。旦角头上的珠翠，身上的绸缎花花绿绿，比年画里的颜色还缤纷，小生与老生的装扮简朴很多，丑角则一律是演双簧的打扮，还没开口就是逗笑全场，舞台简陋，全靠故事叙述。这俚俗的特征当然都是奔着"下里巴人"来的，也非常受湘地老百姓的欢迎，以前每到年节或者家中有大事，看花鼓戏（俗称"人戏"）成了最值得期待的事。

文斌和端华年轻时，利用农闲，与其他一些花鼓戏爱好者组了一个业余的剧团，一个做琴师，一个扮旦角，一个在台下拉着各种调，一个在台上走步唱词，配合得天衣无缝。只听那锣鼓声一响，二胡便吱吱呀呀响起来，西湖调，十字调，渔鼓调……文斌无师自通，拉得那叫一个熟练，这就给了端华很好的发挥空间。端华有一把好嗓子，清脆，高亢，圆润，还有一张好脸面，化好妆往台上一亮相，就能赢得满堂喝彩。然而生活艰难，年轻时要养活一大家子，每天都是日出而作，日入而息，谁还顾得上娱乐自己？

"那个时候，我还教过红儿、海儿打地花鼓呢。"文斌的腿因严重的静脉曲张，瘸了，行动十分不便，天冷时，一整天一整天地围着一堆火坐着，像在思索什么，又像失去了目标，被动地度着日月。年近八十的他，只有说起花鼓戏时，才恢复些生机。"那时候真是可怜，红儿头上绾个高高的纂，脸上打两坨红胭脂，像猴子屁股，海儿穿个短打样，两个都穿红着绿，拿了镶绸缎边的房子，边唱边跳，把一堆人逗得合不拢嘴，带着一堆移动的观众，泥一脚水一脚地从这家唱到那家，嘿嘿，还有点唱戏的天赋呢。正月里一家家唱过去跳过去，要去好多家才能唱得些小红包，用来交来年的学费，其实这是一种变相的讨米法，真是没有办法。"

文斌沉入回忆里，眼里泛起了泪光。"这如今日子好过啦，你们都有自己的路，终于不用再待在乡下了，没想到花鼓戏也能上正板了，我和你们的娘，没事时和老一辈的朋友们唱唱花鼓戏，日子赛过神仙！"他又笑了起来，"去，拿我的二胡来，端华，我们来个西湖调。"他的声音洪亮，仿佛要说给整个村子里的人听。

此时，二胡声咿咿呀呀响起来，薄暮的天光里，一抹淡黄色照在他的脸上、身上、二胡上。属于我的家公文斌的暮年生活，陡地明亮起来。

花青色：只争朝夕的诵诗声

你给我投个稿，我要参加叶紫杯诗词大赛。

你给我投个稿，我要参加长沙银行杯诗词大赛。

你给我投个稿，我为《赤脚泥花》的前世今生写了篇散文。

……

近年来，父亲与我的聊天记录，有一半以上是他让我帮他修改诗歌、比赛投稿的内容，一半左右是他每有感慨写下的诗词歌赋，只要回家，他总要颤巍巍地把他新近手写的诗词拿出来，很谦逊地要我修改，逼着我谈感受，而我，在懂得他之前，不过是敷衍地连声道好，心里却默默嘀咕，都已经八十啦，离入土不远了，这也不是一个产生诗人的时代，这也不是古典诗词最好的时代，你还想怎的？有唐诗宋词珠玉在前，你的所有努力都将是白费，诗歌的丰碑上刻不下你的名字，你这样写的意义何在？再说，我不说好，难道我还真的给您修改？选材有限定，改也没法改呀！

作为他的女儿，作为一个"读万卷书"的写作者，我习惯性地轻视他的写作，只因他"农民"的身份与诗歌的高雅相距甚远，我从来不敢告诉别人，我的父亲是一位诗人，地地道道的农民诗人。尽管我深深知道，诗人不以诗的成就论，诗人在于气质，在于对诗的理解与热爱，也在于以一种诗的态度在这个世上存在，生活，并且孜孜不倦地写下去。然而，在他八十岁写下三千多字的散文《绿叶情深》去回望他创办杨梅山农民诗社并主编诗刊《赤脚泥花》的全过程，字字都是深情时；在他为自己的八十岁赋诗两首时；在他看到世上不公平之事依旧会写诗讽刺时，我不得不承认，诗歌与年龄，与际遇，与成就无关，他或许没有大的成就，或许不会青史留名，但他用一生的执着诠释了什么叫作"诗"。

在"从心所欲不逾矩"的垂暮之年，他写道："聚时，畅怀驰骋言而不尽。抑或持以争鸣，时而奇文共赏，叙乡风民俗，抒时世升平。虽苍颜白发，聊以自娱也。"我才知他的心态原就如此，并没有什么执着的奢求，以此而论，他早就得了诗歌的真谛。

"而我们的农民作者，自始至终那么执着，那么热情，那么坦坦荡荡，潇潇洒洒。几个普普通通的农民和其他农民一样，日出而作，日入而息。他们也有自己的家，也要管家长里短，柴米油盐，但在另一方面他们注重精神文化的追求，不慕荣华，情操自守，为的是把生活中的酸甜苦辣，世事沧桑，到如今的盛世春秋注入笔端。借此，互相切磋，雅俗共赏，取长补短。既然如此，何乐而不为？"这又何尝不是劳碌一生之后的父亲，将儿女们全部送离家乡的父亲，像一颗钉子一样孤独留守于家乡的父亲，消磨时光的最好方式？

当我意识到父亲从未放下过他的"诗人"身份，在我无数次想告诉他，没有谁在意过他是不是一个诗人的身份之后，我才惊觉自己正以一个所谓的"权威者"的态度否认写作本身的意义：如果写作只是为了发表，意义何在？如果写作不是为了发表，意义又何在？而执着地将诗歌演绎了一生的父亲，给出了不同的答案，他不追寻意义，意义反而与他共存——从年轻到年老，他从未放弃的事情就是写诗，读诗，编诗集。做诗社主编，白天在地里劳动一天之后，回到家中，洗漱完毕，于灯下一字一句推敲别人诗歌中的用词、用韵、平仄、内容、意境，可谓殚精竭虑，"吟安一个字，捻断数茎须"，他苦在其中，更乐在其中。为农民诗社四处奔忙，从不计较报酬，尽管他的诗，或者说，他们的诗，在行家眼里，大概率脱不了"农民""俗气"的标签，没有谁会因为知道他的世界就那么大，他所有的思考，不过是大地、农作物，大一点，便是国家、民族这些听来的词语，而原谅他诗歌造诣的不足。

有人的地方就有江湖，诗社也有恩怨。多年不懈的努力使诗社名声震响，影响力逐步扩大，他们扛回了"中华诗词之乡"的牌子。于是想借此扬名的人来了，想借机获利的人来了，相比于纯粹写诗的农民，那些连打油诗都写不好的人，却渐渐掌握了诗社，取而代之地成为诗社的话事人。父亲一身傲骨，半世热情，见此情形，为诗社的前程忧虑不已，他怒而指斥种种不堪，为保全小刊刊名不惜与领导拍案，最终愤而退出他亲自创建的诗社，重回一个人写诗吟诗的状态。

那段时间，父亲与我说的话题，从诗歌本身，说到人性，每每说起，脸色都会于古铜中渗透一些暗红，我知道，这事是他的逆鳞，一旦触碰，必定血压上升，毕竟，倾注了毕生心血的果实，被别人拿走、改造，哪怕是老年的他，也难以完全放下，甘心面对。

然而在我看来，他早就应该不在意这一切，安享晚年。生命还剩下多少呢，他何苦执着于他所并不擅长的权谋领域？那时我劝他，也许事情只是从他自己的角度，换个角度，让长袖善舞者去带领诗社，未尝不更能使诗社扩大并长盛不衰，那不也正是他的夙愿？

对于好强了一生的父亲，我的安慰苍白无力，唯有真正的"衰老"才能让他平静下来。我既希望他平静，把纷争让给年轻人，又希望他永远不平静，那才是生命热气腾腾的证据啊！

八十岁生日那天，父亲拒绝我们给他大办酒席，他只想安安静静与家人共处。那天黄昏，我们给他戴上寿星帽，将他推到精美的蛋糕前。生平第一次点亮生日蜡烛，面对生日蛋糕的他，弯着腰吹蜡烛，许愿，牙齿漏气，不能一口气吹灭，许愿时双手微曲，怎么也合不拢，吃蛋糕也只能象征性地吃两口，我心里一阵难过，岁月的车轮不可阻挡地碾轧他，接下来就要轰隆隆朝我轧来。我们能做的，大抵应该像父亲那样吧，纵使艰难，纵使受限，也要活出心里诗的模样。诗歌是可贵的，永远可贵。

在我们不能陪伴的暮年，在村庄日益衰颓，同龄人逐渐离去的暮年，在每日都要考虑一遍"死"的暮年，他寂寞，孤独而澎湃，也许，还有时时袭来的无边无际的绝望。无法想象他是怎样一言不发地过完一天又一天，好在有诗。诗是他的光，花青色的冷光，不够温暖，但很明亮，足以照彻天边渐沉的幕布。

在我的叙述中，天边的光渐渐暗下去，但下山之前，五色斑斓，层次交替，煞是美丽、动人。我又想起了钉子的那个比喻，这些身处暮年之人，连同他们的房子，一旦停下来，就牢牢地钉住了。上一辈是从未漂流，永远在原地，等到他们逝去，很快就轮到曾经漂流而终于还是钉在了某处的我们，为儿女们停留的我们。

命运就是如此，复杂的现实和朴素的愿望升腾起形形色色的人生……生命这场旅程，无论怎样艰难波折，都是个人史，一个人能让自己的终章云霏开而霞光万丈，便是壮烈，普通人亦可壮烈，如我的父亲，如端华，如文斌，如万千的他们，即将成为他们的，我们。

尘

光

大雾弥漫

一

腊月二十九黄昏，杨梅山联盟村被经冬墨绿一片的橘园暮色围拢。

天空低垂的颓云凝滞不动，越过层层叠叠肥厚的橘树叶尖，从远处被洪水冲开过的大堤口往外眺望，浩江湖像一块巨大的翡翠，安静地平卧在村口。没有风，空气就像结住了的冰，又冷又干，使每一个呼吸都要用上打碎冰块的力气。灰喜鹊喜欢单独行动，一两只零零星星地矗立在干枯的枝上，头时不时摆动一下。麻雀则总是一大群掠过，"呼"的一声从南飞到北，扑入一片竹林，又"呼"的一声从北飞到南，偶尔在电线杆上谱一挂五线谱。

寒冷裹挟了大地，2021年年末，被疫情扫荡过两遍的村庄，灰蒙、萧索，但绿意还是在橘树梗里蠢蠢欲动。

空气里弥漫着硝烟的味道，夹杂着各家各户散发出来的酒菜香味，与寒气、肃杀气，混杂成一种叫"年"的东西，从经冬未老的草叶上，渗透到每一个人的毛孔里——

在父亲的心里，仪式感比"年"本身更重要。

中午团年饭之前的祭祀是一年中最隆重的时刻，他领头拜，说出他一生执着的第一个信念——"国泰民安，山河无恙"。从前我只觉得这八个字太重，从像父亲这样的老农民口里说出来，有种莫名的反讽意味，似乎这样的词不配由他来说，但我知道，他是认真的——山河安稳，人民安泰，好不容易从贫苦中走出来的他才能安享晚年，他活了八十年，这个道理早就悟透，而我们，若不是两年前那一场突如其来的疫情，都生活在自己的小悲欢里，哪曾抬头看看这个世界，知道每一粒尘土都与自己有关？

暮色沉重，给已逝亲人上坟的鞭炮声暂时停了，村庄静得能滴出水来。我们在改装了的客厅里看电视，守岁，父亲与他的后妻坐在被烟熏得乌漆墨黑的老厨房的火堆旁烤火。对于父亲而言，祖祖辈辈，岁岁年年，除夕夜的火，也是迎接"年"的仪式之一。

接近零点，深黑的村庄上空飘起了柴火燃烧时特有的橘木香味，对岸的七彩焰火升到半空，一声一声的巨响震得大地晃动，不多久，西邻李家也开始放烟花，他家在本地开了工厂，每年此时都会大放焰火，把对岸煮粥一样的声音比下去。

时间还宽裕，父亲不慌不忙地铺开鞭炮，摆好烟花。没有人陪他，他的身影分外孤独。

在新旧交替的一刻，拖着脚步的父亲从容地逐一点燃了所有引信。瞬间，声响、硝烟，不再是遥远的存在。但因为有李家那强悍的声势衬托，父亲的炮声与焰火犹如广大背景幕布上的一两点星子。似乎迈过恒久的时间长河，炮声与火光渐渐寂灭，宁静、漆黑一片的田野被大雾笼罩，堆积起来的烟尘与雾融在一起，使四周的浓雾如一堵墙，隔开了我们与世界。相隔不到十米，父亲咳嗽的声音清晰在耳，可我睁大眼睛也看不见他的身子。然后他的腿最先出现，再就是手，最后出现的是头，他如同从水底渐渐浮出来的，那个瞬间使人深感不真实。

我凛然发觉——我从未真实地看到过我的父亲，这么多年，他对于我而言，一直在雾里，大雾浓处。如今，他日渐衰老，衰老得只要他说一句不合适的话，就可以被我怼得无话可说，他这才肯从大雾里走出来。

二

走到堂屋门口，站定。背对春节联欢晚会喜气洋洋的歌舞，面前是浓雾笼罩的大地。父亲遥望对岸明明灭灭如同梦幻的焰火，像是在欣赏、赞叹，也像是在思索、祭奠。从大雾中走出来十几分钟后，他身上那股子说不清的雾气才渐渐褪去。

他仿佛从一场大梦中醒来，说出了新年的第一句话：

"爬过年坎子，租给李家的那片土地，我就要涨价了，他如果不同意，我就要收回来，让他的工厂开不下去，他们对这片土地的所作所为，已经让我看不下去了。"

那是父亲精心培育了好几年才长成的橘树林。父亲对自己的培植技术十分自信，他总是高昂着头，眯着眼，很骄傲地说，十里八乡的人都知道，我种的西瓜和橘子是最甜的。作为一个在地里刨食的农民，他所有的成就感，都源于他的果实，不管这片土地怎样变化，那种渗透进骨子里的对果实的崇拜是不会变的。然而他终究会老去，老到无法挑动一担粪，无力推压喷雾器给果树杀虫，甚至要看清树干上的虫洞并用蘸药的棉花堵上，都是一件极为困难的事，更别说爬到树上一只一只把橘子剪下来以确认自己的收获了。他对自己的老去无能为力，最后只能妥协：放弃对这片土地的执着，在电子厂的协议书上签上"同意"二字，并商议好了每年五百元的租金，一次租用合同签五年。

二千五百元，在五年前，对于父亲而言是一笔不错的款子，他并不知道电子厂是做什么的，但其志在必建的势头，这笔钱对他的诱惑，使他放弃了对那片橘林的执着。但父亲低估了自己对这片土地的感情，他完全没有预料到，在未来的五年里，他会因为自己种橘子的土地上建起了钢筋水泥的房子而心痛不已，会因为周围土地受到污染而辗转难眠。他才不管中国大地上正在发生什么事，也无暇理会更多的厂房建在耕地上，他只要自己的土地恢复原状。为了要退掉那点租金，让他们的厂不再开在能够结出最甜的果实的黄土地上，他多次上访。可他把老命豁出去以卵击石悔不当初，也丝毫撼动不了一个村庄支持实业的决心。

建厂的辛筠，与我弟弟同年，是李家的满儿，读书一般，却从小透着一股子机灵劲儿。我弟弟当年考上响当当的重点大学，后来又分配工作到国企，而辛筠只能在广州打工。父亲昂首挺胸地从李家门前经过，难掩对打工仔辛筠的轻鄙。那时候父亲总会感叹道，万般皆下品，唯有读书高啊。

然而在时代的巨浪里，当个人的命运迎向某个浪头，有的人被打翻落海，有的人却顺势戏浪，将自己送到顶峰。仅仅十年，他俩的命运换了一个个儿，在国企的弟弟因看不惯种种大锅饭的弊端而走向市场，一切从头开始，被残酷的现实抽打得千疮百孔，打工仔辛筠学到一身本领，重新创业。

回到家乡的辛筠向村委会提出建厂的设想，这不仅要投入大量的财力，还需要占用世代耕种的土地。他能提供给村庄的最大好处有两个，一是成立股份制公司，村子里的人对他的厂有信心的，都可以投入一定量资金作为原始股，年终分红；二是大量的手工重复性简单操作可以解决几十个中青年留守妇女的工作问题，待遇比下地干活要强得多。十里八乡，这是第一个想在农民们世代相守的土地上建起工厂的人，也是第一个允诺大家共同富裕的人，谁能拒绝这样的诱惑？凭什么城里人就理所当然住进高楼大厦，而乡下人就只能守着一片没有多少产能的黄土地？更何况这些年，年轻人陆续离开村庄，若不是橘子树不太需要打理，谁还愿意用辛劳的汗水从土地里换取可怜的收入？至于他们世代相守的土地会怎么样，谁会在乎？

在那场会议上，父亲欲言又止。他凭着几十年看惯风云的经验知道，胳膊拧不过大腿。但他愁眉不展，唉声叹气，在电话里与我诉说他的不甘心，他说，这么搞下去，只怕老祖宗的墓碑都不会有容身之地了，以后你们再也看不到一片干净的黄土，吃不上一口只有这黄土才种得出的甜橘子了。他总是怀揣着这种"先天下之忧而忧"的精神生活，他的忧愁早已成为常态，显得毫无必要，甚至杞人忧天，没几个人把他的话放在心上。

电子厂的建设赢得了全体村民的认可，也顺理成章地得到了政府的支持。他的厂址选在他自家的橘田上，但土地远远不够，他必须租赁邻近的土地，父亲的那块地正合适。在那片土地上最高的橘树上，我们曾无数次眺望远方的河流，那时，童年的微风拂过树梢，遥远的他乡被送到眼前，心中熊熊燃烧起对远方的热望。

没有什么故乡是一成不变的，沧海桑田，在时间的长河里也不过弹指一挥。父亲纵然怀着最深的爱恋犹豫再三，终究还是在租地合同上郑重地签下了自己的名字。

三

大年初一，空气冷冽，我们赖在被子里不肯起床，父亲不断地从房子这头踱步到那头。他的脚步沉重，后跟磨着地面，发出"沙沙"的声音，并朗声说，好大的雾！

我抬眼望了一眼窗户，光线还很暗的房间，玻璃上蒙了一层白，外面事物看不真切，一看时间，六点四十。

大年初一，从前总要早起去伯父家拜年，疫情以来，为减少接触，彼此都免了那些虚的礼节，倒也清净。本来无事可以大大地睡懒觉，他却以这种方式暗示我起床，我便知他被这与土地相关的心事，折磨得焦虑难安。

披衣起床，陪他一起坐在台阶上，看浓雾中的大地慢慢从沉睡中醒来，大片的橘林影影绰绰地浮现，四周又响起了鞭炮声，村庄从寂静的大海里升腾起来。居于这样的雾气里，新年的热闹，也只有声音才能使满村庄的人互通有无。父亲年老之后，耳朵越发不好使，但每一次炮响，他都能准确判断是谁家放的，又是哪家来了亲戚。

辛筠的祖父是我堂哥的外公，往年，他们两家总是在大年初一这一天早晨约着一起去上坟拜年。每次坟头的鞭炮声响起，父亲的脸上就会浮起一种失落，他装作毫不在意，讪讪地说，我哥把岳家看得重。他的意思是，伯父一家人应该先去给我祖父祖母上坟拜年，理应与他更亲，可他偏偏与小舅子亲。他以为把自己的嫉妒掩饰得很好，可谁不知道他在这个村子里的尴尬处境呢？

直到八点，所有人都起床了，辛笃祖父的坟头依然没有鞭炮声响起。父亲似乎松了一口气，他幸灾乐祸地说，你伯父与他们闹掰了，他这次总算看明白了谁才靠得住。你堂哥与他合股开这个厂，还提供技术支持，你哥哥你知道啦，大学教授，资源多，结果，等赚到大钱了，辛笃就想方设法把你哥的股份稀释了，现在他把所有小股东的股全部买断，这个厂就成了他一个人控股的厂了，你看他狡猾不狡猾，狠毒不狠毒？你哥不参与这个厂了，关于那片土地，我就再也不受制于人，顶好要价啦！厂子建时，他还征用了你伯父的土地，如今他也想要回，看他们要怎么处理。

父亲的语气中有前所未有的惬意，他被他们这一段关系憋闷了许多年，此时有隙可乘，真可谓快慰平生。父亲说，只要他有半点不愿意，我就要求他把建在我这块地上的房子拆掉，让他蒙受损失，让他的厂无处安身。他说得恶狠狠的，设想了最坏的结局。

但农村的土地并不是你私人所有呢！如果他找来乡里的领导，要用土换土，你怎么办？现在新农村建设，他修好了进村的路，又解决了这么多的就业问题，还是纳税大户，也没有胡作非为，鱼肉乡里，你为什么一定要这么纠结？再说现在疫情对他的厂子冲击应该也挺大的，他那么多产品都要往沿海和国外销售，你别看他摊子铺得大，又把其他人的股合并了，不见得是你们想象的他只顾着自己的利益，说不定他也有自己的难处。

听我这么说，父亲噌地站起，又开始踱步，这次后跟拖得更响了。

沉默半晌，他又说，不可能，我看他的样子也不像厂子出了问题。再说，他出问题是他的事，我那块土地是我所有土地中最肥沃的，这几年任由他们在上面乱搞一通，完全不成样子了，我做梦都心疼！我不管，我要收回来，自己耕种，重新栽橘子树！哪有一个农民不种地的道理？千百年来都没有！你去看看，这村子都成什么样了，到处砌房子，以前的田里也到处都是别墅，建别墅的自己明明在城里有房子，明明不会住回乡下来，房子都空在那里，就是要把这些钢筋水泥往能种粮食的地上堆，这可是能养活人的土地！这真是不顾子孙后代了！

说到激动处，父亲脸色变成酱紫，他几乎要爆炸了。自从十年前的春天从死神手里逃脱，他就似乎看透一切，淡泊了许多，除了土地，还有什么能够让他日夜牵念？他没法更准确地表达自己，只知道蛮横地要回他的土地，他才管不了别人的艰难。

晌午时分，雾气渐散，村庄恢复了清晰的面貌。辛筠祖父的坟头响起了单调的鞭炮声，父亲脸上有一缕难以觉察的得意，他带着我弟弟，高高兴兴地去那个埋葬着所有逝去的亲人的高高的山岗，在那里，他遇到了伯父和堂哥，他们再次谈起了土地和代价的问题，回来时，父亲满面春风。他说，他们几十年铁桶一样的关系，也有了裂缝，这次我就要看辛筠怎么栽个跟头，下午，我就要与他约谈，每次我想找他，连个人影也见不到，打他电话总说忙，不肯见我，你们帮我看着，只要他的身影在地坪里出现，就给我叫住他，让他过来与他同学叙旧，我打他个措手不及。

四

故乡，是一个亲切的词，也是一个有隔阂的词，是对于离乡的人才有意义的词汇。从有条件离乡开始，这片土地上泥里水里滚过的孩子，无不嫌弃它的贫瘠，无不希望尽快抖落身上"乡土"的标签，把自己打扮成一片雪花的模样，悄无声息地融入城市这一大片海洋中。

而所有的背井离乡者，又都揣着荣归故里的梦。即使在远乡不过是一个流动摊位上的小贩，过年回家时，也会衣着光鲜神情倨傲，没有证人的"辉煌"，在故乡赢得了最大的包容。一辈子没有出过远门的老人们，一年一度，凭借衣着与车子，谈吐举止与神情面貌来判断这些远离家乡的游子们的成就，"远离"，成了"成功"的冠冕，也使离开的，永远不想再回来。

辛筠是一个异数，他把别人眼中的射线，走成了一个闭合的圆，当他穿着极为平常的蓝色粗布衣服，回到他曾经的家，亲人朋友来看他，听他讲准备从此常伴寡母左右的打算，所有人都投来不可置信的目光。

下午三点多，乡村的空气分外洁净，雾气过后，万物如同洗过一般。一辆路虎威风凛凛地出现在辛筠家地坪里，我走过去，对着车窗叫了声，辛筠。他放下玻璃，笑着叫道，姐，新年好。酒窝深深，脑袋虎虎，笑意满满，还是年少时的样子。

新年好，可以邀请你来我家坐坐不？

当然可以，我还正要与叔叔谈谈那块土地续约的问题呢，正好你们都在，做个见证。

从他家到我家，不过百来步，此时父亲正坐在台阶上严阵以待。辛筠笑着打招呼，王叔，新年好。

父亲脸色阴沉，闷闷地"嗯"了一声，佯装热情地说，新年好。又叫我道，快去拿挂鞭炮放了。辛筠说，不用不用，王叔，一直没时间和您讲土地续约的事，虽然还有两个月到期，但我想着您肯定很着急，趁着春节谈妥，我也好筹划一下厂子未来五年的发展。

那我如果说我想把那块地拿回来，重新种橘子树，你同意不？

辛笃又笑了，这次笑得有些尴尬。王叔，是租金低了吗？五年了，也确实低了点，下面五年，我翻倍，您看行不？

不完全是，实在是我舍不得这块地，那可是一块非常肥的地呢！这块地种的橘子都额外甜些。

那我换一块同样肥的地给您，您看行不？您看房子都建好了，您要回地的话，我房子的损失太大了，并且拆了您也很难恢复原来的肥沃度了，而对我的厂是一个很大的损失。

父亲满脸为难地说，你们年轻人不知道我们这一代靠土地生活的老人对土地的感情有多深，看到上面砌房子，心有多疼，再说，电子厂的污水往哪里去呢？还不是又倒入这块地？长久下去，以后的农村只怕没有立锥之地了！

听父亲这么一说，辛笃神情稍有放松。您多虑了，我向您保证，电子厂是不会污染环境破坏土地的，这一点您尽可以放心，至于在耕地上建房，我这也不是先例，沿海地区那么多新兴城市，哪一个不是在原来的村庄里建起来的？这是世界发展的大趋势，以后都是以最少的土地养最多的人啦，业态多样化，这才是国家富裕起来的必经之路，即使我不来办厂，也会有其他人来，身处郊区，被改造是势在必行。

父亲沉默了。这些道理他何尝不知？但他只想倔强地守住那一片自己能主宰的地罢了。

王叔，不瞒您说，我在广东有厂，效益非常好，为什么选择回乡创业？抛开家庭原因，为的就是在必将城镇化的家乡，抢先一步安置用地，避免真正的污染，这一点我与您完全一致。辛筠说得十分恳切，父亲神色逐渐平缓。

那好吧，我就只能再租给你五年，租金就按你说的，翻一倍。最后，父亲做出了这么一个事关另一个五年的决定。但我并没有从他同意了的脸上看到真正的轻松，一种新的、无法描述的忧伤笼罩着他。

我仿佛看到父亲在这片他倾注着心血的土地上劳作的过往岁月，恍惚明白，他早已与这片土地水乳交融，在他看来，土地沉默不语却捧出果实，远比任何人心更可靠。

五

关于土地的纷争给出结论，父亲激荡的情绪暂得安抚。夜幕低垂，村庄安静，父亲依旧与他沉默的妻子坐在被烟熏得一片黑的旧厨房烤火，木柴噼噼啪啪，不时发出轻微的炸响，薄薄的青烟从屋顶飘往田野。我陪他坐着，他一手拿着火钳，一手垂在腿上，盯着火堆，完全沉浸在自己的世界里，并没有半点要我们相陪的意思，或许也只是他习惯了长久的寂寞吧，如同习惯了长久沉默的村庄，年终炸响的烟花不过是华丽的点缀。

在父亲心里，儿女亲朋，一切不过梦幻泡影，不如土地让他感觉踏实。多年来他似乎更执着于可触可感的土地，而对于人间情义却颇为寡淡。此时他也更乐于独对火光，思考土地的去向而非享受儿孙绕膝的天伦之乐。

随着时间的流逝，他的儿女们投入城市生活的时间多倍于儿时的乡村记忆，离原来的家越来越远，对村庄日渐陌生，与父亲的话题也少得可怜。我们怀揣复杂的心情在年终聚拢，寻找儿时记忆，在亲切与陌生交织的几天之后迅速逃离。以父亲的敏锐，他怎么会看不出来，一年才得一次的团圆，更多出于责任，难免有敷衍与无可奈何。因此，他宁愿选择沉默，保持住作为父亲的最后的尊严吧。

许多年来，如同隔着这大地上的雾，我看不清楚父亲。他活在年轻时比拼力气的回忆里？活在对生活无力把控的颓丧里？抑或是活在对大地深重的忧伤中？他也是看不清楚我的，从小到大，我是他眼里孝顺的孩子，但我离他那么远，似乎从来没有真正靠近过他。

唯有沉默，唯有生生不息的力量。

大年初二，雾气再次弥漫于田野，不利于车行，但我们还是要离开了，这片让父亲心心念念的土地终究不是我们的归宿，成家之后，我们不再只属于这一个家，也不可能还是当年那个依傍在父亲身边，哪儿也去不了的孩子，我们要维护独立出来之后新建的无数张关系网，这让我们看上去忙碌不已，尤其是在本应该好好休息的春节。

佝偻着身子的父亲站在车窗前，脸色并不开朗，他例行公事一般说道，要多多休息，注意身体啊，你也人到中年了，经不得熬。这本来应该由晚辈说出来的话，终究不断地由父亲说出来，让我在渐行渐远的反光镜里，看着他变小的身影，视线模糊。

六

三月，与辛筠签完新的合同后，父亲给我打了一个电话，叹息声使他的头顶如同笼罩着一层乌云。我多次要回家看他，均被他阻止。我知道，对于那片土地，他始终没有放下，却又无能为力。他无法预知土地的命运，在他与土地之间，一样弥漫着一层大雾，使他看不清楚来路。在后来与我极少的几次通话中，父亲不再喋喋不休地诉说他的激愤心事，也不再谈及家庭琐碎，对于他的骨肉，他流露出漫不经心的疏离之意——年迈的老父一直沉浸在失去土地，失去他身体的另一半的忧伤之中。

半年之后，夏日暖风燥热的傍晚，一个视频出现在我的视线里。视频中，父亲一反沉默忧愁之态，与来到家中的客人谈笑风生，客人的面孔都很陌生，桌上摆了很多水果，几个小孩子在客厅里跑来跑去，镜头一转，对着拍摄者自己，走向父亲，挨着父亲的脸，亲密地叫了声"爸爸"，父亲对着镜头竖起大拇指，表情十分满足。配文道，带着表哥表姐来看爸爸妈妈，今年第四次啦，作为女儿，真正的孝顺就是对老人的陪伴。

这是一则继母女儿发的视频，她在尽情炫耀她的"孝顺"，俨然是父亲最得意的女儿。一时间我怔在原地，被遗弃感、羞辱感蜂拥而至。原来，父亲并不是真正的沉默，不需要我们只是因为一直有人陪他，半年来了四次，每次至少住一周，他不与我通音讯，只是怕我们回去撞上这个"女儿"！

他的继女梅香，比我大两岁，肥胖，黝黑，嘴巴特别大，嗓门很粗，喜欢大声谈笑，满口荤段子，老少在场也毫无顾忌。没出嫁时，每次来我家，都会把村子里的单身男青年招来各种挑逗。我堂兄还在读博时，暑假回来，父亲请堂兄吃晚饭，正遇上她也来了家里，她见到戴着眼镜斯斯文文的堂兄，顿时两眼放光，吃饭时坐在堂兄身边，不时地用大腿去蹭堂兄，堂兄吓得满脸通红，避之不及。他这几年可能是患了一种软脚病，走路时要扶着什么东西，走一步，往下塌一步，因此基本上一坐下，非必要绝不站起。因她嫁在我婆家的乡镇，关于她的传闻从未断过，很多人知道我与她的关系，总会故意告诉我婆婆"你儿媳的姐姐……"她依旧喜欢卖弄风情，整日游手好闲，基本上都是丈夫在外面打工养家，她则每天带着儿子出入牌场，为了这点打牌的钱，她甚至不惜用各种手段骗取七八十岁老人的钱……

我曾多次严肃告知父亲她的情况，提醒他要与之保持距离，否则棺材本都要被骗走，还可能毁掉名声。为了警告生效，我不惜重提父亲多年前被继母的侄女骗走了仅有的两万元的那桩往事，刺痛他的神经。大抵父亲终究扛不住软磨硬泡，就默许了她的到来，又害怕我知道了责备他，只是各种巧妙的语言阻止我回家，但他眉开眼笑的样子完全不似被迫，那么他竟是老年寂寞到了这等地步？为什么在他亲生的女儿面前他一言不发，而对他人却笑靥如花？面对父亲对梅香的态度，我的面前再次大雾弥漫。

各种激荡的情绪在我的脑海中翻来覆去地折腾，终于，我还是没忍住，给父亲打了一个电话过去。

爸爸，梅香来了？

嗯……

她来多久了？

嗯……一两天……

她来干什么，这么热的天，为什么不待自己家里？什么时候回去？她待家里无非是让你们两个老人给她做饭洗衣。

嗯……她感冒了，还要打几天吊针……

那您打算留到何时？

……

我还想说话，父亲似有不便，语焉不详，匆匆挂了电话。我完全能想象他害怕老婆生气，小心翼翼回我话的样子。那么，有人在家陪着他，这里热闹点，他自己也欢喜，也不是什么坏事吧？我只能这样安慰自己了。

不多久，父亲给我发了一条信息："梅香离婚了，带着儿子已经在家住了半月，她占了我们的房间，天热要吹空调，还占了两台风扇，我与你阿姨只能略微吹吹风，这个夏天，温度太高，持续又久，真热得半死，我心里烦恼，没地方说，一说就会引发家庭矛盾。你不必回家，怕引发矛盾。"

一时间，我心间五味杂陈。视频里他真心的笑容与这条信息杂为一处，我不知道应该相信一个怎样的父亲，直到第二天晌午的一个电话到来，才略微看到一丝情绪的真相。

七

我打了你阿姨，三十年来，我第一次下重手打了她，现在她失踪了。

父亲的语气里惶恐不安与沮丧后悔相交杂，而我在

"打"这个字里，仿佛再次看到年轻时与我母亲争吵暴怒摔东西打人的父亲，那是一个不堪的父亲，在母亲去世后，他半生忏悔，性情大变，对续弦的妻子倍加爱护，哪怕她身患癫痫，读书甚少，长相粗蛮，左手还行动不便，他也从未嫌弃。

作为儿女的我们常常私下探究，这样一个女人能够成为像我父亲这种在农村里还读过几句书的男人的心头好的原因，最后归结为她对他的无底线认同甚至崇拜，以及她那倔起来三头牛也拉不动的性情，还有她们母女共有的一种令男人欢喜的眼神里的挑逗。这么说一个已经年近七十的老妪似乎有些不近人情过于冷酷，但事实确实如此。

父亲竟会对平时最心疼的老婆大打出手！她并非正常的健康人，天气炎热，她能去哪儿？

父亲着急了，说，找遍了所有的橘树林，硬是影子都没看到，发动村子里的人找，也都没找到，可是她能去哪儿呢？她不会寻了死路吧？

你既然打了她，自然就应该想到最坏的结果。你怎么可以打她呢？男人怎么可以打女人呢？她纵然再不好，你跟她争吵几句就可以，为什么要打她？我气得语无伦次。

父亲也知道自己错了，嗫嚅着说："梅香一来就要吃饭，倒茶，我们老两口客客气气招待，她总是坐着不动，饭菜都要端到手里，你阿姨手脚也不便，什么事都是我做，不像你们回家，饭菜都是自己做，还把家里卫生全包了。我已经老了，不想说太多话，也做不了那么多事。何况天又热，家里只有一台空调，中午我有午睡的习惯，她儿子坐在我们房间玩游戏，声音很大，闹得根本睡不着。对了，这个外孙听说是抑郁症，成天不说话，食量又大，一餐能吃三碗饭两斤肉！这都算了，梅香也在这个房间，穿着裙子，又不注意，四仰八叉的，非常不方便！

"吃完午饭你阿姨坐在厨房里吹电风扇，我看她又累，又热得汗水直流，便说了句，梅香什么时候回去，你得去问问她，你这么热，我可不想你热出病来，你阿姨就极为不耐烦地把我往旁边一挥，垮着脸说，哼，要你管！随他们！

"我这么多年，经常面对的就她这个嫌弃的表情，好像我必须巴结她才能活下去。各种让我气愤的事情闯进脑子里，我冲过去就甩了她一个耳光！这一下打得很重，我就是要打她，忍得太久了！你不知道，这些年你们不在家，她吃准了我又老又孤单，离不开她，对我颐指气使，十分跋扈，动不动就威胁我要走，好吃懒做，我看她能横到什么时候！"

云消雾散，几乎沉默了整个老年的父亲，条理清楚情绪稳定地一口气说了这许多，再一次刷新了我对他的认识。我以为，人生七十古来稀，一个年近八十的老人，既没有力气爱，也没有力气恨，看淡生死，看透离合，是无比通透的，就像他佝偻着身子去点燃烟花的那一时刻，什么都只能作为衬托他的年龄的背景。事实并非如此，父亲还是当年的父亲，他从未收起对这个世界的敏锐的触角。那么，他的孤独，他的寂寞，就是全部的真相了。

但他肯定是后悔打了她，不知道怎么收场，不然他绝不肯给我打电话来。我安慰道，夫妻之间，磕磕碰碰是常有的事，她不会有事的，毕竟，嫁给你的这三十年，她从没有一个人去过以家为圆点半径超过五百米的地方，据此推断，她无处可去，一定还在家附近。

父亲去请辛筠打开电子厂监控，很快就发现，她直挺挺躺在电子厂后一棵很茂盛的橘树下面。太阳把大地蒸得烫脚，她却一直躺在那里，任由谁叫喊也不回复，直到警察来调停，几个人把她抬进家里。她脸色铁青，眼神愤恨，一语不发。

她的嘴里只两个字，离婚。这让父亲束手无策，他站在一旁，踱来踱去，如同面对那片他万分珍爱却最终只能租出去不再种植果树的土地，想赔礼道歉，又心有不甘，想任她发痴，又怕她癫痫发作，命将不保，只能再打电话求助。继母的哥哥嫂嫂闻讯赶来，怎么劝说也无济于事。父女俩商量的结果是，让她跟哥哥嫂嫂出去待几天散散心消消气，等气消了，她也就自动回来了。当然，最好是她哪儿也不去，就待家里慢慢消气，慢慢和好。

但她当然要离家出走，不仅要去，而且要带走存折，而且还一直嘟囔着要离婚。

存折和现金，全部给她。我斩钉截铁地回答，父亲"唔"了一声，半生积蓄是父亲辛苦所得，凭什么全部给她呢，自然是心有不甘的。他又说道，如果过几天她还坚持离婚，那就离。

我给出了最后的意见：这么老了，离，是肯定不离的，你想给她立规矩，不欢迎她那个品性不太好的女儿来，就要当面说，不要碍于面子，趁这个机会，有病好好治，否则将来，梅香鸠占鹊巢，你会后悔莫及，这个房子是我们的老家，有我们的童年回忆，我们不想把自己的根丢了，回去时找不到一个落脚的地方。

父亲沉吟半晌，最终，信誓旦旦地说，好，信你们的，除非他们让我去接，她不再追究那一个耳光，我才去接。

八

有一年，妹夫见父亲出行多有不便，一声不吭给他送了一辆小四轮。有了这个电动车，老年的父亲像个精壮的小伙，往返于城市、乡镇和家之间，开得飞快，像一阵风。但随着年龄增长，他的反应迟钝许多后，我们基本上禁止他开车。

处理完他的事，我正好要外出学习。与世隔绝般重回文学阵营的那种快乐难以言说，然而，第三天晚上，这种快乐被父亲驱散得无影无踪。

电话一接通，他劈头盖脸就说，我要去接她，开电动车去接，她晕车，只喜欢坐我的车。

一想到他要顶着白晃晃的日光，飞驰在人车众多的城里，我就万分担忧。不是前几天还咬牙切齿地说要她改，就要让她为难么？就这么几天就忍不住了？你不能这么着急去，要再磨她几天，等我回来再说。说这话时我觉得自己扮演了一个恶婆婆的角色。

不行，你阿姨是个老实人，她去了那么久，太麻烦她哥哥嫂嫂了，人人家里都有自己的事，她又有个这样的病，谁会待见她咯，还是得接她回。父亲斩钉截铁地说。

几天都挨不住，当时就不该让我们知道。我赌气地说，接回来你们再吵架生气之类，就不要给我打电话了啊，都是你自找的。依我的态度，至少要让她为难五六天，让她想明白是你收留了她，她可不能这样高高在上了，您难道连扛几天都扛不住？

我没钱了，钱都被她拿走了，我现在出门都困难。她是这样的糊涂人，要是钱被别人骗走了就不划算了。

你那点钱算什么呀？再说，钱在存折里，她又不知道密码，怎么会被人骗走呢？她又不敢一个人出去，谁来骗她？您放心吧，不会有事的。

　　说到这里，我虽然语气很好，但内心已经有些生气了，如果他当年对我母亲也能如此，我们也不至于留下"子欲养而亲不待"的遗憾，如果他能对我们如此放不下，至少我们不会背着彷徨的包袱行走半生。他似乎从未在意过我们需要什么，却无比怜疼一个与他孩子都没有，又痴又傻的妻子。或许，这三十年，她已经活成了他领土的一部分，而我们从他身边、从故土离开，于他，早已是割舍了的部分，如同那些建起了厂房的土地，天长日久，对于他，已不再有疼痛的意义，他要守住的，无非是依旧陪伴他而且没有被污染的那一块罢了。

　　我没钱用了！你们是什么儿女？也没见谁给我送百把块钱回来！谁把我的事放在心上？只有她才是我的依靠！她总比养在身边的一个宠物更有意义吧？！

　　父亲突然提高的音调在空旷的房间里，形成一股气流向我猛冲过来，呛得我一时间血压升高，整个人都颤抖起来，他竟然这样说，他对我们的怨恨是有多深？

　　这当然只是借口，我只能保持沉默。

　　父亲感受到空气中的抗拒，语气中有一种坚冰一样的寒气，他说，我坚决要去接她回来，你们算什么？你们对我没有意义！

　　我再次被那股看不见的气流冲得晕头转向，我越发看不懂父亲了，一时间再也说不出话来，只知道哗哗流眼泪。我原以为我已经绝不可能被我的老父气成这样，谁知他只要轻轻一句，就可以推翻我努力筑造的厚厚城墙。

要接就接吧，要开小电动车就开，生死有命，富贵在天。我知道，谁也无法阻止父亲飞向那被他一巴掌打得离开了的妻子，她是他晚年的全部。

事实上，我从未看清楚过父亲，无论是儿时仰望着他，还是长大后远离家，间或回来一次，我与父亲之间隔着的不仅是他深爱着而我一直努力摆脱的土地，也不仅是时代的观念，更是截然不同的世界。他对我何尝不是如此？相比于他血脉相承的儿女，那个并不懂他但陪伴了他三十年的妻子，从外部世界往他靠拢并长到了他骨血里，成为他生命中不可分割的一部分，她才是抚慰他晚年孤独的唯一依靠，哪怕那只是在世人眼中的一个傻子。

除了用相濡以沫来抵抗荒芜到极致的孤独，他无能为力。

擦着眼泪，在弥漫的雾气里，父亲的脸，从大地上浮起来，逐渐清晰，那是一张写满绝望又一直闪烁着希望的脸，也是一张孤独沧桑又永远坚毅的脸，这张脸，与他身处的大地渐渐融为一处，直到分不清哪里是他，哪里是我的故乡。

尘埃深处

一

家有老父的人，晚上是不敢关机的，怕突发情况。

初冬的周末，睡到深沉时，手机声响，睁眼去接，断了。被铃声振醒，看了一眼，凌晨三点，父亲。知道父亲睡不着，也知道他为了什么事，但我无能为力，按了手机，继续睡。

五点，手机再次响起，只响了一声，又挂了。六点，七点，均是响一声就挂了。这一晚，他只怕是没有合眼，弄得我也时睡时醒的，好不容易盼来的周末懒觉，就这么毁了，有些窝火。

七点半，手机再次响起，响三声，等我去接，又挂了。他一定在等着我打过去，那么，他当然没有其他事，就是他那两万块钱。为了他那根本拿不回来的两万块，我难道得牺牲我半个月才能有一次的假日清晨？等我睡醒了再回吧，这样想着，我打算继续睡，睡不着也要眯着。但我已经眯都无法眯了，我想，他那事儿，得解决，不然，以他的脾性，非出事不可。

父亲已经七十二岁了，头发花白，脸色古铜，身材比年轻的时候低矮了好几寸，背微驼，指甲缝里还总有些泥，开着一辆小电动车，载着他有癫痫病的老婆，满世界跑。吃饭时舀汤，用大拇指、食指和中指捏着勺，无名指和小指微微跷起，缓缓伸进汤碗里，不碰碗边不打底，吃饭时掂着筷子，从不翻菜，把菜送进嘴里时，总是慢悠悠的，一口一口吃，有时候眼睛微微眯着，眼神涣散，像是出神地想些什么，全不像我们，急吼吼风卷残云；很久不回家的我们把车开到家里的禾场里了，他也不会出门来，脸上挂笑地迎接一下，他坐在房间里，等着我们推门进去，叫一声爸爸，才缓缓地站起，勉强地笑笑，呵，你们来了？——我一直搞不懂，明明心里是欢喜的，却非要做出个毫不在乎的样子来。他当了一辈子农民，为什么身上那种没落公子的荒凉感倒越发浓了？

他老婆癫痫没有发作的时候，样子很憨厚，带着发病时摔得鼻青脸肿的身子，乐呵呵地去厨房忙活，他呢，则拿起一本诗集或《南洞庭》之类的杂志，给我看他最近的诗，他的眼里基本上没有其他人，包括他的孙子、女婿。这样，他的所有亲人们都觉得，他并不欢迎我们回家，至少，他缺少一种本能的热情。

但他为什么又老是打电话催我们回家呢？儿女们生气

的时候，总是说，他就是盼我们回家给他钱，钱就是他的命，你看他，我们递钱给他的时候，他接过去，还是不惊不乍的样子，却每一个细胞都写着欢喜。作为老大，我总是禁止我的弟弟妹妹们这样说，虽然我自己也常这样觉得。是的，我们给他钱的时候，他的脸上有一种努力控制住的笑意，他一边说，这怎么行呢，你们也不容易，一边便接了，递给他的老婆，叮嘱她收好。我们回家后，他就拿去银行存下来。看着折子上的数字一天天大起来，他的心被填得满满的，一种安全的、平静的、大度的笑，慢慢开始从他表情凝固的脸上浮起，我们再见他，也被他这种一生少有的笑意感染，觉得很平和安宁，也很满足，家的温度渐渐有所升高。

我总想，如果真能用钱换得父亲的笑，我愿意倾我所有。他来日也许漫长，但他过往的岁月一直处于如同秋风扫落叶一样的窘迫中，他没有如他自己所向往的那样优雅从容地活过一天，如果真的用钱可以平复他内在的那种恐慌，那种在艰难岁月里无处可以落脚、无人可以支撑缓解满世界面孔苍白的恐慌，我有什么可以吝惜的呢。所以我们约定了，三个儿女，每人每年五千块，我们说给他五千块，是不想给他太大的希望，事实上我们大概每人每年给了他八千块。他很勤劳，一直没有放弃劳作，果林的收入可观，老两口还有退休金，加起来一年能存两万以上。我也知道，他不会胡乱花掉，无非是积聚在一起，做点房子改造准备做祖父之类的事，那就随他吧，他能快乐就好。他呢，总是在无人处悄悄告诉我他存钱的秘密。除了他和他老婆，全世界就只有我知道他的存折密码和他的存款数了。他显然已经被那越来越大的数字魅惑了，他在梦里应该是窃喜的，如果真是这样，数字也不再是冰冷的了。

谁知道，九月初，我从北京出差回来，他来电话时语气低沉，很不快乐，像一个犯了错的孩子，他说，我借了两万给你阿姨的大侄女，借钱的时候你在北京，我就没给你打电话请示。我听得心咯噔一下，知道麻烦来了，不然他不会把这种借钱的事汇报给我。果然，他说，她说好一个月还，现在一个月过去了，她还没有还，怎么办？听上去，他的语气是那样无助，像一个面对困难无能为力的孩子。

一个月而已，爸爸，你干吗那样急？给别人一点缓冲时间好不好？

不是的，她肯定是骗了我的钱，不会还了，我这两万，只怕会要不回，她当时给了我四百的利息，说是预付一个月的，我看她诚恳，就借了，现在想起来真后悔，她那是给我设的陷阱。

听他这么说，我的血直往脑门冲，我在电话里吼起来，你现在知道四百元是陷阱啊，你一辈子舍不得多用一分钱，对钱的事最有戒备心理，不会莫名其妙借出去，你在借的时候为什么不想想，我们这些给你钱的儿女是希望你用钱过什么样的日子？

父亲沉默了。我戳中了他的痛点，最关键的是，可能经我这么一说，他更疑心那两万是要不回了。但那人是他老婆的亲侄女啊，不是骗子，怎么会呢？我嘴上说得吓人，心里却想，让他受点教训也好，下次跟钱有关的事，他就能谨慎些。但这种想法，在我看到那张借条的时候，被我彻底推翻了。

二

儿时听弟弟不停地叫"姐姐，姐姐，一条好大的虫子"时，我一边练字一边漫不经心地说，虫子大不要去捉啊，弟弟再说，我就不理睬了，等到写完字随意看一眼，立即魂飞魄散，原来是一条大蛇盘在桌子下。

父亲反复说他的钱要不回了的时候，我也是漫不经心的，借出去一个月而已，又是他老婆的亲侄女，不至于吧，而且两万元罢了，于我们并不算大数目，直到他不断地打电话来，为钱的事发愁，甚至再次犯了心脏病，我才觉出不对，抽空回去看他，看到那张借条。

借条上只有一行字，"今借到王某某两万元"，下面一个歪歪扭扭的签名，日期是6月1日。那一瞬间，各种情绪奔到我的脑子里，没有谁能懂得那一瞬间我的愤怒和我对愤怒的压抑。6月1日就借出去了，也就是说，根本不是我在北京时借出去的，也不止一个月了，父亲为什么要骗我？当时他借钱，肯定知道告诉我我会阻止他，而他却一定是想用钱在他老婆面前威风一下，讨点好。为什么他借钱出去的时候不跟我说，要不到钱了就要我来解决问题？我到底是他的亲生女儿吗？根据字条来看，既没有写什么时候还，也没有写利息是多少，更没有注明借款人的身份证信息之类，也就是说，她借钱的时候，就已经打算了不还的，她根本不是借，而是骗，我精明一辈子的父亲怎么能被骗了呢？只有一个理由，他的老婆怂恿了他。

无数个问题无数种情绪一齐涌上来，我控制住种种燥火，甚至不愿意揭穿父亲的那一点点小聪明，只冷冷地问，爸爸，以你的性格，你必定不会愿意借钱出去，难道你是为了得到那四百元的利息？还是阿姨支持你借的？

我的矛头直指他的老婆，他立即感受到了，看了一眼她，怯怯地说，不怪她，钱是我做的主，当时她说很困难，还发誓说一定在一个月之内还，说得很可怜，我一时起了怜悯心，就去银行取钱给她了，我只想她从前是一个多么乖巧的女孩子，又在外面做了大事业，都没有往骗钱的方面来想，救助别人不也是一种美德？

那你为什么不给我打电话问一下？一个在外面闯荡的

年轻人，至于要回家乡来找老人借钱吗？她没有父母兄弟，不能解她一时之困？她怎么能想到来借你的？她给你打借条的时候，你也不推敲一下这借条有没有法律效力？你不是帮别人写一辈子的状纸？你不是一个普通的农民呀，你是读了很多书的！

我说话的声音越来越高，父亲被我说得脸色铁青一语不发。他当然无法辩白，因为要他借钱出去的是他的老婆，他为了他的老婆做了多少让我们心寒的事！往事的阴影，好不容易被我驱散几年，又聚拢统统漫上心头，我努力平息下去的恨意，在我连珠炮一样的提问中，齐扑过来要打我的耳光。

父亲嗫嚅着，没有回答。屋后竹林子里的鸟不合时宜地欢唱，房间里被阳光照透的灰尘无所忌惮地恣意飞舞，我看到有些灰尘落到了他的头发上，有些扑到衣服的褶皱里。我深呼一口气，不再说话，在心里对自己说，然而也就是两万元而已，即使不要，也不至于就让一家人走上绝境吧？父亲已经年老，左不过两万元，不要再责备他了。想到这儿，我复转过来安慰父亲，反正这两万元你是打算给阿姨的，你不是担心自己先走，她会无依无靠就给了她这两万吗？她这些年来我们家，没有功劳也有苦劳，两万元还是值得的，你权当是给她，她自己没有保管好吧！她侄女倘若不能还，你就让阿姨住到她家去，让她给阿姨养老！反正阿姨这样对我们这个家，你若走在前面，我是不会养她的。我嘴硬心软，家里人都知道，可说说吓唬下她，未尝不好。

说这些话的时候，阿姨就在旁边，垂着眼，一声不吭，一副哀哀的表情，仿佛对我的无情与冷漠毫不知情。这个眼睛下长着一颗巨大的肉痣的老妇人，身材魁伟，眼神凶狠，曾经扮演着恶毒继母的角色，然而岁月夺走了她的威风，人到老年，除了依靠我们，她别无倚仗，所以，她识时务地扮演了弱者的角色。从我母亲去世她进家门起，我从没有忌惮过她，作为翅膀已经硬了的老大，我似乎也是她认定的唯一可以和平相处并且终身依靠的人。

但历史是一根刺，一旦长进肉里，是无法拔掉的，要拔掉就只能面对鲜血淋漓。在我还不愿意揭开往日伤疤的时候，他们的沉默恰到好处，一旦这相对于父亲而言的巨款成为可能永久性消失的一个幻梦，他又怎能做到平静地从容以对？他自己要去拔那根刺了，并不惧怕血淋淋地面对。

不行，让你阿姨住她家绝对不行，父亲坚定地摇头，去要钱，也不能让你阿姨受委屈，我是男人，当时借钱是我做的主，决不能让一个女人来承担责任，还有，如果我先死，你们要好好养着她，她的儿女们都没用，不会养她的，她来了二十年了，是我老王家的人，你们要给她养老

103

送终！

至此，两万元已经被成功转换为生养死葬的大事，事后我回想起这一幕，在我的父亲七十二岁的时候，我是多么坦然无惧地与他讨论属于他的死亡，毫不在意他是否因此而悲观厌世，仿佛他走进墓穴这一迟早会发生的事很快就要发生，而我对此并不会有任何难过与不舍，我所考虑的，不过是一些现实生活中必须处理的问题，与情感无关，我与他的父女关系，竟是如此脆弱，不堪承受岁月。是啊，既然是他自作自受，我为什么要为他的人生买单？我对我的父亲是什么时候变得如此冷漠的呢？

三

自从我规定父亲的三个儿女必须每年至少保证交给父亲五千元以后，父亲为他的收入沾沾自喜，又常因为弟妹们拿得迟了，而多出许多没有必要的担忧。临近年关，见弟妹们在电话里也没有交代，他总是悄悄地问我，他们收入还好吧？给我的钱能到位吗？有时候我会很生气地回他，他们不吃不喝也会将钱拿到位的，您放心！他又不好意思地讪笑，我不是那个意思，就是怕他们不记得这回事了。

他的儿子，也就是我弟弟这些年在外闯荡，换动工作，成家，无比艰难。但父亲每次打电话去，总是敷衍着先问他生活得怎样，很快就落到重心上，收入如何？规定给的钱能不能到位？去年弟弟无法给全，他整个正月都不开心，作为他的长女，我太了解那钱没有到位的不安全感对他造成的痛苦，我对弟弟说，虽然父亲并不缺钱，但你给他钱是你的责任，无论你在外面有多大的困难，都必须保证他的收入，毕竟，你并没有尽到陪伴和赡养的义务。于是，弟弟开春就给父亲打款一万元，他常年在外，也只有这点钱能表示这世上他还是父亲的儿子吧。

收到钱后的父亲喜笑颜开，他说，我不逼他，他在外面就不知道怎样努力。

父亲的做法常常让我与妹妹在一起痛陈往事，往事叠加起来，他慢慢地就开始变得不可饶恕。

母亲三月去世，六月，还沉浸在极度悲伤中的父亲竟然接受了别人的介绍，把他现在的老婆带进了家，当然，我们成年之后，这一在当时无法原谅的举动慢慢得到了理解；上半年，妹妹还在读初二，下半年开学的时候，便因经常晨起腹痛不能上学，父亲既没有带她去看病，也没有去学校说明原因，便让妹妹辍学了，对于当时那个贫困的家庭而言，这也可以原谅；十三岁多的妹妹在家受到各种漠视，甚至打骂，我们把这理解成为妹妹倔强，少不更事，也原谅了；妹妹十四岁离家，学做缝纫，去武汉姑妈家里学理发，把每个月挣的两百元一分不剩地寄回家，而父亲并没有更多地承担我大学的生活费，后来妹妹回来为读高中的弟弟陪读，骑着一辆自行车走街串巷卖书挣钱供弟弟读书，那时她还只有十八岁……这一切，都可以原谅，我们理解父亲的不易，从未责怪于他。三个儿女，无一例外地生怕父亲生病，生怕这个家没有他，夏天给他扇风，冬天给他生炭火，只要是他劳作归来，必定有做好的饭菜和递上的茶水。我们已经没有母亲，不能再没有父亲，我们全心全意为他着想，只希望他脸上的阴云能够少一点，每次回家，能够看到他由衷的笑脸。

那时候，没有谁有力气去埋怨，各种各样的艰难，当经历过，也稀松平常，终究一家人能够健康平安地相聚，已经是最大的幸福，贫穷又怎样？走过那段泥泞后很多年，自己为人妻为人母后，回首往事的时候，才开始猛然醒悟，当年之种种，倘若不是父亲过于怯弱，或者力量不够，不能将一个破碎的家以一己之力扛于肩上，便是他对儿女们的情感寥寥，不过任其生灭。这样一想，似乎当年所有苦难都是父亲的错，心中也便渐渐淡漠。

这当然不是我想要的情意，作为长女，我是父亲倾尽心力培养的孩子，直到今天，我的敏感自尊，宁为玉碎，皆是因为他从来舍不得对我冷脸批评，更别说弹我一指，也很少让我做重活，只是教我写字算数，下棋吹琴。在家乡高高的山岗上，过去的岁月留下了父亲背着锄头带我上山开荒的背影；盛夏的黄昏，一长一短的影子是父女俩种菜的剪画；清晨，露水未干时摇起橹将一船西瓜运到河对岸，称完父亲甩过一串数字便让我算钱，向顾客炫耀他的女儿数学学得多么好，语气中的那份得意给了我一生的自信；跟我谈论诗文时的谦虚让我希望自己不断进步以能跟上父亲求知的步伐……

父亲，从来不是我的偶像，却给我的人生无法替代的影响。如今，这个给我起卧坐行为人处世处处留下影子的人，遭遇了人生中的又一次危机，且因为此时的他在暮年，无能为力，只能求助于我，我该如何摒弃心中的芥蒂帮他渡过这一难关呢？

四

手机连着充电器，插在墙上充电，父亲已经等不及充上，便按照那侄女给的号码拨了过去。他穿着灰色的长袖 T 恤，眼睛浑浊，神情阴郁，脸色乌沉，就着插座站在门边，握手机的手微微颤抖，人都有些站不稳了。

电话"嘟——"地响了无数声，却始终没有人接听。他不停地打，直到打到第十遍时，电话里报出"您拨打的电话已关机"，他才绝望地放下话筒。他暴跳如雷，"亏我还相信她呢，从前她也算是赚了大钱的人，场面也还气派，谁知道竟是骗子，我要按她亲戚给的地址找她去！连她姑姑的钱都敢骗，真的太无耻了！"

自从四年前他从鬼门关走了一遭后，我已经很久没有见到如此急躁暴怒的父亲了，虽然母亲意外去世后他曾在墙上写了一个大大的"忍"字，并告诫我们，"忍"字心上一把刀，且悬着刀刃，但是他并没有让自己稍微从容一点点。但四年前他因咳血住院近两个月才康复，死里逃生感慨丛生，常说人生苦短，真是没有必要过于计较一些事情，性子太急也不是件好事，渐渐地，冬天的早晨也不会太早叫我们起床了，话也明显减少，甚至拿起了锅铲学做菜，细细品尝每一道菜的酸辣咸淡，颇见出几分淡然悠远的样子。谁知道今天故态复萌，不过是为了些他并不急用的钱，可见钱真是好东西，有起死回生的功效。

　　我并不忍心告诉他真相：要回这些钱，基本上是不可能的了——既然存心要骗，必定做得天衣无缝，比如她的电话，她的地址，她现在的生活状态……都不可能是真实的。如果起诉她，只单说起诉费，各种周折，为官司而生的疲惫，到底会得不偿失，这些想必她也一一想过了，才只是提出这个数目的。想到这一点，我便安慰父亲，不要那些钱了吧，她若肯还，你只要慢慢等；她若不肯还，你便是再追索也只是枉然，倒不如转移一下注意力，做些有益健康的事。

　　父亲的脸色愈加黯淡沉重了，他一声不出，走到床边的电视柜旁，抖抖索索地翻动各种杂物，摸出一个本子，戴上老花镜，一页一页比对着翻看，然后捏着本子上的一串数字，走到手机旁。随即，手机里播放出他按下的数字。我留了个心眼，悄悄记下，以备不时之需。

在"嘟"了两声后，电话接通了。父亲叫了声"大舅哥"，语气便有些怒发冲冠的味道。我的脑海里立即印出一个高高瘦瘦长着双牛眼睛的老人来，他是阿姨的大哥，也是借钱的这个女人的父亲。父亲是想通过他来要这笔钱吧，然而，如果通过父亲要得到，她怎么可能愿意落下如此丑恶的名声？

"大舅哥，你女儿借了我两万元，这事儿你可知道？"父亲声音渐渐提高，以最简略的语言说明了事情的来龙去脉。

"我知道啊，"对方毫不慌张，"我女儿现在欠人很多钱呢，我也不知道拿她怎么办。当时你借钱给她也没跟我说，我也没办法跟你细说情况，何况我如今老了，她妈妈又在尼姑庵里吃斋，你说我能怎么办？你自己的事，只能自己去解决啊！"

"……"父亲气极，一句话都说不出来，脸色更黑了，捂着胸口，一只手撑着门框，努力说出了一句话，"那我就给你其他的儿女打电话，直到找到她为止。我的是血汗钱，她也敢要，就不怕上天报应？"说完，他挂了电话。他的老婆惶恐地站在旁边，一副做错了事，却又很无辜的样子。

"我大老兄怎么能这么说话！"她很气愤，"我要告诉我的二哥、三哥和四哥，让他们没脸做人！"

"算了算了"，父亲长叹一口气，"快给我拿速效救心丸来！"

阿姨便急急地去拿药，我被这情形吓呆了，我竟不知父亲需要这种药来救命，等他吃完药缓过来，我第一件事便是问他吃这药多久了。父亲面有愧色，就是这两个月，为钱的事，已经出现胸闷气短的情况，医生便开了这味药。

我又感觉到头顶的怒气了，我们给他钱，只是希望他快乐一点，宁静一点，好安度晚年。不管曾经发生过什么，父亲始终是我最亲的人，在这个尘世，我已经没有母亲，怎不希望父亲能代替母亲好好地活着，寿终正寝？为了这点钱，他竟然把最宝贵的东西丢了，这不是最现世报的"得不偿失"又是什么？

扶父亲歇下，我开始正视父亲面临的这个难关。但从家里回来后，各种各样的事，件件重于他这两万，就慢慢地把它遗忘了。

五

在这个周末的清晨，父亲的电话声唤醒了好不容易按下的事，这事已经笼罩在父亲头上三个多月了，尽管我们想了诸多与钱无关的方法为他解忧，但仍无济于事，而讨债这样的事于我而言简直比登天还难，我便想了一个折中的办法，干脆我暂时给他两万好了。

想至此，我便回电话去，平时响无数声都接不到的电话在一声响铃之后便接通了。他刚准备开口，阿姨就接话："芬儿啊，你爸爸整晚没睡，心脏病更厉害了，这样下去怎么得了？"她语气里带着哭音。

她总是这样带着哭音的，总让人感觉她生活得很不如意，非常可怜，试想一下，一个庞然大物成天用极尖细的声音扮演着弱小的角色，这会不会令人不适？她还敢向我求救？这一切不都是她造成的吗？我真想说几句尖利的话怼回去，但还是忍住了。我冷冷地说，让爸爸接电话。

然后就是父亲咳嗽和叹气的声音，因为他耳背，我便大声地像吼一般说，爸爸，你不要生气了，这两万块我给你，你就没有损失了。每次我一这样吼着跟他说话，我自己总是满怀愧疚，而这次尤甚，仿佛我并不心甘情愿给他这笔钱一样。

满以为他会激动，兴奋，平息，谁知电话那头停了两三秒，便是很剧烈的咳嗽，然后，咳嗽渐渐平息，他才果断地说："不行，你的钱是你的钱，给得再多，她欠我的钱还是没给我，这不是一回事！"说完，他就挂了电话。

这次拒绝十分果断，不似平时给他钱时的半推半就，可以想象父亲在电话那头心脏难受的样子。我实在无策，便拨通了以前留下来的所谓"表哥"的电话，作为借钱者的兄长，他多少应该知道一些她的情况，或者也能帮她。然而事情却并没有按我想象的样子进行。当对方知道我打电话的意图后，果断回答不知道，并且说是父亲自己不对，就不应该借钱给她，哪里可能竟要借钱借到老人那里去呢，也不用脑子想想。

听他这么一说，我便知这天下的无赖聚到一家了，除了无赖手段，不可能要回钱了。我心一横，狠狠地说，你们让我的爸爸不得安生，他现在心脏病已经被引发，倘若我爸爸因此出事，你们也休想安生，还有，我找得到你们一个人在家的父亲，更能找到你们在尼姑庵里吃素的母亲，我会定时骚扰他们的！

"表哥"的语气在我这番话后明显软了下来，他答应会联系妹妹，尽快还钱，如果她不还，他承诺帮还一半。看来这招奏效。我又电话给"舅舅"，老人开始还语气油滑，一副悉听尊便的样子，当我说我有公安局的同学，通过定位我一定找得到她，如果我爸爸有事，我会许她不得好死后，老人的语气也软了下来，说一定会联系女儿让她尽早还钱。我用了平生最凶狠的语气，电话打完，人都要虚脱了，倒并没指望这样真的能让对方还钱，但吓吓他们也算我出了一口恶气。

谁知道中午时就有了回音，父亲打电话来，语气转晴，说侄女回话了，钱是一定会还的，只是暂时比较困难，在大城市漂着，实在不容易，答应年底先还一万，可是父亲见她说得可怜，想想自己也有身处困境之时，心一软，就说了句，那就等你明年有钱了再还吧。

我被父亲这一举动气得简直要疯了，前功尽弃，这次轮到我暴跳如雷。大城市，年轻人，全都是满满的套路，可是父亲不知道，他只知道他那农民式的敦厚，他要的不过是一个可以让他安慰的答复和一种没有被骗的欣喜。等明年春天钱再拿不到，他必定又要每天长吁短叹，懊悔不已。可是，此时他应该是为自己的大方慷慨感到了欣慰，身体应该好了。也许这比还给他两万元更能让他开心吧，毕竟，从前都是他需要别人的帮助，这次他总算可以帮到别人，这该是一种多大的满足与幸福？！

我没有再多说什么，且让他过一段舒心的日子吧，到了春天，自然有春天的办法。

六

父亲为他的两万块耗尽心力的事，让我想起"阿堵物"的故事来。人们素来以提钱为庸俗，但凡有钱者，无不以摆脱金钱来显示自己的高雅。然而，对于在这尘世翻滚了一辈子，又穷苦了一辈子的父亲而言，儿女不在身边，他孤独而忧伤，独自在寂静中度过那些无人能会的夜晚，往事翻涌，曾经有过的不安又来袭击他，而他所渴望的儿女们的问候轻如鸿毛，无法给他实质性的温暖安定，这时，只有那些他所拥有的数字才能给他安慰吧？尽管为了钱，平静的生活可能鸡飞狗跳，尘土飞扬，他也在所不惜，他必须抓住点什么。

在父亲平静下来的这个周末，我也平静了。阳光很好，通过高高的落地窗照透了整座房子，也照透了我的心。为了父亲的两万元钱，我焦虑不安，愤怒难抑，说了最可怕的话，差点做了最可怕的事，然而，对于父亲而言，解决问题的办法竟然如此简单，这又何尝是那个骗他钱的人所能料想到的？倘若她知道，只要是一个承诺，哪怕对于一个可能并不能存世多久的老人遥遥无期，也比躲着不见面好，或许她便要轻松许多吧？何况，年轻人又怎知老人经历世事后的善良竟仍旧保持得如此完整？

我这样想着，不知不觉间来到了商业街上，发现一家老年人医院前排起了长长的队伍，老人们彼此也不交谈，就静静地等待着队伍往前移动，一问才知道这里每周六进行免费体检。也许，只有免费的，他们才会抽出时间来检查吧？但是，他们又何尝知道这里面的玄机？人老了总会有各种各样的问题，检查出来有大病，为了不给儿女们添麻烦，往往不肯就诊；没有大病的，在选择医院和保健品之间又总是宁愿相信保健品推销者夸夸其谈的话语。

谁不希望自己健健康康的，还能给儿女做贡献，到最后无病无痛地离世？但就是这点小小的愿望被那些像我所谓"表姐"一样的年轻人利用了，他们骗光了老年人袋子里用一生的经历积攒下的钱，然后无情地将他们丢在尘土里，继续下一段行程。这时的儿女又在哪里？

一位老人朝我走来，是小区里常常坐在桂花树下拉二胡的那位。他笑着对我说，这里的保健品质量很好，我用了一个洗脚盆，现在浑身暖和，血液流畅，你让你父亲也试试吧。

我微笑着摇摇头，继续往前走。对于父亲而言，没有什么比安全地帮助人更能让他血液流畅的了，那么，明年春天，倘若钱还没有还来，我是决计要瞒他一回，给他出上这两万得了，且让张牙舞爪的尘土复归于尘土，而善良宁静的本心复归于淡定安然吧。

且壮行色

一

芬伢儿，今晚睡爷爷这里吧？爷爷给你准备了崭新的被子，新弹的棉花还有土里的香味儿呢！

祖父很健朗的样子，脸色红润，看上去七十来岁，站在杨梅山中学那个光线不太明亮的食堂的窗口，一边给我打菜，一边笑着对我说，他的背后是他那口漆得发亮的棺材。我心里一阵说不出原因的不安，隐约记得，很多年没人叫过我的乳名了，而且明明我的儿子都读初中了，为什么我还会端着一个饭盆子来到这个破破烂烂的食堂？我又仔细看了一眼祖父，只见他清癯依旧，花白的山羊胡子根根抖擞，笑得那样安静平和，完全没有平时威风八面的样子。

看着这样的祖父，我总感觉有些不对劲，却不知道问题到底出在哪里，又不好直接拒绝他的好意，只好敷衍着说，爷爷，学校规定要睡在寝室里，我今天还要回家一趟，也给您带点吃的来，不在这儿睡呢。我匆匆地拿着空饭盒就出了那张扇迹斑斑的大门，围墙外荒草凄迷，路边大池塘里的水浑浊不堪，也不似平时的样子。我看了一眼天上的云，一堆堆地堆在天边，天空辽远得很。我越走越快，只想把祖父远远地抛在背后，边惭愧心里边疑惑着，我这样抛开他，是多么不孝啊，可是祖父怎么到学校里来要到了房子？母亲都不在了，谁给祖父准备的棉被呢？

走了一会儿，算起了祖父的年岁，嗐，祖父今年得一百一十六岁了呀！我猛地一惊，抖了一下，睁开双眼。眼前一个黑色玻璃台面的茶几，一个黑色玻璃面板的大电视，阔大的客厅，灰白的落地窗帘，高大翠绿的滴水观音，各种鸡零狗碎，以及像潮水一样一浪高过一浪的市声。这是哪里？一时间我无法从那破旧灰颓的学校食堂、浑黄的池水以及辽远的天空，跳到这科技先进的城中鸟笼，一种遥远时空里的陌生感将我的呼吸堵住，我的脑袋一片空白。

空白让人心平稳，平稳之后，便是恐惧，被甩到时光深处，无法寻找归程的恐惧紧紧握住我，令我无法动弹，除了等待自我的复苏，我别无他法。这个过程，我明知它只有几秒，却又深知它漫长艰难。

祖父终究还是到梦里寻我来了，在他离世二十二年后，在我无数次渴望与他梦中相见而无果后，他以这样独特的方式召唤我，而梦中的理智让我再次以决绝的方式远离了他，继续属于我这一世纷扰红尘的生活。原谅您的孙女，哪怕遭遇艰难、坎坷、背叛与冷漠，哪怕红尘覆盖处，落脚步步危机，她还要继续留下她在这人世的痕迹，直到她真的心生厌倦。

二

伯母从我家西边的马路上摇着一把蒲扇走来，问我母亲道，老兔子今天吃了几碗饭？夏天傍晚的阳光依旧灼热，她的额头有细汗浸出来，呼应着她的蒲扇，渗透在空气中的不满溢出来。母亲微笑着伸出两根手指头，伯母眼睛睁得老大，两碗呀？食量这么好，不会死。说完，伯母猛劲儿摇了一下扇子，赶走试图围拢来的蠓子，顺带赶走下闷气，黄昏中，她被夕光照得亮里有些暗的脸色又暗下去一层。母亲说，是呢，我看他骂人劲口好大，我饭做迟了，饿了他一会儿，你没听他怎么骂的。显然，向来与伯母不睦的母亲，在对待祖父的问题上，坚定地与他站在同一战线上。

湘方言中，"兔子"的音与普通话"头子"的音一模一样，从前我总纳闷，伯母和母亲分明说的是祖父，为什么却叫他"兔子"，我左思右想，模模糊糊中，祖父便长了长长的耳朵，毛茸茸的，怪可爱。只是听她们的交谈，又明显希望祖父速速死去，对他的长寿无可奈何的情绪蔓延着。时间久了，因为语气里的厌恶，我便猜这"老兔子"的称呼，应是源于他的精明，不过从不敢向母亲求证，这问题就搁在那里，直到祖父死去多年后，有一天，我那生活在常德的姨外婆叫我姨外公，北方方言稍稍一改，我才明白过来，原来她们不过是嫌他老了。

这种问话以各种形式，在各种不同的场合出现了无数次，她俩友好的窃窃私语几乎全部关乎我的祖父，她们的讨论冗长而重复，这无形中也拉长了时光，不知从何时开始，祖父还加了另一个名称，"老不死的"，她们叫起来，叫得咬牙切齿，使我的整个童年、少年阶段都认定了一件事，祖父是不会死的，他的长寿使他的孩子们遭遇苦不堪言的折磨，而他却旁若无人地享受着这份长寿的荣光。然而，分明，她们又对祖父照顾得无微不至，比如，吃饭前，照例祖父即便之前坐在饭桌前，也是要拄着他的拐杖，慢腾腾地走到他的内屋，坐在床沿，等着孙辈恭恭敬敬地跑到他房间里，大声地叫，爷爷，吃饭了，他便慢悠悠地又拄着拐杖走出来，在他动筷子之前，没有一个人敢动筷子，不管有多饿，也不管菜有多香。他坚持的仪式，使吃饭成了一件非常严肃神圣的事，也让我们完全不同于乡村里的其他人家，东家西家，都会端着一个饭碗，走家串户地吃，而我们一家人必须正襟危坐，安安静静，慢条斯理地吃，但凡有一个人不符合他的规矩，必定是一顿训诫。

多年以后，当我出席各种重要场合遇见各种礼仪时，一点也没有慌乱畏惧和自卑，我才明白，祖父的坚持是一个身在乡村却永远保持着大家子弟的骄傲的人在失去许多阵地之后的态度，这种态度使他作为乡村的异类倔强地存在着。于是，祖父在我年少的岁月里，成了一个矛盾的符号，一面是他极力维护的尊严，一面是因为老去而终究无法守护的颜仪。

那时的祖父确实很老了，每过一年都自豪地朗声报着自己的岁数，并在数字后加一句，我要死了。八十五啦，要死了；八十六啦，要死了；八十七啦，要死了……数字越来越大，而死亡却好像永远在赶来的路上，又总是迟迟不来，为此他报数字时没半分担忧畏惧，反而响亮自豪，而他的身影竟然依旧倔强地出现在家乡每一条熟悉而陌生的田埂上。田埂上的老祖父，或背着手，或拄着拐杖，细细察看着每家每户的庄稼，仿佛每一株苗都是亲生的孩子，他早已浑浊不堪萎缩变小的眼里射出的光，含糊却坚定地抚过它们，然后，把它们一一记载在自己这棵老树的新年轮上。兴致高涨时，他会走家串户去告诉他们庄稼的长势，事实上没有几个人有这种宏观把握的胸怀，人人都将头埋在地里刨食，谁还来得及抬头看一眼天，放眼瞄一眼苗，跟庄稼们交换眼神，确认彼此？唯独祖父，不担负温饱的责任，因而也能把整片大地当作自己的责任。

乡下的春天总是激滟，祖父有时会被油菜花迷了眼，走到村子尽头的刘奶奶家去，一去就是大半天。村子里流传开祖父与刘奶奶的故事，沸沸扬扬，不外乎就是年迈的祖父竟采摘桃花和梨花给刘奶奶插瓶，两个老人一聊就是大半天之类。听光景他应该是在日落时分有了一场爱恋，这对于年纪尚幼的我简直是天大的刺激，在面对日益逼近的死亡时，祖父的风流不仅没有减损他的威严，反而使他挣脱沉沉暮气，有了鲜活的生机。

三

但中国有句话叫"各安天命"，年迈且将死之人是注定不应该有爱情的；如果有，便是"老不正经"。伯父和父亲都是读了不少书的人，他们无法忍受流言的不堪，有一天在祖父准备出门时堵住了他。他们问自己的老父亲意欲何为，祖父抚了抚他花白稀疏的山羊胡，镇静地回答，我要跟刘奶奶处在一起，只有她能懂得我有多么孤单。

祖父的话像一颗炸弹在空中轰然炸响，炸得晚辈们目瞪口呆。那一年，他八十九岁。我的祖父以一种笃定的姿态接住了所有的流言，并豁出去一张老脸，只求能与自己心仪的人在一起。八十九岁意味着什么呢？大概是两三岁孩童的状态，生活勉强自理，能保证温饱，有一点小闲钱，就是安度了。但他不想安，他要三尺浪。

伯父勃然大怒，父亲怒发冲冠，祖父的话掷地有声指天誓日，丝毫没有犹豫和退让。

自然，在比他有力量得多的晚辈们的坚决阻挠下，祖父没有如愿以偿，而自己丢自己脸的事却传遍了村子的每一个角落。没有谁认真想过祖父为什么这么老了还要折腾，除了指责、讽刺，晚辈们一无所为。那段时间家里弥漫着硝烟的气味，祖父在饭桌上对我们管得也格外严格——食不言，寝不语！笑不露齿！话莫高声！他折了青竹条，谁犯就抽谁。然而，因为他那为人不齿的爱情，他的尊严已经失掉一半，再也没有晚辈愿意在吃饭之前等待一个自己都管不住自己的人。儿孙一辈，甚至对于他在礼仪上的要求也开始公然反抗。

有时候权威的推翻只需要一根稻草，对于祖父而言，这根稻草就是他暮年时对爱的妄想——没有问过刘奶奶是否愿意跟随祖父，没谁在意一个将死之人如一星风中摇曳的灯火的爱。

祖父与儿女们较劲，不到一个月便败下阵来。有一天，他吃着吃着饭，放下筷子，正儿八经地说，我同意你们的意见，刘奶奶那一方我都不会去了。

我呆呆地看着祖父的嘴巴，嘴唇在岁月中失去水分，已经很薄，牙齿早已掉得只剩两颗，这使两边脸颊凹进去，形成了一个明显的窝，像一朵枯萎的花。他的语气里写着满满的绝望，而晚辈们却在这份绝望里长舒一口气，像揉皱的纸团吸了水，舒展开来。

然而不久，村子里便传来了刘奶奶的死讯。那天祖父没有从他房间挪动半步，饭都是送到他房间去的。

深秋时节，天气逐渐转寒，久未出门的祖父打算出去走走。刘奶奶已死，家人没什么好担忧的，便随他去。

晌午时分，我们正在摘橘子，只听见村东头有人敲锣鼓，大呼我父亲和伯父的大名，叫道，快来呀，你爹爹掉进池塘啦！父亲一听清楚，丢掉摘橘子的剪子，就往东边奔去。

于是我们看到了一个被冷水泡得浑身发抖的祖父。父亲背了他往家小跑，一家人忙活开了，生火的生火，换衣的换衣，却无人言语。等一切忙完，祖父慢慢恢复，父亲才敢问他，怎么就掉进池塘了，语带埋怨，却是落到实处的关心。

祖父说，我一直想给村子修一下路，今天去察看地形，池塘边的路实在难走，踢翻人的大砖头有好几块，我想着小孩子从这路过不是会摔跤嘛，跌进池塘怎么办？所以我就弯腰去捡开，谁知道一不小心就滚到池塘去了……

当然，他是不小心，就是要磨我们。伯母很生气，不知道是怪祖父摔进去了，还是怪他竟没有被淹死。

应该会重感冒一场，估计会因此真的死了。邻居家的菊婶说。

所有人都静静等待祖父颤抖、发烧、重病、死亡，毕竟，他已经虚岁九十。

然而并没有，他睡一觉醒来精神倍好且活蹦乱跳，又去深秋的田野里巡视了，那拄着拐杖仔细视察的身影似乎一点儿也没受到刘奶奶的死和掉进河里的影响，倒是分外健朗了。

但我分明更清楚地看到了祖父的孤独。

四

过了冬天，祖父满九十岁。从九十岁的春天开始，他变得懒洋洋的，除了睡觉、吃饭，就是看看评书，写写毛笔字——他曾经在我的启蒙阶段手把手教我写毛笔字，又带我看评书，他的字秃头秃脑，并不美，却适合我练，而评书跌宕起伏，颇有意思。他似乎横下心来舍弃庄稼，一心一意等待自己与这个世界最终的告别。从那个春天开始，他热衷于坐在台阶上晒太阳，眯着眼看屋前的酸枣树，一看就是一上午。

春风和煦，万物复苏。我背着书包从屋前的小路上吧嗒吧嗒走回家，两面的田里，水光平静，映着天光，世界宁静，时间静止，远远望见祖父坐在春光里，弯着腰，似做着什么费力的事，于是大叫一声"爷爷"，祖父抬起头来，看我一眼，继续低下头。我很好奇，祖父很少这样对我，我是他最疼爱的孙女，每天只要我叫他他都会抑制不住地笑着回我。

我小跑过去一看，祖父正在专心致志地剪脚指甲，只见他拿着我母亲剪布料的大剪刀，用力地剪大拇指的指甲。杀鸡焉用牛刀，剪甲焉用裁刀？裁衣刀的刀锋有两个手板那么长，又很重，虽然锋利，但运用起来十分不便，只见祖父右手拿刀，张开刀锋，左手捉住大拇指，将指甲缓缓送进刀口里，一层粉末伴随着指甲落到地上，祖父的皱纹随着飘落的粉末舒展开。我第一次知道人的指甲厚而硬，像铁一样，不过是岁月层层叠加的结果，这也是那些僵尸片里的僵尸全都长着锋利指甲的原因？我不由自主地看着自己粉嫩透明完全可以用牙咬掉的手指甲，怔了半晌，也默默地看了半晌，他的每一个指头的指甲都很硬，这费了祖父不少精力，但他一声不吭，完全沉浸其中，似乎有着无穷乐趣。

剪完指甲已经正午，他起身拍拍身上的灰，缓缓走进自己的房间，不多一会儿，就拿出了几件衣服，递给我针线，说，给我穿一下针。我对着阳光穿了递给他，只见他利索地将线开了的地方仔细对齐，再一针一线地穿引，不多久便缝好了。我惊异于祖父竟然自己可以缝衣服，更惊异于他不愿将这样的小事交给他的儿媳。

做完这一切，吃完午饭，祖父说要洗澡，母亲给他烧水，给他安排，不多久他也洗好了，换了干净衣裳出来，将脏衣服放在脚盆里，拿一块肥皂搓起来。

他安然平静地做着这一切，一点都不像一个垂暮之年的人，他不期待怜悯和救赎，也不愿意寄望于后辈。不知为何，我看得满眼心酸，又无比佩服。那时候我从未想过，有一天祖父会失去一切能力，连最起码的自理都难以做到。我不知道老去会狼狈，会失去最后的阵地，会尊严尽失。在我心里，此时的祖父就是老去最好的样子。

但这只是他日常里静静地做着的事，就像吃饭喝水一般，在做完这些事，睡完觉，看完书，写完字后，剩下的时光，他全部用来抚摸堂屋里那副乌黑的棺材。

五

关于这副棺材，说来话长。

自我有记忆起，这副棺材就一直在我家堂屋的左边角落里放着，乌漆墨黑，在寒冷的冬夜十分瘆人。母亲讲过多次要把棺材抬到屋檐下，祖父不肯，他说这副棺材是他唯一要带走的宝贝，任何人都不许作践它，他得让它体面且高贵地待在人间，因为一旦埋到地下它就永不见天日了。

每年农历六月初六这天，祖父都会要求儿子们把棺材抬到大太阳底下，掀开棺材盖，暴晒一天，然后他就提一桶黑漆在后面的十天里仔仔细细地将棺材外面刷三遍，那段时间，屋子里弥漫着油漆刺鼻的气味，而里面黄色原木露出的部分则散发着浓烈的清香。棺材头大尾小，头前画一个圆圈，写了一个大大的红"寿"字，我那时怎么也不明白，明明死是无寿，为什么棺材上要这个字？但关于棺材总是有诸多禁忌，我怎敢这样去问他？揣着这个疑问，我一直活到了今天。

这样的重复我们已经习以为常，因而也无所畏惧，直到他九十岁那年的六月初六。

这天早晨，露水打湿了屋檐下的青草，太阳一出来，它们就消失得无影无踪。晌午时分，日头更烈了，祖父照例叫了儿子和邻居们掀开棺材盖，抬出棺材，暴晒。趁着明亮的日光，我麻着胆子将棺材里里外外瞧了个仔细，它外面呈圆柱形，内芯方方正正，空间部分像是从一根巨大的木头里挖出来的，黄色原木洁净而温暖，想必即使在地底下也不会冰凉，难怪祖父如此在意它。棺材盖里面凹进去，形成一个小型屋顶，合上能扩大空间。

从晌午到日落，除了吃饭，祖父顶着烈日，扶着棺材沿，一圈圈仔细看，连一根多出来的木材毛刺都不允许存在。他右手大拇指留了较长的指甲，又粗又硬，遇到不平整处，就用指甲磨，直到完全磨平为止。他说，躺在里面的时间比一生要长得多，相比于无边无际的死，生只不过是时光之海里微不足道的一滴，万一被木刺剌了，几百上千年的扎在肉里，动又动不得，岂不难受？说这些时，祖父抚摸了一下他的山羊胡子，背过双手，脸上浮起得意又担忧的复杂神色。

日落后，祖父吩咐抬进去暂时不要盖上，儿子们不知何故，便依了他。半夜时分，我睡得迷迷糊糊，隐约听见窸窸窣窣的声音响了半晌，睁开眼，看到一道黑影摸着墙壁，慢慢挪动，转过侧门，往堂屋去了，我吓得不能动弹，对自己说这是做梦，眯着眼睛继续做梦，慢慢又睡了。

第二天一大清早，便被惊叫声喊醒，爹，爹，您怎么睡在棺材里呀！我一骨碌爬起来，跑到堂屋。伯父、伯母、父亲、母亲，邻居家森林、炎伍，还有许多人都来了，围在棺材边，聚了满满一堂。我从缝隙里钻过去，冲到棺材边，只见祖父笔直仰躺在棺材里，脚朝门外，面带微笑，颇为狡黠地望着惊慌失措的儿女们。我俯身唤道，爷爷，您干吗呢，这么调皮，可是这一点都不好玩，昨晚差不多把我吓死了！祖父看了我一眼，伸出左手，得意地说，拉我一把。父亲赶紧扯起他，他还是不肯站起来，坐着，闭目养神。

父亲真的生气了，朝祖父吼，您这做的什么好事！不把晚辈们吓死不收场是吧？！

祖父抚了抚他的山羊胡子，慢腾腾地说，有什么好怕的，我那么多亲人、朋友，全走啦，现在只剩下我，我得找找路，免得迷路了。听说活人躺在棺材里能看见死去的亲人，跟他们说话，我想试试看，躺了一晚上，睡也睡了，眼也睁了，一个亲人都没见到，都是骗人的鬼话，不过这棺材倒是挺舒服的，体面。

他的话让儿女们胆战心惊，他们开始私下里讨论祖父的状态，担心他躺过棺材后再也不会死去，事实上他确实从那以后越加健朗，红光满面，头脑清醒。

他让我觉得人只要活过年岁的某一个坎，就会永无止境地活下去，而在此之前，太多的人因为各种各样的原因夭折，仿佛一棵树突然就断了。四十岁的人脑溢血，五十岁的人得癌症，六十岁的人死于莫名其妙的中风，总而言之，有一个年龄的坎，让人感到无比威严，就像一座无法跨越的山一样横亘在生命的前头，而祖父是过了这个坎的人。

六

但人算不如天算，被祖父刷了将近二十年漆的棺材，最后也被祖父拱手让给了我的母亲。

祖父九十四岁时，他最小的儿媳我母亲突然去世，在此之前他的两位女婿早就被埋在为他准备的坟地里。他看惯了生死，倒没什么悲痛，而专门负责照顾他生活起居的我的母亲突然离开，不知怎么触动了祖父的衷肠，他老泪纵横，向每一个来致悼的人诉说着我母亲的种种好处。母亲走得突然，家里穷，父亲实在没有多余的钱为母亲置办一副像样的棺材，他们瞄准了祖父的那副。很明显，棺材太大，不适合我身材娇小的母亲，但全村上下再也找不出一副比这更体面的棺材了，而一副体面的棺材才是对我母亲过早离世的补偿。

没有人敢跟祖父开口，从一开始，所有人都沉浸在悲痛中的时候，祖父就一手抚着山羊胡，一手抚着棺材沉思了，他的小儿媳躺在冰凉的地上，棺材就在她的头边。如果他不让出棺材来，这个只有三十九岁还没来得及享受人世繁华的妇人，将睡在薄薄的棺材板里很快被虫蚁蛀透，尸骨无存。但如果让出来，他这许多年的心血岂不白费？况且，自己走了又睡什么呢？祖父纠结了一天一夜，最后他悄悄告诉我，看在你的面子上，我把它，这个我心血浇灌了二十年的千年屋让给你妈妈，她毕竟太年轻了。

听到这个消息，所有悲伤的人都欢欣鼓舞，唯独祖父更悲伤了。他或许还会活很久，或许明天就会死去，按他自己的话来说，管不了那么多了，如果明天就死，没有东西葬，也是命，这辈子，还不是命让他活成现在的样子吗？

是啊，除了命，什么能解释一个大家子落寞的晚年？他长达九十四年的岁月，绝不仅是我所看到的静好。祖父兴致高时会说起他的父亲母亲，说起跑兵的日子，据说他出自大家望族，自从他的父亲抛家弃子参加革命，他一个人从湘乡到处流浪至此村落，做过厨师和瓦匠，就是不肯乖乖做一个农民。他的过去就像谜一般留于人们的传说里，随着他的老去，他那一代人的相继离开、消逝，新的生命不断降生，他被推到了生命落叶堆积的最底层，越来越少有人在意他的喜怒哀乐，更无人愿意听他提起过往。更何况因为他的长寿，他的小辈们都熬不过他，先他而去，更使人怀疑是他堵在某一扇门口，导致其他人都过不去，乡下传说老人太高寿对后代是不吉利的，因此九十岁后每增一岁，他都满怀愧疚，可他拿长寿又有什么办法？

他不仅长寿，还眼明心亮，据说是每天用早晨的漱口水洗眼睛的效果。但他耳朵却聋了，得用雷声般大的声音才能和他对话，时间久了，没有人有这个耐心，重要的事都是比画手势。但我发现了祖父的一个秘密，每次我和他说话，声音稍微大一点他都听得见。母亲在时，似乎看穿了这一点，有什么重要的事都让我去传达。

祖父对我的偏爱令所有后辈羡慕不已，在一个重男轻女的时代我作为他满儿的第一个孩子，在被定义为女性之后，他不仅没有叹气，反而十分高兴，他喜欢孙女，把我的生辰八字用毛笔写在木门背后，每年我的生日都要求杀一只鸡为我庆贺。在长大的过程中，他陆续教会了我写毛笔字、看书、切菜、炒菜。

有一次，父母亲去赶集卖东西，中午还没回，他就教我切苦瓜，只见他左手五指并拢拱起，按住苦瓜，右手操刀，齐着手指拱住的地方飞速剁下去，左手从容后移，很快，一条苦瓜切完，每一片都是薄如蝉翼，然后烧油，滚锅，下菜，不久一盘漂亮的苦瓜做好，味道之美，连从不吃苦瓜的我都忍不住吃了很多。我被祖父镇住了。有母亲在，祖父从未下过厨房，谁都没有尝过他做的菜，但他那天，正经想将技艺传授于我。

多年以后，只要拿起刀，拱起手指，我的眼前就会浮现出祖父的模样，此时，他还存活在我的记忆里。而许多年以前，在漫漫无尽的岁月里，我们忘记了我们的先人；许多年以后，在漫漫无尽的岁月里，我们的后人也忘记了我们；在后代的心里，那些血脉里流淌过的，都是一团模糊，唯一能留下的，不正是这一星半点的细节吗？

七

时光很快来到了他的九十六岁。

毕竟扛不过，尽管他的背只是一点点佝偻，但走路还是明显慢了许多，几乎可以用"颤颤巍巍"来形容了。他有了新的满儿媳，这个儿媳非常嫌弃他，从不进他的房间，任他自生自灭，也从不为他单独做什么菜之类，不管他是否吞咽得下。祖父哪里受过这样的苦，便自己买了些皮蛋，剥了壳，装在一个绿色的塑料盒里，拌了酱油，一吃就是好几天。

离家一个学期，暑假回家，我进门就叫，爷爷，爷爷，冲到他的房门口，只见他坐在床沿上朝我笑，只剩一颗牙齿的嘴巴瘪得叫人心疼。他的房间发出一股浓浓的尿臊味，绿盒子里的皮蛋里有细小的蛆蠕动，没有放下的蚊帐里，成千上万的蚊子嗡嗡地叫着。一时间我的鼻子酸痛得要命，大声叫来他的满儿媳我的继母，问她为什么不给祖父熏下蚊子，这个眼睛下方有一颗大痣的女人长相凶狠，她正值壮年，对我的问话置之不理。

我噙着泪，扶祖父走出阴暗的房间，开始为他清理。他换下来的几条裤子还没来得及清洗，上面沾满尿渍和干了的粪便，皮蛋早已过期变质，没有谁为他倒掉，那么多的蚊子需要满满一盒灭蚊片……

提了他的裤子，我大声对他说，不要进房间啊，房间里在熏蚊子。他笑着朝我点点头，他的耳朵并没有那么聋。我试着放低声音对他说，爷爷，我给你洗裤子去。他又点点头，对我说，孩儿，你会有好处的。

我不知道他这句话是不是对我的祝福，这是他清醒之前对我说的最后一句话。当我把他的裤子浸泡在池塘里，先搓第一道时，随着泛出的浊水，我的泪水汹涌。

曾经那么矜持的祖父，坚持自己缝补衣服，洗澡，并能切出那么薄的苦瓜片的祖父，坐在后门口的南风里读着评书的祖父，握住我的手，一笔一画教我写字的祖父，终究要走了，只是因为惦记的棺材还没有置办好，他只能慢慢走，再等等。对他自己而言，他还是要走得雄赳赳气昂昂，不能有半点颓败的样子，可他能奈那一床嗡嗡叫着的蚊子何？蚊子，蛆，还有无力搓洗的脏裤子，以及沾在胡须上的饭粒，让他成了一个因为衰老而令人讨厌的人。时光积淀得越多，他背负的厌倦也越重，但他依旧活着，从清醒往混沌一步一步走，走得缓慢而悲凉。

晚上，睡在洁净的床上，祖父打起了鼾，他睡得无忧无虑，婴儿一般。开始时，夜风安稳，一切平静，夜深后，他却在睡梦里叫唤起来，妈妈，妈妈，等等我，带我走；爹爹，爹爹，不要让我流浪四方！妈妈呀！……他的声音十分凄厉，似是把一生白付的光阴全都喊了出来，在深黑的夜里，我听得非常害怕，又满心悲伤，只经历了短短人生的我，何曾想过祖父也曾是父母手里的孩童，也经历了繁花盛开的青春，也曾是翩翩美少年，也有一路经历，心事万千？

听他叫得难受，我坐到他床边，紧紧握住他的手。他的指甲又长长了，很硬很硬，手指干枯，只剩骨头。握了一会儿，他不再叫喊了，又打起了鼾。那一夜，我一直陪着祖父坐到天明，在比我大七十八岁的祖父面前，我竟觉得自己是他的母亲，那么心疼他，希望他早早结束人世的痛苦，回到他想走的路上去。

第二天，在离家之前，我煨了一盒子瘦肉粥喂他，他顺从地张开嘴，嘴巴空洞洞的，接一口，很快吞了，又接第二口，第三口，动作机械，很快便吃了半盒子。他还在张嘴，我却不敢喂了，怕他太胀。但他一直张着嘴，看着我，我的鼻子又酸痛得要命，别过脸去，忍了一会儿，对他说，爷爷，过会儿再吃。

那天我离开祖父，离开家，去奔赴我的下一段旅途，匆匆又是四五个月。电话里父亲说，祖父最后被伯父接了过去，已经糊涂得认不出人，大冬天的，竟然脱了个精光，伯母照顾他非常不便，又说他见一个人就说伯母不好，又说满儿媳不好，女儿们来看她，他也骂，外孙们给他钱，他统统不要，对谁都发脾气，等等。父亲用了一个词，叫"吵死"，他说，你祖父是吵着要去死了。

死，在祖父的后辈们嘴里说出来，稀松平常，毫无伤感。毕竟，活得太久，对这个世界，是一种亏欠。

八

回家那天，雨雪霏霏，风雪中我走进家门，看到祖父的黑白相片摆在堂屋的牌位边，房子燃着香和蜡烛，我一下子明白，祖父终于走了，没来得及和我告别。我愤怒地问父亲，为什么爷爷已经走了，下葬了，也不通知我回来，父亲说，学校距离家里太远，你又是期末考试期间，一回来，不就挂科了？爷爷走是顺理成章的事，是白喜事，你不回，也没多大关系。

一时间，我悲痛无语，跪在祖父灵前，多想再叫他一声，再看他笑着摸着胡须，点头看我，多想他再教我写写字，告诉他，我知道了，他教我的，是《泰山金刚经》，多想能再喂他喝口粥……

刺骨的寒风和漫天的大雪里，我跋涉到埋葬祖父的山岗，这里埋葬了我的母亲，以及我那两位深得祖父喜欢的姑父。祖父坟上的黄土在他们已经长满绿草的坟前显得隆重而威严，作为长辈，他的坟地在最高处，像他生前永远坐在饭桌最重要的位置一样，他要的，无非是一份秩序纲常。他的儿子很好地安葬了他，虽然棺材不尽如人意，但他在这里得到了生前一直维护着的尊重。

我跪在他的碑前，往昔的点点滴滴纷纷涌现。我想为他唱一首歌，送他上路，却找不到最好的歌词。他七十八岁与他的孙女我相见，剩下的岁月非但毫不颓丧，反而壮怀激烈，可以想见，即使在后人看来，全都是不值一提的尘土，于他自己，也必定是铿锵有力的书写，虽然他没有从过军，活得完全像一粒尘埃，可谁能否定他在横无际涯的生活面前的挣扎？至少，在动乱且贫穷的岁月里，他养活了四个儿女，也赢得了儿孙满堂。

风雪中，我的耳旁飘过一首曲子，《故乡的原风景》……

凝望落叶

在家乡高高的山岗上，那些我生命里最初的亲人们，建立了一个安谧清新、与世无争的世界。他们俯视着山脚下淙淙淌过的清澈河水，感受着四季变换的风，尽忠职守地看护着身边的橘树林，以及从橘林里穿行而过的西瓜苗，或者黄豆秧，一年一度，经历白色橘花的开落，果子的青涩转黄，然后，又笑着迎接新加入这个庞大家庭的人。所有生活在他们外部的人来到这里，脚上沾满黄土，心里却摒弃了尘嚣，澄澈明净，因为他们知道——岁月匆匆流走，现有一切都会化为过去时空里无法触摸的喜怒哀乐，最终，他们也将来到这个山岗，与地底下的亲人们相聚。

一

第一个来这里的，是我的小姑父。

小姑父很胖，我曾比试过，他的一个裤腿可以装下六七岁的我。胖使小姑父患有严重的高血压，走起路来颇蹒跚，走几步就要歇一口气。胖，在我们贫瘠的乡下是罕见的，因而也是新奇的，故而，每次他一来，我的小伙伴们就会以借本子、借笔为借口，来我家参观。他们从他的胖腿边跑过来跑过去，有时候还会故意装着不小心蹭几下。他总呵呵地笑，像尊弥勒佛，很明显，他知道孩子们的意图，但他装作不知道，任由我们嬉笑。

胖还令他有些喘，小姑妈为了他的健康，不许他做这，也不许他做那，但他总会偷偷地与祖父在后门口喝酒，教我唱歌，"让我们荡起双桨，小船儿推开波浪"，唱到这个"波"字，音要弯曲几下时，他就要喘一下，这使我长大后每次唱到这儿，也会习惯性地喘一下。只要到乡下来看望祖父，他一定要见小小的我，牵着我的小手散步，大家都说，小姑父李春生与他的外甥女儿芬芬是前世有缘。

他写得一手漂亮的毛笔字，父亲平生不易佩服人，却极佩服他，每次估计好他来的时间，父亲总要提前准备好毛笔、墨汁，还有需要题字的竹篾箩筐、竹扁担，乘凉的笔床，洗脚的桶，碗柜……他恨不得让他给他的身上都题上字，因为他的字实在太好看了，一笔一画，比挂历上的那些书法家的字还要有力，还要漂亮，我们不懂书法，但我们知道，很多人求他的字，不知什么缘故，除了在我们家的器具上题字，他不给任何人写一个字。

他还给我的祖父他的岳父按摩，剪指甲。他先打一桶热腾腾的水来，让祖父泡一会儿，然后戴上老花镜，试图坐矮凳上给他剪。胖而高使坐得矮的他弯腰十分费力，他索性搬条高凳，将祖父的脚搁起来，这样，他也能换了矮凳，坐得舒服一点。对于他做的任何一件事，我都充满好奇，因为他真的做得太细致了：他先是用毛巾仔细地擦干，面对祖父只剩皮包骨的脚，他竟丝毫不嫌弃，而是先观察，用剪刀比对，再开始剪。祖父的指甲很厚，很脆，很粉，春天的阳光照着，每剪一下都有细小的粉尘飘起来，情形很是诡异。但小姑父沉浸其中，像对待一件艺术品一样给他一个脚指头一个脚指头地修剪干净。最后他总要抬头看一眼祖父，看到他满意的笑容，才收拾东西开始给他按摩。

没有人知道他为什么会如此讲究，在我童年的记忆里，人们说起小姑父时，有一种奇怪的态度，既有敬佩，似乎也有不屑，只有祖父不同，只要这个小女婿一来，他就毫不掩饰地喜笑颜开，天下人都知道，李春生是王玉轩的骄傲，可究竟他为什么而骄傲呢？为着他的周到？抑或是他身上那股说不清的趣味？没有谁能说得清。

童年时，每到寒暑假，父亲就送我去琼湖的新街住，说是小姑父想我，要我去住一周。新街不新，两面都是一大片古旧的木楼，颜色深褐，木楼中间，青石板街道，悠长，狭窄，寂寞，幽幽地放着青色的光，一到黄昏，便收住它怯怯的声响，沉进一片静默里。从街头到街尾的住户，只要看见小姑父的手背在背后，开始饭后的溜达，都会十分恭敬地打个招呼，有时还情不自禁地鞠躬。父亲说，那条街都是他家的，整个沅江，有一半是他家的，后来他家被抄家，他被打倒了，这才轮得到小姑妈嫁给他，如果按从前的家世，他就是"老爷"，哪里轮得着到我们这种人家来当女婿。

生为"大家子"的小姑父，似乎完全不记得往事，从不唉声叹气、自怨自艾，总是笑意盈盈满脸幸福的样子，这条街的人都喜欢叫他帮这帮那，除了写字，他能做的，从不推诿，这为他赢得了好人缘。

小姑父还有一个绝活，那就是特别会做菜，种种花样，各种味道，只有我们想不到的，没有他做不到的。只要来乡下，他总要露一手，在简陋的食材里，他能做出十道鸡蛋菜、十道肉，那时每年春天，小姑父都会挑一个久雨后的晴日来看祖父，晌午的光阴里，他用软肥温暖的大手牵着我，一起去山里采蘑菇，雨过天晴的树林里，蘑菇遍地，他兴奋地告诉我认各种颜色的蘑菇，感叹道，这是天然的好食材哦，采蘑菇的小姑娘，赶紧摘起来。像搂稻谷一样，我们轻轻松松就采来一大筐，他围上围裙，面对柴火灶，开始亲自烹饪。不多久，一锅鲜香浓稠的菌汤在桌上高调登场，那鲜味足以慰藉整个多雨的季节，也足以让父亲总是边喝边咂巴着嘴说，好吃得让人吞掉小舌子。

我们吃着美味时，才明白为什么"文革"平反后，他能当上琼湖饭店的经理，后来又当上了冰棒厂的厂长。

有一年夏天，父亲带我卖西瓜，正午阳光火辣，我们正好经过小姑父的冰店，想着进去乘会儿凉。只见店里摆了十来张实木条桌，三三两两坐了些人，喝着深褐色液体，拿着浅黄色外皮的圆锥筒，将白色的膏体舔进嘴里，舔完还咂巴咂巴嘴，好香的样子，看得人咽口水。正看着，便有人给我送了相同的东西来，告诉我，圆锥筒叫冰淇淋蛋筒，外面焦黄色的包装也能吃，是脆蛋糕，这可真新鲜；深褐色的是咖啡，小姑父让他一样拿点给我吃。我平生第一次接触这些，既害怕，又惊喜。冰淇淋冷甜，融在嘴里，一股爽意直冲脑门，咖啡的味道最奇怪，苦中有甜，香味浓郁，喝完萦了一身。那是上世纪80年代的小城，这些新奇的东西，过了十年，才流行起来。

然而，这样的好日子，只能停留在童年。不到六十的小姑父李春生，有个身姿挺拔长相帅气的小儿东波，海军退伍回来后被分在市邮政局做副局长，流连于当时流行的舞厅，爱上了有夫有子之妇，两人暗通款曲，坚决要结婚，永远慈眉善目的小姑父气得捶胸顿足，以死相逼，他既不认同对别人婚姻的破坏，也不认同那个妇人的妖冶轻浮，不知儿子究竟是受了什么蛊惑，但无论怎么做都无法阻止儿子，他急痛攻心，大病一场，很快就第一个住到了这片山岗上。临终前，他说，他要在这喜欢的地方，等着他的亲人们团聚。临死前，他说，东波不会有好下场的，好在他看不到了。

二

两年后，生平沉默寡言的大姑父第一个跟上小姑父的脚步。

大姑父也住在新街，长着长长的眉毛，眼神温和，嘴唇有点厚，瘦瘦的，整天绷着脸，像在生谁的气。从前总喜欢跟在小姑父后面，小姑父炒菜，他就帮他洗，小姑父做包子，他就给他拌馅，小姑父拿钱给祖父，他也拿一模一样的份额，他不像姐夫，更像弟弟，分明是个透明人，一声不吭，仿佛随时可能消隐。

自从农村牵进了电，他的笑就常驻于脸上了。作为用电方面的专家，他喜欢摆弄家里的电器，尽管那个时代，电还是个稀罕物，但每次他只要来我家，就要检查家里电路，包括屋外一两百米处的电线杆都不放过。从前的电线牵在墙外，一目了然，一旦破皮就会漏电，村子里有一个小孩就因为漏电的电线而被烧焦了，大姑父为了增强其安全性，先是给有可能脱皮处的电线缠上黑色的胶布，后来索性做了很多木槽，将电线一根根镶嵌进去，房子里少了胡乱牵扯的电线，美观多了。做这一切时，他的嘴角一直是上扬的，一种由衷的欢喜感从他的每一个毛孔渗透出来。

村子里的人看到，都争相效仿，夸赞祖父有个会做事的好女婿。这使他每次来看岳父时，总会有人闻风上门拜访，村上的男孩们都来围观，想学点技术。祖父颇为大姑父感到骄傲，十里八乡，谁都知道他有一个能够解决一切与电相关的问题的女婿，这无疑使他身价倍增，说话的分量都重了许多。

作为市电力局最早的员工，因为擅长修理，他也成了电力局最资深的业务工作者。祖父说起大姑父，语气中颇有几分神秘和自豪，"他是个可怜的孩子啊，要不是跑兵，动乱，他怎么会沦落到我们这种地方来，你们别小看他，他可是做科学家的料呢，年轻时聪明着哪，一般的老书，大学生也比不过他。"祖父也不是本地人，他的老家在湘乡，他父亲很早就出去闹革命，把他一个人丢在老家，他也是随水漂流一路漂到沅江，相似的经历使他对这个大女婿有了一份不一样的心疼与理解吧。

在祖父断断续续的叙述里，我才知道，大姑父不是本地人，而是遥远的沅陵一带的，他老家有一支船队，1940年，三十六只船从湖南往广州的途中，一次性被日本人炸死了一百多个员工，他父亲为了安葬这一百多人，并安排好他们的家属，散尽家财，卖掉广州一条街的铺面，使当时考上了上海某所大学的他只能辍学，一家人也在战争中流离失所。但他天生脑子好使，动手能力强，一路靠着能工巧匠般的本领，漂流到了沅江，在新街的一个店铺做了伙计，新中国成立时与我大姑成了婚，这才有了自己的家。

大姑家也在新街，只是在青石板街的街尾上，出门不远就是资水河的大堤。房子在跑马楼上，是一个通间，在一个乡下孩子的眼里，这已经是城里的顶级住宅了。大姑父率先在这个房子里安装上电视机、洗衣机，冬天又安装上电烤火炉，由于电烤炉功率太大，不停地打开，关掉，特别麻烦，他便开始盯着思考怎么控制电阻丝的大小，经过多次实验，给电烤炉做了个控制热量大小的开关，那可是非智能时代啊，敢这么想已经很了不起，能行动实践，就已经走在了那个时代科技的前列，他自己根本就没意识到，这就是发明吧。这个开关后来在他大儿子手里发扬光大，不仅能控制，还能恒温，获得了专利技术奖，这是后话了。他家成了明星住宅，人人都羡慕不已，而他一直不说话，眼睛永远盯在那些电器上，这里戳戳，那里动动，每天都在想新点子。我常好奇，他这个脑袋里是不是全都是明明灭灭的电路。

初三那年，物理课开始学电学，因为那些看不见的电流过于抽象，我无法理解电路、电流，对电可谓一窍不通，学得特别想哭，父亲说，跟大姑父学着安装些电器吧，也许有所帮助。寒假时，他就把我往大姑父身边一丢，说，这姑娘也不蠢，你给我点拨点拨。大姑父瞟了我一眼，幽幽说道，姑娘家的，本不需要学这些，但是可以知道点电的奇妙，也许将来能对你有所帮助，而且你要懂得，有些知识，你可以不用，但不能不知道，人这辈子啊，多知道点东西，没坏处。这是大姑父对我说过的最长的一句话，我把它深深地烙在了心上，后来很多年，影响着我的抉择。

那个寒假，大雪纷飞，空气冷冽。手冷脚僵时，大姑父带我走在新街上，指着那片木楼上如蛛网一般的电线，说，这些终究都会要整改。电能利人，也能害人，这跟"水能载舟，亦能覆舟"是同一个道理。不出二十年，这里的街将不复存在，因为电的推动，世界将以最快的速度发展变化，那些变化我们甚至无法想象……他就这样像自说自话一般，为我打开了电力新世界的大门：电就像流水，你怎样理解水，就可以怎样理解电；串联，并联，就像用不同的水管装水，串联是从一根水管里把水分出去，并联是所有的水管都是一样的，从总支那里分，所以串联的电会变弱，而并联则可以做到完全一样……

听他讲时，我看着他长长的差不多垂到眼睛上的眉毛，只觉得人这一生，真该有点自己的热爱之物，这样活着就有了价值。那时我喜欢上了文学，热爱着令我似懂非懂的古诗，我知道，只要我能像大姑父一样执着地去研究一个东西，那个东西就会成为我的知音，我的标签，我的未来。

也是从那一刻开始，我理解了电，也理解了向来沉默的大姑父。

他如果知道在他逝去三十几年后，电孵化出了一个全新的世界，他预言的未来早已成为现实，智能手机、电脑纷纷出现，世界日新月异，电可以驱动车，谓之新能源，电能做一切想做之事，会做何感想？他会感慨自己生错了时代吗？造化弄人，是一代大科学家还是一个小小的电工，时代主宰结果，命运真是玄之又玄。

高一时，我在校住宿，周末回家，父亲突然说，你大姑父死了，埋了。怎么死的，则语焉不详。

仿佛对于他的死，我没有应该要"悲伤"的义务，他们便一声不吭地，在我上学的空隙里，把他抬到了那片山岗上，埋在了他的连襟，我的小姑父身边。

三

接下来是我住在沅江三巷口的舅奶奶。舅奶奶是第四个来这里，却是第一个有墓园墓碑且墓碑上嵌有相片的，相片上的她笑容平静，目光温暖，静静地注视着山岗上的一切。那时祖父还没有故去，舅奶奶俨然成了这一片的片主人，守着园子，等候其他的亲人。

我认识舅奶奶时，她就已经七十多岁了，白发如银，在脑后绾成一个髻，插上一根银簪子，银簪子上坠个绿坠子，衬着月光般皎洁明亮的脸庞，一笑，两颊现出两个深深的酒窝。她身板挺拔，姿态优雅，七十多岁，美得令人挪不开眼睛，望之令人忘俗，令人肃然起敬。

父亲说，那年我验飞行员，什么都通过了，到政审一关，一查，我舅舅是地主，舅娘是资本家的大小姐，就一票否决了，白白丢了好前程，只能在乡下做一辈子农民。舅舅不做好事，早早就死了，还要来害人，舅娘倒好，很照顾我们，命运的事，也怪不上她，她可是有学问的人呢，熬过了多少难关，现在也好过了。

说到舅奶奶时，父亲的语调不由自主地变得轻缓温柔起来。每次上街，只要经过三巷口，他必定要去看舅娘，给她带点农村的土特产。那时的舅奶奶已经是孤身一人住着了，三巷口街道两面的房子背后都临河，房子在街道马路下方，要下几级台阶，才进得了屋，因而房子里就分外阴暗潮湿些，房间呈长条状，像个洞穴，越往里去，越幽深神秘，如同舅奶奶幽深神秘的一生。有时父亲带我上街卖蔬菜，天太热，太阳又大，就把我往舅奶奶家里一送，等吃午饭时，她就做好饭菜等她的"贱伢子"、我的父亲来吃，她用慈爱的眼神抚摸着他，那生龙活虎、狼吞虎咽的模样，令她十分欢喜。

说起来，我的文学启蒙就是在这个房子里。那时候的画报、挂历，上面不仅有像连环画一样的彩色图片，还附着故事，过期了的，她一张张撕下来按顺序贴在墙上，满墙都是故事，诗词、《红楼梦》、《唐伯虎点秋香》、《唐诗三百首》……应有尽有。我仰头，一幅幅仔细地看过去，一看就是一上午，就那么迷失在文字和图片的迷宫里。

隐隐听父亲说起她的过往，竟是一段地主与官小姐的传奇。遗憾的是那样山盟海誓的爱情，终究敌不过一场声势浩大的劫难，舅爷爷先她而去，她的儿女们也相继远离家乡这片伤心之地，将舅奶奶一个人丢在三巷口，日日夜里听着江声。

三个孩子，一男两女，儿子在"文革"期间到了香港，定居于那里；大女儿为逃婚到了武汉，当了宝庆码头的大姐大；小女儿嫁给了一个状元郎，衣锦还乡，还有市里的领导夹道欢迎。这又是另一代人的传奇了，时间的车轮碾过，一代人有一代人的传奇，可能这恰恰便是人类"向死而生"的动力吧。

舅奶奶的晚年，在一个普遍贫困的时代，靠着国家的补贴，女儿们寄来的钱财，过得非常滋润，每次我去她那里，她都能拿出一堆零食让我带回家，又将早已备好的米、面、油之类，放在父亲的箩筐里，接济我家。她白天与街坊邻里聊天打牌，晚上一个人枕上听江声，孤独中保持着那份难得的清雅。

儿时，因为常常从新街溜达到三巷口，那里的人差不多都知道我是"贱伢子"的大女儿，在亲人们的吹嘘中，我成了一个聪明勤劳的小姑娘，大家都友善地与我打招呼，这令我感觉整个沅江琼湖都是我的天下。

我母亲去世时，舅奶奶还在。父亲去报信，听说她沉默了很久，才放声悲哭。白发人送黑发人，她意识到自己大概也将不久于人世了。

果然，不久后，八十几岁的她下台阶进房子时，不小心摔了一跤，没过几天，就安详地走了。她走时，叮嘱我那个丈夫是高官的小姑妈，一定要把她葬在个有亲人的热闹地。于是，她也来到了这里。

然后，就是我的祖父，我的大姑妈，我大姑父的父母，小姑父的小儿子东波，大儿子牛波……有寿终正寝的，有年轻病逝的，每个人的一生，都是一部波澜壮阔的历史，只要不出变故，多年以后，这里将会聚齐我满面沧桑的父亲，然后，是我……

将有越来越多的人聚到这里，他们让我在一次一次的离别中渐渐地开始凝视"死"这个事实，并且懂得，死亡并不是可怕的事情，它平常得如同每一次日出日落，无须逃避，或者拖延，唯其如此，你才能体会到其中的辽远。

生死看多了，就开始问自己是不是老了，会不会多病，会不会痴呆，会不会突然一天就没有了知觉，完完全全地从这个世界飞升，我开始注意皮肤的弹性，眼角可能会添起来的皱纹，以及腰上可能要增加的赘肉，这些都是"老"的象征，而"老"多么接近"死"！我开始有意无意地倾听自己的心跳，又每每叮嘱丈夫儿子出门要小心，平安来去；我唠叨父亲，要注意养生……

随着去山岗的次数越来越多，年岁亦日渐增长，人生的场面亦日渐开阔，我慢慢地开始愿意俯身抚摸脚下的土地，并深情凝视一抔抔拱起的黄土，他们的音容笑貌以及在人世间的绚丽灿烂，使我在凝视中平静、深沉。凝视他们，如同凝视美丽多彩的落叶。我开始明白，死亡，不是在终结之时，而是在开始的时候；也开始懂得，由生走向死的过程，就是天堂的全部，那些流影入怀，有言说不尽的美丽。

念

动

裸身的爱人

一个世界正在消失 / 你太窄 / 狭小的街道 / 在阴影里已太宽 / 你只有一只狗 / 一个寂寞的孩子 / 你藏起你最大的镜子 / 你赤裸的爱人

——查尔斯·西米克

一

夜幕重重垂下时，巨大的落地玻璃窗在城市里展示它深沉的妩媚——窗内的器物、窗边的人脸，与窗外高楼里星星点点的灯火相互穿插、映衬、重叠，亦真亦幻。

焚香，烧茶，听琴，看书，像世人眼里一个真正参透生活本质，然后回归自我、大气从容的女子一样，我坐在窗边，安静地度过一个人的时光，仿佛岁月从未风起云涌波澜壮阔过，而我的心也理所当然地淡然静好无悲无喜。

但一转头，我就被玻璃上的这幅图景迷住了，我看到自己眼睛里的光点，那是从一幢高楼里的一扇窗中传来的，也许此刻，我这扇窗里的光，也映到了那窗内人的眼里？

她是否也如我一般，正努力地压制某种意绪，等待着归人？镜头往城市的中心一层一层地推过去，琴声远了，崖柏的香味散了，我要的宁静像被堵在上游的水突然开了闸，"哗"的一声倾泻下来，散作点点飞霰，无影无踪。那些通过茶与书分散了的注意力，那万家灯火、烟尘缭绕、悲欢离合的人间，重又来缠绕我。

我竖着耳朵希望听到门的响声，但在喧嚣的夜色里，那张打开外部世界的门一直如太古的寂静。除非夜再深一点，更深一点，深到人们睡意深沉，或者所有的门都关上，只有这一扇门为他敞开。这时，他才会挟带着一股酒气，把手指的指腹放在指纹器上，"嘀嘀"，一个机器女声轻柔地说"已开锁"，门"吱"的一声，开了。他面色红润，小腹微凸，步伐微微凌乱，走到我面前，用一种愉悦且真诚的神态，变幻着语调，反反复复对我说，我爱你，嗯，是的，我爱的就是你。一股酒气从他口腔或者说皮肤的毛孔处渗透出来，飘在空中，萦绕我，搅扰我，使我心中瞄准他蓄势待发的利箭蠢蠢欲动。

不同于往日被告白的欢喜，对于所谓的"酒后真言"，我是如此厌倦。人们为什么要相信酒后的一定是"真言"呢？酒精催人兴奋，这正是已经习惯了在现实生活中虚与委蛇的中年人渴望抓住点什么，为自己找到的渠道。在酒精的刺激之下，内心的渴望被放大，克服困难的勇气陡然增加，这种与年轻类似的感觉能够使人上瘾。中年嘛，清醒的时候总是冷静理智谨慎小心近于麻木的，哪有年轻时那种满腔孤勇一往无前在风中奔跑任由风猛劲儿亲吻的气魄？

没完没了地喝酒、漫无边际地聊天，与朋友推心置腹地贴近，对亲人漫不经心的疏离，使还没有做好准备迎接这种状态的人处于一种失重的迷惘之中，原本以为岁月可以饶过的人，终究被什么推到了躲无可躲的悬崖边。只有喝酒才能麻醉自己，暂得逃离。一种浓重的悲伤攫住了我，我极其不耐烦地把茶递到他嘴边，说，喝茶！不要再这样胡说八道。他接过水，一仰头，咕嘟咕嘟喝下去。他很高，我微仰着头才能看清他的喉结正随着下去的水上下移动。他脖子上的皮肤微黑，纹理有些粗，每一个毛孔似乎都在灯光下垂着脸，少年时的光泽没有了，取而代之的是松弛疲惫，暗哑无力。他曾经刀削斧凿一般的面庞，现在已经轮廓模糊，这使得他一直引以为傲的嘴型和高挺的鼻梁在他的面庞上格外显眼。

你真的太像你爸爸了。我说。

我这样说的时候，当然不仅指他长得像他父亲。他父亲是一个纯正的农民，沉默寡言，只知道埋头做事，似乎从来不在意自己的形象。因为年轻时负担过重劳累过度，导致小腿静脉曲张，无法正常行走。他父亲每天凌晨五点准时起床，摇水，一跛一跛地挑水，水缸的水满了后，天慢慢亮起来，他就叫醒还在沉睡中的家人。他的声音洪亮，大声叫唤时，房檐和窗棂上的灰尘纷纷震落，没有一个人能在他的叫声中继续装睡。

除了皱纹像一条一条刻上去的，他父亲眼皮耷拉，两边脸上的肉不可挽转地垂下来，但嘴唇和鼻子依然保持着些许年轻时的痕迹。他父亲为了表示他也曾年轻也曾好看，趁着我们回家，拿出年轻时一张黑白的证件照，给我们看。那张照片上的他，脸型与五官均好，我们却只能敷衍地说一句，嗯，年轻时是不错的。我们让感慨从心头掠过，刻意压住，装作毫不经意地聊起其他事情，以免涌起揽镜自照的感伤。他父亲便讪讪地拿着相片走了，一跛一跛的背影引人心伤。

老了，就是这样的，无论你多么心不甘情不愿，你都得接受被忽略的事实——那在酒精掩饰之下的不甘，又为了什么呢？

二

"当一个男人的外貌和他的父亲变得相似时，他就开始衰老了。"马尔克斯如是说。当我在某个瞬间发现了他与他父亲从五官到神情无比相似时，我突然想到了这句话，这个事实让我打了一个激灵。

每当喝了酒，他就会保持最后一丝清醒去洗澡，然后全身赤裸地入睡，不仅如此，他还要求我全身赤裸地陪他，如果我拒绝，他就会一直要求，不肯罢休。但在清醒的时候，他认为彼此裸体相对是一件羞耻的事，这大概是清醒的道德感给予他的暗示。值得一提的是，他在酒后的赤裸完全与欲望无关，也许只是他希望解脱束缚的一种方式，我们就如同两个刚来到人世的孩子，一丝不挂而又平静安然地面对面躺着。慢慢地，他入睡了，鼾声起来，像呼啸而来的火车，又像被什么堵住了的堤坝，一股气在他的胸膛里努力地试图冲腔而出，鼓起来，鼓到一定程度，吐出去。

　　我的呼吸被他带动，堵着，冲开堤口，再堵上。所谓的同呼吸，这就是最正确的解读。在这样的情况下，我根本无法入睡，索性起来，开灯看他。我的目光从他身上的每一寸肌肤每一根毛发上游过，从这具已经熟睡了的躯体上游过，从咚咚有力地发出声音的起伏的胸膛上游过……我想起往日，我曾何等迷恋他啊，我的视线几乎无法从他长长的腿上、优美的臀线上挪开，我喜欢伏在他的胸口听心脏跳动的声音，抚摸他温热而充满弹性的肌肤，捶打他硬得如同石头一般的肌肉，他的肌肉让我总想咬上一口，Q弹甜美，确认是充满活力的生命的味道……这一切让我得以确认他的存在，确认我们之间看不见摸不着的联系。

年轻的时候，我们会为了一点不值一提的小事，反复争吵，企望分离，我们彼此仇恨，深觉不懂对方，不被懂得，是生活在彼此的世界里最大的悲哀。然而只要有温度的肉体带着甜香靠近，拥抱、亲吻、占据，我们的一切就可以一笑泯恩仇。在不自觉中，面对对方强劲的生命力，我们沉醉、热爱、依赖。两具心脏怦怦有力地跳着的肉体，如此自然而然不容抗拒地吸引，从一开始便是如此，我们的眉眼、毛发、体味、皮肤……如此契合，至于阶级、文化、财富、才华……都退到了极远之地。我承认，在那些岁月里，所有学过关于择偶、智慧相处的理论知识都主宰不了我，我是如此浅薄地听任我的肉体自己去寻觅，去欢喜，浅薄到连我自己也为这份真实的浅薄怦然心动——遵从动物性的知觉，上升到理论高度，仍是遵循对生命真实的需求。

我的目光从他的头发上掠过。在这一头曾经乌黑微鬈浓密蓬松的头发里，根根银丝像枯草一般，从发丛中钻出来，分外刺眼。相比于秃顶，依旧浓密的头发是他的骄傲，但白发像极了宣誓时的铮铮誓言，一句一句掷地有声。这时，一股油腻的气味飘过，我凑近了闻，是他的头发，又好像是他的脖子上发出来的。这种气味与我童年印象中祖父的气味类似，是他睡的枕头和我们床头靠背的气味。这是一张布艺床，他睡的那一边，靠背的布已经被他磨得油光放亮丝丝缕缕，模模糊糊现出了一个洞，洞的周围，原本深蓝的布料变成了黑色。热爱洁净近于病态的他，却对这块烂了的床头视而不见，依旧靠着，头发戳在上面，搓来搓去。有一次我叫他站在床尾，对比我俩的靠背，他自己先就忍不住笑起来，几分钟后不了了之。

我的目光从他的脸部的皮肤上掠过。他的脸色是浅浅的蜡黄，眉头依旧紧锁，在眉心形成一个"川"字，习惯性的神态已刻在他的脸上，额头平滑，三四条类似于画大海简笔画时的波浪线深深浅浅地浮现。他闭上眼睛也不能掩饰他松弛的眼袋，平躺时往两边匀过去的肉淹没了下颌线。

我的目光掠过他的脖子，他的胸部，一直往下延续。他的身体依旧饱满而结实，散发着热力，但他全身的肌肤都是暗哑的，无力的，曾经水分饱满光泽耀眼的肌肤，曾经隐着青筋鼓起肌肉的手臂，曾经平坦而有力的腹部，曾经健美无比的腿形，都不见了，取而代之的，是一具静静横陈在那里，像一摊烂泥一样沮丧无比的肉身。

这个裸身的男人，是我曾经年轻时候的爱人。他曾那么钟爱美丽、香氛、整齐划一，讨厌凌乱、不洁和腐朽不堪，他的面庞曾优雅而单纯，干净得如同婴儿，但此刻他躺着，睡梦中的他松弛得如同放了气的球，瘫成一块皮。是什么吞噬了他？

岁月摧枯拉朽。我的脑子里跑过这个句子。

三

见证衰老，虽然并非我的初衷，但在这个夜晚，我被拖进了时光的轴里，身不由己。我见证皮下脂肪中的水分流逝，肉体如同万木进入秋天，不可避免地走向衰败，征兆如此明显，而我深知，衰老不同于成熟，它是腐朽与垮塌的代名词。它意味着每一个身体零件以年为单位地背叛肉身，脱逃而去。除了道德的教诲，理性的认知，我将如何再对这样的身体抱有热爱？那如山海一般曾在体内奔腾不息的原始爱意消退了，身体的秋天，潦水尽而寒潭清。

人到中年，关于身体，我们注定了走向死胡同，绝望不可避免。有人害怕在爱人身上看到自己的影子，选择掉头重新寻找年轻而新鲜的肉体，但越迷恋年轻者，越害怕正视自己；有人选择停住脚步，接受那个不能再爱爱人的自己，生活波平浪静甚至一潭死水；有人索性放弃"妄念"，与岁月讲和，抹平此生的肉体记忆。卓别林则寻到了重新找到爱人的途径，他说，"你赤裸的身体，只属于那些爱上你赤裸灵魂的人"，超越肉体，是让人安稳而不失激情的另一种方式。

但浅薄如我，又该如何超越，再爱上他赤裸的灵魂？从那些皱纹里？恰恰是那些人体的褶皱里，藏有一切被隐藏的爱恨，正如斑斑锈迹是时间在城市的铁栏杆上留下的印记，肉体的褶皱、皮肤的纹理是我们来过人世的证据。我看着他，抚摸他额上的每一条细纹，它们唤起我关于自伤的记忆。在逝去的许多个夜晚里，我一心想消灭自己的肉体，以此来惩罚我对于愤怒、埋怨或者仇恨这一类情绪的无法控制。但我把这一具躯体交给谁呢？我的生命和他的生命，早经几十年光阴，分分秒秒绞合，缠于一处，血肉相融，无法分割。

这只是我单方面的认知，事实上我的自伤正来自他突然觉醒的肉体，以及这具肉体尽其所能要与我脱离时的那种决绝——没错，这依然是我单方面的认知，如果他决绝，切割的痛楚就会是短时间内斩钉截铁的干净利落，而非漫长岁月凌迟般漫无际涯。那时他迷恋上了另一具新鲜的肉体，并非因为它的年轻，而是因为它承载着一颗鲜活跳动与他同频的心，他爱上的，恰好是对方赤裸的灵魂。据他坦陈，他们彼此相爱，信誓旦旦，愿用余生彼此陪伴。这一切在我所看不见的地方进行，他并未露出蛛丝马迹，他伸过来的手依旧有力，他的怀抱依旧温暖，气息依旧灼热。但彼此熟悉如同了解自己的人，很快就能感知拥抱中真正的身体热度逐渐消减，一个不经意的表情，一次稍微迟缓的伸手，一种难以察觉的力度递减，都可能泄露他的秘密。凌晨五点，他偷偷打开手机，看完信息，因为纠结而默默哭泣，耸动的肩膀透露了他内心的苦痛；一起散步，他眼神涣散，不知不觉中，嘴角涌起的笑意暗示他与我无关的幸福；下车时，他借口到车尾厢拿东西，让我先上楼，被我叫唤时慌张的神情，展示了他不合理的情绪。诸如此类。肉身是最诚实的，不管你如何掩饰，肉身不会撒谎。

因为他们，我深刻地感受到婚姻制度的高度不合理性。我想成全他们，但我并不轻松，我饶不过自己——为什么是我呢？是这具尚未衰老臃肿丑陋、并不无才无趣无能、从未庸俗愚蠢低级的躯体？用现代女权的概念来衡量，即使是全职家庭主妇，也理所当然应享有丈夫的绝对尊重和经济上平等的权利，而我身兼多职，家庭主妇、工作达人、写作者……像一个永动机，奔忙在家庭与事业的跑道上，并按照那些"鸡汤文"灌输给我的那样，还让自己温柔娇俏、妩媚迷人，以赢得他的欢心。即便如此，也无法留住一颗呼啸而去的心。

六月明媚的阳光下，车流涌动。我穿着白裙子，狂奔在城市深处。这一具肉身已经无法承载如此沉重的悲伤，它的每一个零件之间都失去了关联，一触即散。除了毁灭它，还有什么可以减少伤痛？

歇斯底里。恶毒诅咒。彻夜不眠。追问不止。玉石俱焚。绝不成全。归于平静。如同经历一场生死，在从未中断过的肉体的相拥中，我是那个提前离场的人。

当他重新回到我的身边，年龄的雾霾笼罩，他不再是那个身材颀长、眉眼清冷的少年了。

四

他正值盛年，衰朽埋藏在细纹的末端，极难察觉。这世间，除了分外敏锐的爱的触角，还有什么能使人第一时间感知到裸身之秋天的来临？那么，我的母亲一定也是第一个感知我父亲的秋天的人吧，风起于青萍之末，从身体向内蔓延，衰朽一夜之间全面铺开，所以她选择了决绝地离开，头也不回？然后她用消逝的时光告诉我一个真理：生命就是一场轮回，她躲不过的，我一样躲不过，无所谓程度轻重。

随着时间流逝，父亲与母亲的过往在我的脑海中已经渐渐模糊，成年之后种种经历，又使我逐渐懂得，所谓的痛与快乐，不过都是当事人自己的切肤之感，旁观者是无权参与的。我也不再如当年一般执着于对父亲过失的追究，但总有些场景反而会随着岁月流逝日渐清晰。

读大学时，学校建在一座山上，我们寝室坐落在学校最里面靠围墙处。围墙被人打了一个洞，学生们经常穿过洞到围墙外的山坡上玩。深秋时分，满山坡的油茶树结了果，我沿着林中小路一直往前探寻，走到一片有人家居住的盆地，放目望去，盆地非常开阔，稻谷铺得满地金黄，宛若一幅色彩绚丽的油画。穿过稻田的路蜿蜒到尽头被一条小河截断，又由一座小桥连起来，继续延伸到山外。山外有我一个远房表舅妈的家。

我是去讨债的。母亲生前借了一千元给她，在母亲去世四年后，父亲才迫于我的生计，无奈之下告诉了我。父亲说，她还不起，要也没用，不如算了。我白了父亲一眼，怎么可以算了？那是我妈妈的血汗钱，如果你当年救我妈妈时有这一千元的大方，可能她就不会死了。我坚定地认为是父亲和这位远房表舅妈欲置我母亲于死地，他们合谋在她死后抹去这个事实。

在父亲面前，我素来不留情面。母亲的这位表哥的妻子，第一次到我家时，提着一个蛇皮袋，来捡橘子园里掉在地上不要的橘子。橘子对于他们是稀有物，她从遥远而贫穷的地方来投奔我母亲，除了橘子，也许还有其他目的。在我家暗淡的灯光下，她并不鲜艳却很整洁的衣服衬着略显沧桑的脸，连我一个小孩也能感受到她眼角眉梢有一股令人无法抗拒的风情。她留了下来，住在我家，白天帮我们摘橘子，晚上帮母亲做饭洗衣，手脚麻利，说话清脆，说说笑笑时，会不经意地瞟一眼我的父亲，父亲接过她的话，说几句，就走开去。

正值青春期的我感受到了空气中弥漫着暧昧的气息，像只幼弱的猎犬，我张开耳朵，睁大眼睛，充满警惕，终于在一个月光如流水般的夜晚，捕捉到了危险的信号。我守在母亲身边，每一根毛发都竖起来，对着父亲和那所谓的舅妈，蓄势待扑，恨不能奋力撕咬一番。母亲一把将我抱住，反复地说，我的孩子，你误会了你的父亲，好好去睡吧！在母亲的催眠中，我真的睡了，第二天清晨，母亲依旧与舅妈说说笑笑，而父亲早就去地里劳动了，一切波平浪静，仿佛什么都没有发生。

在往后的许多年中，我经常会重新回到这一场景中去，不确定它是真是幻。但那件事过去一年不到，母亲就在与父亲的一场争吵后，因为过度悲伤，任由泼到手上的农药渗透进肌理，毒气攻心，永久地离开了父亲和我们。她走之前对我说，长大以后，要睁大眼睛选自己的爱人啊！我对你父亲已经没有留恋，我对这个世界也没有留恋了，你要学着自己慢慢长大。

我执着地探寻她决绝的真相，尽管自始至终，母亲都没有说过父亲一句不好，更未表现出对表舅妈的怨恨，但那一晚之后母亲在身体上对父亲刻意远离，我是感觉到了的，初谙人事后恍然大悟。我成了那个不定期远程跋涉，不期而至的讨债鬼。明知要不到钱，但我依旧一遍一遍出现在她面前，一个恶毒的想法使我充满力量：我就是母亲的复仇天使。每次重新见到表舅妈，她总会眼神躲闪，脸上的风霜更重了，贫穷使她对生活无可奈何，扛不住人老色衰，而我母亲的容颜永远定格在了三十九岁，那时她的乳房尚未下垂，皮肤依旧紧致。

母亲离开我们之后的某一年夏天，某一个傍晚，劳动归来的父亲躺在竹制睡椅上闭目养神。天气过分炎热，他只穿了一条西装短裤，赤裸着的上半身皮肤黄黑干燥；胸脯上的皮松弛得像极了拧干了水的腌菜；胸腔下的肋骨高高地拱起，到腹部因缺少支撑，形成了一个巨大的深坑；他的腿看上去肌肉与皮肤脱离；总之，他看上去像极了一副骷髅。我本来想给他送去一把蒲扇，看到他这样子，我大惊失色，不知所措，恐惧之感扼住我，使我几乎失去呼吸。

也是那一年夏天，父亲掉落了他的第一颗门牙，口腔里洞开的大门预示着真正的衰老开始了。

五

穿行于往事使我凛然心惊，目光再次回到他的身上，熟睡的他嘴巴微微张开，还好，并不洁白整齐的牙齿尚未掉落。关于衰老，或许是我夸大其词了。

人们在年少时对拥有的事物确乎是不在意的，似乎天生就有，永远不会失去，尤其对头发牙齿一类，完全无感，从不觉得茂盛的头发，洁白健康的牙齿有何可宝贵。我读初中时，老师经常捂着肿了一边的脸说牙齿疼，并流下涎水，我竟莫名羡慕，觉得有一种不可描摹的病态美，希望自己也能捧着个脸说牙疼；看到老师戴着老花镜或者近视镜，一字一句读，自然而然有一种斯文学者的气质，也羡慕，假装看不清黑板，逼着家人给我配副眼镜；看到电视里的演员满头白发分外美丽，也羡慕，希望自己早日长出这样的白发来……然而，当时光把我送到四十的门外，读《祭十二郎文》时，蓦地读到"吾年未四十而视茫茫，而发苍苍，而齿牙动摇"，飕飕的冷气直往身体里钻。活到此时我才明白，牙齿和头发，这两样最不与神经相关的东西，最早预知身体的颓败，也最早果断地脱离身体而去，势不可当地带走生命的活力。

鸡皮鹤发，齿牙动摇，成了比疾病本身更让人恐惧的东西。办公室有一位女同事，前几年总对着镜子拔白发。她的白发集中在顶部，一根一根十分清晰，她咬着牙，使劲扯着，每扯一根，眼角就紧一把，如同湖水被风吹皱，一波接着一波。我十分不解地问，为什么不剪掉或者染一下呢？她说拔了就彻底没有了，而剪或者染，会像秋天早晨打的霜，九点钟消失，第二天清早又来一轮，无穷无尽。前些天我才突然发觉，她已经很久没拔发了，就问她找了什么灵丹妙药，竟能白发转青。她无奈地说，白发越来越多，拔不干净，只能每个月染一次，也顾不了染发剂对身体的不利影响了。我问，为什么不能坦然地接受白发呢？

她笑着说，不能接受"老"来得太快，针对白发的掩耳盗铃也不失为一种永葆青春的假想方式。她这么说着时，我抬头看她，依旧美丽的容颜里确实染了岁月的风霜，"老"正以风雷之势滚过她的面庞。

同样为了抵抗皮肉的衰老，我的一位朋友近年来每隔八个月就去打一次肉毒素，把收入的大部分用来护肤，她曾以无比苍凉的口吻对我说，如果哪一天她发现自己这副躯体已经老到不可收拾，她就开着车一直往长白山走，一直开到它自动消失在天的尽头。她不能接受的从来不是贫穷、艰辛、失败、痛楚、被辜负、被否定，而是不再美丽。她对美的执念使她像个永动机一样工作，只有工作才能让人保持对生活丰富敏锐的感受，才能让躯体永远鲜活。她的名言是，能勉强允许衰老，绝不接纳颓败。

她的这份执念总让我想起一个已经记不起名字甚至记不起情节的电影，但有一个画面令人印象深刻，在时光之墙的两面，一面是永葆青春，一面是正常生死。一旦"永葆青春"的手伸到另一面，水分迅疾流逝，肌肤瞬间回到原本年龄应该有的样子，斑点在突出的骨头外面浮现，丑陋随之而至，惊人的变化使人无法接受，濒临绝望，于是很多人为了能待在永葆青春的那堵墙边，不惜付出巨大的代价，包括违背良心，杀人放火。

别说人了，就是动物，面对衰老、死亡，也是无解，有一次在一个饭店吃饭，看到一条金毛狗肚子滚圆，有皮肤病，毛剃光了，却依旧看得到毛白了的影子，趴在地上一动不动，喘着粗气，我试图亲近它，它也只是抬眼无神地望我一下，又耷拉下去——它正肉眼可见地接近生命的冬天。从自然属性上来说，人与动物的躯体成分并无不同，人可以在精神上变得高贵，而躯体面对衰老，同样无能为力，谁也不能幸免。那我为何还要纠结于眼前我的丈夫——他这副裸体的颓势？

事实上，我并不是第一个审视自己日渐老去的爱人的人。关于时间给人的思考，前有奥德修斯，后有本杰明。因为有同伴只企求爱人永生却没有求得青春，最后爱人皱缩一堆类似蝉蜕，令人生厌，急于摆脱的前车之鉴，深爱奥德修斯的迷人仙女卡吕普索，给了他独一无二的承诺，永远不老，永远不死。但他果断拒绝并走上了返乡的路——相比于不衰老的肉体，作为人的奥德修斯更看重灵魂的皈依，他侧面回答了关于衰老与死亡的追问——我们必须生活在一种清晰的状态之中，接受死亡，接受我们自身的生老病死，接受的过程就是超越。而《返老还童》中的本杰明，生命是倒着长的，他从一具衰朽的残躯渐渐地变得充盈饱满，时间给予他逆向生长的幸运，但他在生命最旺盛的时候依旧选择奔逃。无论如何，只要在变化，只要这种变化是有尽头的，是必然的终结，衰朽与青春就完全可以画上等号。

也就是说，即便我很快就要看着他掉落第一颗牙齿，白掉所有的头发，我依旧可以抛开一切执念热爱他，如同热爱上这个规则无法打破的世界。

六

三岛由纪夫说，曾经在生命前半段因为嫌弃身体，将精力投入字里行间，而后他决定"学习肉体的语言"，为了浪漫主义悲壮的死，他决定"必须有坚强的雕塑般的肌肉"，由此，三岛找到了独属于自己的美学语言。

酒后的他，凭着直觉，也找到了独特的美学表达方式吧？我们曾探讨关于"永恒"的话题，最终不得不认可周国平的那句"人太渺小，不配谈永恒"。爱是虚无缥缈的，爱的到来和离开，过于玄妙，它寄身于肉体，但终究不是肉体本身。肉体简单也复杂，它承载人世间所有欲望，但也可以超越欲望。我们在一起的时间曾经相互纠缠、血肉交融、分不清彼此，我既有踏实的获得感，也无比恐惧分离，尤其随着年岁渐长，只要一想到有一天两个人将永久地分离，我就不再对这一切感兴趣，身体内对他的欲望的潮水不再涌起，精神的分离与肉体的分离使我不知所措。

欲望是多么宝贵的东西啊，如同曾被我们轻视的毛发、牙齿和皮肤一般，拥有时谁珍惜过？而一旦它如同中年人的发际线般一直退到头顶，死亡就已悄然而至。

在头脑最清醒的早晨，刚睁开眼准备开始一天的忙碌时，我们总喜欢先探讨"为什么要工作""活着反正会死，干吗要奋斗""移情别恋是为了什么""老了后厌倦靠近对方的肉体"这一类看上去很幼稚的话题。他似乎从没害怕过衰老与死亡。他总是说，欲望，尤其是对爱人的情欲，这本来就是很稀有的东西啊，有与无要坦然以对呢，你看，我们的婴幼儿甚至少年时期，身体也没有情欲，反而更加纯净美好呀，不是挺好？身体的欲望就如同一场潮起潮落，它涌起时，你觉得自自然然，甚至还有几分美好，它退场时，也会走得悄无声息，对它的来去，不必如同害怕洪水猛兽一般，要知道，没有欲望时就不会想有欲望的事了，让身体处在一种自然的状态里，迎接该迎接的一切就好了。

此时我的丈夫裸着全身，冒着热气，发出肉香，何等自由，丝毫没有道德上的羞耻感。不得不承认，他是天生的哲学家，所以他曾有过的追逐，本质也与裸体的色情含义无关，只是他顺着生命海水的一次涨潮落潮而已。莫尼卡·贝鲁齐曾说，"我从来也不会惧怕裸体，因为在我看来，世间最美的就是身体"。在经历了漫长的光阴后，在直视身体进而直视灵魂后，我更明确地懂得，形体表达内在精神，一个人的形象和姿态必然显露出他心中的情感。对于懂得这样看法的人，裸体书写了最丰富的个性。

在酒后真实的状态里，他放下一切，选择与我裸体相对。对于他衰老的厌倦在分秒的流逝里发生着微妙的变化，信任的河流一点一点壮大，一种真诚的热爱渐渐地漫上来。

事实上，面对裸体，受过教化的人是很难不感到羞耻的。原本自然的产物，因为道德感而变得肮脏不堪。自从人们因为衣物而分出贵与贱，呈现裸体的艺术便成了一种反抗，有的人在反抗中死去，有的人得以升华。希腊神话中对女子的描写，普遍弥漫着性的暗示，奥林匹斯山上赤裸裸的肉体，肤如凝脂，齿如贝壳，微微凸起的小腹满盛着欲望，健康明朗自然亮堂，是没有受到任何约束的"神"的状态；欧洲文艺复兴时期米朗琪罗的《大卫》，体态健美、神情坚定、肌肉饱满、有生命力，似乎能够感觉到人物身体血管的跳动，这样的美男子形象令人望之忘俗；画家安格尔的《泉》中，美丽的裸体少女双手举着一只盛满泉水的紫色陶罐，以垂直造型站立于一面褐绿色的壁龛前，身体曲线玲珑，表情单一，目视前方，透着清纯无邪的神韵，缺少光泽的天鹅绒般的笔触描绘出少女柔润而充满活力的肌肤，给人以纤尘不染纯真纯美的视觉感受，令观赏者沉浸于裸体的清纯优美之中，这样的裸体画反而给人一种"静穆的伟大，崇高的单纯"感；而戈黛娃夫人裸身骑马穿过城镇，只为减轻人民的赋税，这一行动在闭塞的时代不可谓不是壮举……这一切无不高扬着裸体的胜利。

我也曾梦见自己一丝不挂地走在大街上，心中的惶恐无以复加。当我审视他时，我情绪的大海波涛汹涌，而当我回头审视我自己，我总是目光躲闪，不敢回答：你的肉体能否盛得下你的灵魂？你的秋天也已来临，你做好准备了吗？

七

十年前的春天，整整两个月，我的胸部像要炸开一般，乳房胀痛，类似于第二次发育。农村长大的人是很难坦然地抚摸自己的身体的，因此我穿着胸罩的乳房一直是一块极难被我自己深入了解的地方。但疼得特别厉害时，我感觉到整个腋下都一触即痛，连着我的全身都疼起来。于娟写的《此生未完成》中，写她的乳腺癌晚期，被发现前，只是莫名的腰疼，做了所有的检查也未能查出病灶，直到最后，通过穿刺，在乳房中发现一粒花生米大小的病源母体。我这样的症状，不会也是吧？

人对自己的身体其实是一无所知的，我们更容易在恐惧的笼罩下走向极端，或者讳疾忌医，或者草木皆兵。我是前者，从那时候起，我每天都会捏自己的乳房和身体其他位置，既害怕又期待摸到什么硬块，好确定它注定会带来的绝望。然而我只是摸到紧实而富含弹性的肌肤，里面腺体的分叉，血管以及经脉，无法摸到更多。

恐惧缠绕我，让我生不如死。最后，我还是扛不住了，决定去看医生。妇产科医生是一个看上去与我年龄相当的男人，穿着白大褂，面色冷峻，目光淡漠，令人有一种坠入冰底之感，他竟被冠之以"专家博士"之称呼，这大大出于我的意料之外。我拿着病历，迟疑不前，他猛地大声说，脱掉外衣，脱掉内衣，解下乳罩，面对我。我的脸唰地一下红了，在一个陌生的男人面前，我被不容置疑的语气命令裸着上身相对，这是即便在梦中也无法应对的事。由于羞耻，我缓缓地解扣子，医生又大声说，快点，我一天要看几十人，你完全没必要在意我的性别，对于我而言，你们只是一具身体而已。我不知道他凭什么认为他说的这句话我会懂得，但在我候诊时，以及我被检查后休息的空当，他没有与任何人再解释这句话。

我只能把上身衣物全部脱掉，正向面对他。他表情严肃，一手紧紧地握我胀痛得十分厉害的右乳，使劲（也许他并没有使劲）反复捏着，我疼得龇牙咧嘴，浑身冒汗，几乎要倒下。然后他一声不吭再捏左乳，同样脸色平静得如同一张纸，力度一点也没有减，我已经感觉到了头顶因疼痛而冒起的汗气。上上下下里里外外捏了个遍之后，医生以十分肯定的语气说，完全没有问题，就是乳腺增生得有点厉害，我给你开点药，坚持吃一个月，就会好的。

啊，如此疼痛，就这么简单的问题？不要照个 B 超确认一下吗？于娟那花生米大小的病灶可是找了很久，辗转了很多医院才确定的啊。带着怀疑，我还是坚持又去照了B超，B超的溶剂光光滑滑，相对来说舒服多了，但他们的结论惊人一致。这时我才知道医生对身体的把握，高明者竟可以达到这个层次。毕竟，医院是见证躯体的地方，是治病救人之所，但它同时也是将人打回原形的地方，躯体在医生面前无处可藏。

后来按他的方子，果然药到病除，很多年没有再那么疼过了。从那以后，我渐渐地接纳了自己的身体，接纳它全裸时的状态，接纳一切关于身体器官的名词，它们本身并没有高低贵贱之分，我坦然地审视与谈论它们，排除物化因素之后，我发现它们各安本分时的样子真好。我开始懂得在镜子中看我脸上的痘痘、斑点和毛孔，看我并不白皙但十分健康的手臂、腰和腿。我愿意与这样的自己对视，一天一天，当我接受了裸身的自己，我的整个性情都如我逐渐柔软的乳房，硬块消失了，如同一个斗士一般，与世界对抗的力量卸下了，温柔升起来……

恍然十年过去了。时光如同疾驰过水面的小飞虫，又恰似缓慢地飞旋而下的落叶，而人是那一汪被微微搅动的水吧，当时以为是滔天巨浪，回头看不过是静水微澜。在这个灯光掩映的夜晚，我裸身的爱人在似睡非睡时再次要求我与他裸身相对。当我的目光滑过他日渐失去水分与光泽的皮肤，滑过那些我们曾以最热烈的方式交融过现在已经归于平静的血脉，滑过写过愤怒和悲伤的纹理，我为衰老沉默无声地来临而哀叹、沉思，像接纳自己的裸身一样，接纳了他的衰老。

　　我在他的镜中看到了自己，看到与他并行的岁月里，在看不见的地方，我们同时进行着的事：心灵的旁逸斜出，肉体的片刻贪欢。看到即将在我身上发生的事，水分与弹性流逝，皱纹与白发丛生。谁能躲得开这时光的利剑？在我裸身的爱人平静的鼾声里，生命的故事渐次推开，我借此而获知了某些秘密和荣光，某些痛楚与悲凉。

我们将埋骨何方

一

从王府井摩肩接踵的街道里挤出，抬头看见蓝底红字雕梁画栋的"全聚德"招牌，寻到一处入口，侧边楼梯往上，一路是可疑的安静，怎么可能，全聚德呀，来北京，吃烤鸭，肥得流油香动京城的全聚德烤鸭，几乎能与"不到长城非好汉"的流行度相提并论，怎么会安静至此？我们是不是走错了地方？

直到进入巨大的厅堂，数不清的桌子边坐满了人，一个高耸的烤炉处于厅边，透过灶口，可以看到里面锡箔纸包的鸭和其他各品类，暗红的火苗与被关在里面的热气有着某种隐喻。没有人大声喧哗，人们谨遵"食不言"的餐桌礼仪，每个正在吃的食客脸上都流露出志得意满的神情，而等待者则面露期待，满心欢喜。

这便对了，是流淌着欲望的全聚德，是抵抗虚无的及时行乐之所，是活色生香的人世间。

服务员推着小车过来，抓起一只已经烤熟的鸭，腾腾热气在手起刀落之间飘开，不多久，肉、皮、骨架，分成了三盘，端上来，趁热蘸酱用面饼一裹，往嘴里一塞，瞬间唇齿相依，酥软香脆溢满口腔，嘴角流油，满口都是升腾的快意。果然名不虚传。

再点一份豌豆黄。依旧是热气腾腾中呈上，莹黄莹绿，说不清楚的颜色。由于个人饮食习惯，我对糕点甜食从不期待，但全聚德刚出炉的豌豆黄绝对是个例外，追溯与其相遇的历史，还是多年前一次猝不及防的尝试。一小碟半透明的小块方形糕点，热气袅袅中轻轻夹入口中，瞬间全部在舌尖融化，一股清新之气从口腔一路升腾到额间，停留片刻才若有不舍般散去，那一刻令人极为真切地感受到，人间至味，无非是吃完之后神清气爽。

谨慎地各自浅尝了一块，便不肯再吃。"少吃多知味"，说的是吃东西不可尽兴，尽兴则无兴可言。将美味留于舌尖喉口，进而存入记忆，才是最好的饮食之道。我不是美食家，更非饕餮客，对于美食，对于躯体的享受乃至于放纵，我向来是一则以快意，一则以警惕，一则以满足，一则以羞耻。只要开始放口大吃，母亲的话就会响起于耳畔，"你少吃一点，一个人好吃的样子很丑呢！""少吃一口不会死的，更不会多长一块肉粘在耳朵上，走路时荡来荡去，向世界宣告你多吃了！"这些话使我不由自主地克制对美食的欲望，以此对抗身体的"放荡无耻"。

儿时的记忆里，母亲面色黄黑，不是在地里劳动，就是在黑洞洞的厨房做饭。等到她坐下来，枯瘦的双手端起饭碗，筷子永远都只往白菜和辣椒的碗里去，自然，我们家一周也只吃得上一顿荤。有肉就是节日，母亲总说，我闻不得肉味，你们吃。但我知道母亲是渴望吃肉的，但为孩子们，她习惯抹除自己的喜好。她看着肉时的眼神有一种无法描述的复杂情绪，其中隐藏着对无法控制的肉身的厌弃。

肉身会生发各种奇奇怪怪的欲求，会发出带有个人符号的体味，沉醉于欢娱与贪恋……肉身是可耻的——母亲全身上下的每一个细胞，都在向我传递这个信息。生活充满了种种矛盾，美食可满足肉身，但满足之后呢？多年之后回头看母亲对这尘世本能的抵抗，她宁愿深陷于欲望得不到满足的痛苦，从痛苦中感受快乐，也不接受其得到满足之后的无聊。

时间是可以使流水形成溶洞奇观的力量，它逢山凿路，遇水搭桥，更何况只是在日夜潜行之中塑造一个小小的我？

二

在物质极为匮乏的年代里，原本简单纯粹的欲望——吃，裹挟着一组不可调和的矛盾：极度匮乏造成深度沉溺，沉溺无果便只剩虚无，道生一，一生二，二生三，三生万物，虚无中产生绝望，也产生无穷无尽的思考：生命的意义究竟为何？这一具肉身将携带着永无止境的欲望走向何方？如果有一天，所愿皆能实现，我们就可得到永恒的满足与快乐，走向生命的尽头吗？生命的尽头又是什么？

从个体出发，延至宇宙天地，无一处不充斥着悖论。我沉浸在悖论的旋涡里无法抽身，试图从往事中找一些依据，以证明连我自己也无从知晓，却期待证明的某个结论。

几十年前，母亲的出生之所，屈子行吟过的土地，松软肥沃，适合种甘甜饱满的小籽花生。每个农历八月，在收获的季节里，舅舅总会托人给我们送来满满一蛇皮袋新出土的花生，每一粒上都残存着晒干了的黄土，每一粒都散发出清新的香味，沁人心脾。新年的花生洗干净在八月的骄阳下曝晒，再用盐一炒，香气诱人，是极为难得的零食。但母亲却并不留着给我们吃，而是专门用来招待村子里的乡亲，他们大大小小一来，她就热情地请进屋，抓出一碗，让人尽量吃，说吃完了还有，急得我们在一旁打转转，生怕客人吃了自己就没有了。我们自己要吃，她却总不肯，说为人之道，忍口待客，自己吃了也就是留个香味，这香味有什么好要留的，在嘴里打个转就飘走了。

"纸上得来终觉浅，绝知此事要躬行。"等到过年守岁，终于可以饱餐一顿炒花生，却有好几次，因年饭油腻，天又冷，吃了花生口又干，灌下好多水，乐极而生悲，第二天便发烧嗝馊气，上吐下泻，浑身瘫软。花生的香味消散，只留下无力消化的自己。慢慢地，不仅对吃花生十分警惕，对于任何食物，都不敢贸然尽兴，进而发展为对任何令感观满足的事都慎而又慎。我深深懂得了"穷奢极欲"必然带来繁华落尽的空洞荒凉，"烈火烹油"终抵不过曲终人散的孤独落寞。

这种认知，使我无师自通地在面对横流的欲望之群时，得以孑然独立。

花生是香，糖果是甜。这都是诱惑馋虫的东西。那时候，联盟小学的曾老师是祖父的学生，一年要来看祖父两次。每次他出现在我家门前池塘边的田埂上时，手里总要拿一包糖，透明的玻璃纸，印着花花绿绿的图案，拆开时发出窸窸窣窣的声音，在深夜里格外响亮。他走到土台阶上，叫道，孩子们，吃糖来啦！我们三姊妹就一哄而上，取走自己的那一份，他们一粒接一粒地往口里塞，空气里飘着甜甜的果香，我却无师自通地延迟自我的满足感，很久都舍不得吃完一粒。结果某一个时刻，当大家都处于"饥荒"之中，我却转而成了甜味的"富翁"，把他们馋得口水直流。他们不讲"武德"，哭着闹着向我要，我怎么肯给？家里吵成一团。

母亲就对着我说，你少吃一点，又不会死！不要显出一副贪吃的样子！吃了那一粒糖，那点甜，又不会变成一坨肉挂在你耳朵上！

这句话如同一个霹雳，在我头顶炸开，那一刻我委屈却释然，瞬间明白了"少吃一口又不会死"的意思，反问自己，为什么不给他们呢？无论是香味还是甜味，终究不是生命的必需，它们停留一会儿无影无踪了，没有它们，我们真的不会死。

我乖乖地让出糖，看着他们吃得特别香甜的样子，愤怒与得意之情涌上我心头——我隐隐疑惑，香味与甜味，真不是必需吗？但浅思辄止，不敢深究。

整个童年少年时代，我味蕾闭塞，偶尔贪恋美味，总被深深的负罪感压得喘不过气来，年深日久，对于别人津津乐道于食物，我无法理解甚心生鄙夷，"吃货""馋""好吃"，类似的词在我听来是对一个人最大的批判与侮辱。"吃"这个事有什么好说的呢？天地生食材，原本为果腹，人的贪求是一种附加、多余、奢侈、冒犯。

就这样，"认知"与"习惯"相互成就，将我铸成了一个克己之人，与人相处，严肃端庄，极难让人接近，而我并不自知。

有一年，与同事们一起去外省旅游，每到一处，同事们最关心的事就是吃什么，出于对团餐的抗拒，他们纷纷寻访当地美食，并呼朋引伴，大快朵颐，谈论食物，绘声绘色，整个世界都活色生香起来，只有我置身事外，某一刻，我感到一种被世界遗弃的孤独。人之为人，大抵，本就应该为一口吃的，或欢喜，或哀愁，我这堪比清教徒的生活，确实是无趣的。

一次偶然的机会，看到了电影《七宗罪》，其中"肥胖"一罪令人印象尤为深刻，肥胖者死前，面前堆满了形形色色五花八门的食物。电影将贪食定位为不可饶恕的罪孽，电影中那个死于非命的胖子，丑陋得令人作呕，尽管死于他杀，却难以博得观众的同情。

从对食物抱着克制而淡泊的态度开始，我进而对一切与身体有关的享乐从内心深处表示抗拒，包括情爱、玩乐以及名利，在我看来，取舍自如令人愉快，极尽可能则带来处于悬崖的危险信息，古语说，"君子不立于危墙之下"，这使我终究成了一个严肃认真且性情寡淡的人，后来，我在经典中为之找到合理的依据——"一箪食，一瓢饮，在陋巷，人不堪其忧，回也不改其乐"，"安于贫，乐于道"，"生于忧患，死于安乐"，"乐极生悲"，"不要挡住我的阳光"……

母亲从不读《论语》，也不知道第欧根尼，却自通圣人，接近犬儒，她用短暂的一生，诠释着那些至理名言，她是这个大地上真正的苦行僧，为她三十九岁的生命，认真修行了一场。在她故去之后，我捡起了她丢在地上的棒，继续以她的方式奔跑。

三

然而，骨骼虽坚硬而肉身却易朽，世间从来就没有什么坚不可摧的大厦。

十一岁那年，与《射雕英雄传》迎头撞上，一口气读到第十二章，亢龙有悔，停住，被黄蓉给洪七公做的菜吸引：一碗牛肉条，竟采用多种肉按层次混搭，做出五五梅花之数的口味变化，取了个"玉笛谁家听落梅"之名，美味且应景；一味"好逑汤"，有樱桃有鲜笋有鹌鹑肉，取"窈窕淑女，君子好逑"之意，色香味俱全，还吃出了文化；还有熏田鸡腿、八宝肥鸭、银丝卷，以及用豆腐球灌火腿蒸出的"二十四桥明月夜"……

一时间，我反反复复将这一部分看了三四遍，仿佛跟着洪七公，将这些美食一一尝遍，方知世间还有这种吃法，感觉生命突然间活色生香摇曳生姿起来，仿佛满树花开，繁华盛丽，当真是如处山阴道中，目不暇接，心驰神往。洪七公武功高强，与郭靖黄蓉相遇时，已经是华山论剑之后，与南帝、东邪、西毒齐名，按理应该是在武功上精益求精，高度自律极为讲究养生的，谁知他偏偏痴迷于吃，还因为吃误事，自剁食指，这才有了"九指神丐"的名号。即便如此，他还是一门心思只讲吃，一身本领只用来换取人间美味，一种涵养着文化的美味，把嘴巴养刁。先前是在皇宫偷吃御菜，遇到黄蓉，竟可以为了她做的好菜，将"降龙十八掌"的十五掌教与郭靖。相比于每日在江湖争名夺利者，洪七公的松弛感，与他"丐帮帮主"的身份极为相搭。乞丐终日行乞，不就是为了饱腹？而他又将饱腹做到了最高境界，怎不令人羡慕？

"乞丐"在别人眼中，是"贫穷"的代名词，孰知这也只是相对而言，若放在一个物资匮乏的时代，生活日日如此，便没有贫穷与富有之分。美食纵有千百万种做法，但母亲做的一顿回锅肉的香味，就足以飘满我整个少年时代的天空。那时，每一个月的初一、十五入夜之时，母亲总会蒸好一整块肉，在肉上插一根筷子，点亮两根蜡烛，三炷香，烧起纸钱，对着东边跪下，敬拜土地。她对土地的崇拜远胜过对天空，她认为人间一切祸福都是土地主宰。当她匍匐于地，念念有词，有时对土地诉说心事，有时则希望土地满足自己的某个心愿，整整一片田地都因此而肃穆。我跟着跪下，也有虔诚，也有心愿，而隐藏在意识最深处的，却是最令人羞于启齿的，我更希望的，只是那一碗肉快点变成回锅肉，给我满口油香的满足。幸运的是，在看完射雕之后，我不再感到有那么强烈的羞耻，但吃起肉来，却也并没有意想的满足——与其相信自己是天生的卫道者，不如相信，总有另一种存在，与欲望横流的现实抵抗，是潜移默化中融入了骨髓的。

后来读到《红楼梦》里茄鲞的做法，又驻足惊叹良久。

凤姐儿笑道："这也不难。你把才下来的茄子，把皮刨了，只要净肉，切成碎钉子，用鸡油炸了，再用鸡脯子肉并香菌、新笋、蘑菇、五香腐干、各色干果子，都切成钉子，拿鸡汤煨干，将香油一收，外加糟油一拌，盛在瓷罐子里封严，要吃时拿出来，用炒的鸡爪一拌就是。"刘姥姥听了，摇头吐舌说道："我的佛祖！倒得十来只鸡来配他，怪道这个味儿！"

大概也只有"白玉为床金作马"的贾府，才有底气研制让刘姥姥叫一声"佛祖"的菜，毕竟美味依赖奢侈，也更能衬托出那种"鲜花着锦，烈火烹油"的生活。此时的美食，已经不只是满足口腹之欲，而是与那个府第里其他生活的细节，包括服装、建筑、器皿、香料等相匹配。这才明白，原来美食并非美食本身，它是生活方式、生活态度与生活品质的传达。

至于梁实秋写老北京的豆汁与酸梅汤，汪曾祺写四时食事，文学家笔下的吃，文艺感与生活气息并具，一反母亲对食物苦大仇深的态度，他们享受食物，赞美上天的赐予，感恩食材间的搭配生出的层出不穷的快乐——所谓享受生活，大概便在这些日常且琐碎的地方。当我在阅读中明白这些，母亲早已远离人世，永居在家乡清冷的山岗上，那是她心之所向。

某个春天的晌午，微风轻抚，阳光温煦，面向河流的山岗上栽满了西瓜苗，那些瓜苗上开出了小朵黄花。蝴蝶和蜜蜂太少，我们要给西瓜苗人工授粉，弯着腰，撅着屁股，一朵一朵找雌花。授粉累了，母亲缓缓直起腰，用手背将额前的鬈发抚到耳后，望着前方的河流，无限向往地说，总有一天，我要一个人住到这里来，养一群鸡，过与世隔绝的生活。没有人知道那是谶语。最终，她如愿地过上了清简到极致的生活。

世纪初的某一天，一位朋友去长沙赴一场声势浩大的约。回来时，她用食盒带回了一小块牛排，大约长十厘米宽八厘米。拿出牛排时，她神情慎重地说，据说，这是日本的神户牛排，一块价值五百元，特意带回来给你吃的。看到这深褐色的一块，我倒抽一口凉气，叹道，差不多可以买一头牛了，还不如拿这五百元去买头牛。她意味深长地摇着头说，如果我说"夏虫不可语冰"，你可不要生气，神户牛排吃的是品质啊！我说，品质再高，也只是一块牛肉而已，吃了还能做神仙？她笑道，不，这块牛排放在餐厅里的价格与拿回来的价格是大不一样的。放在餐厅里，为这块牛排而播放的音乐，笼罩着它的灯光，盛放的器具，餐桌餐椅，以及服务员的每一次走动……总之，这一切都是这块牛排的附加值。你吃的不仅是牛排，更是其附加值。

她的成语用得极正确，我所行走的维度限制了我的思考。那一刻，我隐约开始明白，肉体对物质的欲求，除了内涵，还有无穷无尽的外延。否则，何以更稳妥地安放、慰藉这具在尘世里打滚的躯壳？我们所津津乐道的美食，早就已经不再是美食本身，它关乎味蕾、鼻腔，更关乎那时那地的光线、声音，以及政治的气候，市政大厅来往的人群，空气中飘荡的自由不羁与左支右绌。

四

当"食"与"美"结合，"食"满足身体，"美"合乎精神，怎不令人不由自主地向往进而痴迷？警惕美食，是违背人性的。追根究底，对于美食的警惕，就是对身体欲望的警惕。

对于有智慧的人类而言，身体最好是可控的，一个人一旦无法控制这具肉身，危险便悄然滋生。而控制得一丝不苟永不出错的肉身，虽避开了许多可能有的危险，却总难免流于了然平淡，严谨无趣。近些年流行"有趣的灵魂万里挑一"之说，可见"有趣"之可贵。"有趣"是什么？是自由灵动，洒然跳脱，是随心所欲，天人合一，也是对抗控制，争取大自在。它具体表现为五官得到暂时的满足，"快然自足"，化为具体的表现形式，则为抵达更多的灵魂，并且在那些或自由或极度自控的人那里，形成不同力量的旋风。

无数事实证明，控制的力量越是强大，反抗的程度就会越深。越是禁欲的时代，越是能产生纵欲的奇葩。

"晋代衣冠成古丘"，两晋是历史上最引人津津乐道的时代。在高压政治下，人们几乎"道路以目"，种种"禁令"反而引人转向对个体感受的极致追求，西晋的"竹林七贤"为避世，在竹林中喝酒纵歌，甚是清雅，没有成就政治威名，却意料之外地安放好了这一副肉身，连名声较小的阮咸，都敢于与姑妈的婢女自由恋爱生下孩子；东晋谢灵运身负大才，却觅会稽郡定居，其居所前瞰秀水，背倚巍山，极尽幽深静谧的景致，他居于此，每日逍遥放纵，作诗为乐；"袒腹东床"的王羲之，与友人于惠风和畅之时，于兰亭集会，曲水流觞，挥笔为文，不亦快哉。而开放的大唐盛世，则只要李白一句"五花马，千金裘，呼儿将出换美酒"，从对美食美酒的追求，进阶到哲思的高度，就可将那个时代的洒脱风度尽然画出了。

穷奢极欲终究会使时代显露败象，虽无法明言，却隐约间会让人感受到危机四伏。穷则思变，到了明代，"穷天理，灭人欲"的践行达到了最高点，从束缚女人的脚开始，克制"欲"，近乎变态，这就注定了这个时代呼唤一个把"纵欲"做到极致的天才。

张岱出现了。

在他这里，极致的"欲"，化身为了"癖"，他甚至认为，"人无癖，不可与交，以其无深情也；人无疵，不可与交，以其无真气也"。他的朋友祁止祥，"有书画癖，有蹴鞠癖，有鼓钹癖，有鬼戏癖，有梨园癖"，也就这样的人才配与他交朋友，止祥的那些打破阶级壁垒的唱酬，情致宛然形象鲜明的"鬼"思，在张岱看来，都是"趣味"。

为了"尽兴"，张岱不仅会在七月半去西湖时，不看月亮不看湖，只看人。美景了然无趣，有趣的只是人，形形色色的人才是这世间最有意思的景，等到人散了，天也差不多亮了，他才肯将船荡入荷花池中，闻着花香睡去；为了"尽兴"，他还会在大雪下了三日，人与鸟都不见踪影时，于天地一白之中，独自一人撑着小船去湖心亭看雪，意想不到的是，竟能遇志同道合者，为尽兴又添一趣；为了"尽兴"，他前半生纨绔，竭尽生命的种种可能，哪怕这份恣意畅快需要用后半生"披发入山，駴駴为野人"作为代价，哪怕"繁华靡丽，过眼皆空，五十年来，总成一梦"，他也绝不后悔生命中曾有过的"尽兴"时刻。

可以说，张岱是"饭到七分饱，少吃多知味"的反面例子。中国人的观念里，总求一个"晚景好"，在苦难的生活里，若有个"先苦后甜"的慰藉，便能符合"人生圆满"的期待。殊不知，若一生只能冒烟，不如痛痛快快地燃烧一次，谁还管它终究会化为灰烬呢！

禁欲与纵欲之争，东西方几乎同步。欧洲中世纪之所以被称为最绝望黑暗的时代，与近乎变态的"禁欲"是分不开的，《巴黎圣母院》里那个躲在暗处的红衣主教，在见到爱丝梅拉达时，身体的本能让他燃起爱与占有的欲望，而被"禁欲"扭曲的灵魂指引他做出了囚禁所爱之人的疯狂举动。他不敢表白，因为他所遵循的教义告诉他这是一种罪恶，但"食色，性也"，清简自制，并不代表土壤贫瘠，血液里奔腾着的被压制的欲念，如同在堵塞的血管里欢脱的血液，在某个当口，突破的力量足以使血管爆开。

这样的情况，除了疏通，别无他途。对于人性而言，看清一切"爱"的本源，才是让"欲念"的河流最终投入大海的怀抱的最佳途径。爱可以是最真实纯净的欲念，奥登曾写道："当星辰以一种我们无法回报的热情燃烧着，我们怎能心安理得？"在爱中，相比于接受燃烧姿态的爱，他更愿意自己是爱得更多的那一个。倘若面对一切欲念，我们都能如此坦然，肉体不仅不如柏拉图所说的一般是"一切罪恶的祸根""妨碍人们获取智慧""只有摆脱肉体的束缚才能见到真理的光明"，而且还会成为灵魂最好的寄托之所。这具肉体的消亡，才值得被祭奠，接住爱它之人的所有悲伤。

有一段时间，我反复地追问自己，为什么当身体对气味、声音很敏锐，甚至很着迷时，我会引以为豪，觉得由于它的敏锐，我感受到了这个世界与我的种种关联，这正是用"存在"抵抗"虚无"的最好方式，但是对味道造成的迷障，我却避如蛇蝎？现在我大抵明白了一点，即，食与色，即本能，本能是没有受过文明教化的欲念，在我长久的教育里，本能是低级的，它与更高级的灵魂不匹配。本能是片刻的欢娱，而克制却戴着永恒不朽的面具。

第一次吃三文鱼的场景历历在目。巨大的水晶吊灯，彬彬有礼的男侍者，神情怡然的食客，雾气蒸腾的冰块盘，肥厚的生鱼片，浅橙鲜白的颜色条缕，清晰的纹理。对面的女子动作娴熟地夹起一片，蘸了芥末酱，轻轻送进口中，闭口咀嚼，忽然左手捏住鼻子，张开嘴，右手使劲扇风。我不知发生了什么，照着她的样子也夹了一块放嘴里，先是微咸而鲜美无比的味觉，肥而不腻的口感，令人沉溺于微浪轻卷，几秒的咀嚼之后，鱼肉的肥显得太满，正在此时，一股辛辣之气席卷而来，如同滔天巨浪滚滚而至，直奔向鼻腔、眼睛，泪水唰地一下就涌上来了，一时间我慌乱得手足无措，觉得自己简直不要太狼狈，无地自容。

然而，浪涛过去，口中的鲜味再一次交替出现。

那一刻，我觉得，食物能搭配到这样的境界，也不辜负它存在一番了。自此，我在世间有了一样心心念念的食物，我终于不可逆转地活成了一个"高级吃货"的样子，对世间一切享乐，有了出于我自己意料之外的理解。

五

程耳是我很喜欢的一位导演，他迷恋缓慢的旧物，至今都是用钢笔或圆珠笔写剧本，只是偶尔手跟不上思考的速度，才会打开电脑，用的还是五笔输入法。不拍电影的日子里，他说，"我每天都会花两个小时运动，打网球，然后抽烟、喝茶、看书。很少应酬，要么在家，要么在公司。我是真心喜欢自己待着，没有那么急切地想要去拍新片"，而一旦开启新片，那必定是殚精竭虑，"欲望无休止，但我们要注意吃相……不要让观众在漆黑的电影院里，因我们的草率无知甚至胡闹而感到羞愧。"

"我一直以来的出发点很简单，做自己擅长的，以及能够完成的事，同时不断地去甄别那些自己通过努力可以改变的结局，以及那些即使通过努力也无法改变的结局。"这需要多么清醒的头脑，更需要能够驾驭欲望的强大灵魂。人有许多欲求，不是一味努力就能达成，能做自己喜欢的事，并以此安身立命、养家糊口，而且还有人喜欢，这才是最大的幸运。

艺术是纵欲与禁欲交织的产品。选择控制自己延伸的欲望触须，而非任其泛滥，作品中才能呈现出一种克制的力量，横行的欲望，又正是生命飞扬的激情，才能使艺术作品呈现出蓬勃的生命张力，二者并不矛盾，可能创作者更需考虑的只是"度"。王羲之写道，"或取诸怀抱，悟言一室之内；或因寄所托，放浪形骸之外"，浮生若梦，为欢几何，放浪又何尝不是生命更高的一种呈现形式呀！

也许是对我前半生因克己慎独守心明性而过得辛苦恣睢的补偿，在我无数次穿过通往我住所的商业街，对任何一个店铺视而不见之后，在我打通关于肉身与欲望的任督二脉之后，奇迹般地，曾在我脑中静止的一切，全活了。那些每日见到但完全无视的人，那些日日路过却根本不曾享用的商品，那些总是飘在耳边但从未被听见的话，那如同一片被封印了的废墟的饮食男女之所，一瞬间全部复活了。

某天，我发现了一个女性奢侈品店，店主时尚妖娆，海藻似的长发，凹凸有致的身材，极力隐藏但依旧不由自主地流露出的目空一切的傲慢，使这个店聚集了"社会名流"独有的气息，那是金钱与权力交织的味道；然后是一家韩货休闲女装店，复古的装修风格，低调奢华，与韩货的简单朴素却价格不菲相得益彰，店主着装潇洒，巾帼不让须眉；接下来便是一家高档内衣店，两个大门面，形形色色的内衣挂满了货架，多得令人怀疑人生，而店主，则是一位年近半百的大姐，她颜值很不稳定，时而精致时而不修边幅，推荐商品慵懒而笃定；然后是理发店，老板是一对中年夫妇，男的成天在洗剪吹，得空闲便练练毛笔字，女的喜欢穿粉色衣服，负责聊天喝茶；再便是一家古法绫罗绸缎纱的服装高级定制店了。

这才是重点。店主是个"80后"，虽圆润却没有一般圆润者的世故，年龄虽不小，神态却十分少女。明明做的是最贵的生意却毫无功利眼神，笑容纯粹言语灵慧，我只是看了她一眼，就被她吸引了，同时吸引我的大概还有这里简朴却古风十足的茶台茶具摆件以及口味香醇从不断续的茶，古法制作的国潮风服装样式。脚步到这里停驻，后面的美容店、美发店、网红食品店，又全被我屏蔽了。

神奇的是，在我被她吸引并经常有意无意在此逗留之后，我发现，她的周围慢慢地聚集了一批有特色的朋友，包括通透聪慧的女侠，寺庙的高僧，隐世的画家，中药传世的医者，精通茶道的商人，叱咤风云的官太，身怀绝技的大厨……这里逐渐热闹起来，她们天天在店面前的大坪上各种聚餐，又吸引了前面的邻居们参与，美食、美酒、美人，一时间纷至沓来，每天都成盛事，所谓"况阳春召我以烟景，大块假我以文章"，大概便是如此境况。而我，凭着在她们眼中我与众不同的学识与豪爽的性情，被她们拉入"团伙"，过起了近于"放荡""堕落"的生活：纵情于美酒与各种美食，贪恋无边际的聊天与时而深刻的探讨，思维变得越来越活跃。在常年的束缚之后，自我的放纵让我身心舒畅。

在一次微醺之后，我恍然间明白，"世上有一种鸟，它的每一片羽毛上都闪着自由的光辉"，人性中的这片羽毛，何等难得。此生活明白了，管他将来埋骨何方呢，我们得有一点张岱的洒脱。

尽管在后来的岁月里，我会刻意与这种"堕落"保持一定的距离，但又总是忍不住被她们吸引，在繁重的工作、灵思枯绝的创作之后，去那自由之地，吸收一些营养，善待这具肉身。

六

在童年某个暮色降临的夏日，微风夹着温热的飞虫屎气味拂过汗津津的脸，我坐在禾场上看还没有变成后来的橘子林的稻田在暮色中静默地映着渐渐暗下去的天光。蝉声如沸，如同漫过脚，涨到胸口，只差一点儿就要淹过嘴唇的惆怅。母亲拿着一把大蒲扇过来，给我扇蚊虫，她沉默了很久，突然——

她带着无比平静又无限悲凉的口吻说，生在何处，死在何方，都是注定。

我一下子被合拢起来浓得化不开的惆怅堵住了喉咙，一种无法执掌命运的绝望感朝我袭来，使我眩晕，我的眼前一片白晃晃的光，母亲在这光里遁了身形，我伸出手去捞，一把捞住了她的手，是实实在在的温热、嶙峋，又是缥缥缈缈的空茫，如同捞着一摊正在融化的雪。时隔三十几年，回首往事，我无法确信那一刻的真实。时间到底是流水，或是曲向自己的圆，或是三维立体，或是片刻停顿至于永恒，我并不知道，或者那一刻只是另一种时间存在样式中的存在，那并不是真的我。

但从那时开始，对死亡，我有了具体的遥想。无数个夜晚，我从梦中惊醒，四周是不透一丝光的黑。我就开始设置各种情境，想得最多的是母亲的死。只要想到她将永远地闭上双眼，失去生机，埋入如同这夜色一般漆黑的地里，我就会默默地哭泣，直到重新睡去。

在我自己也做了母亲之后，我才知道，母亲如此毫无忌惮地将死亡的秘密公布于我的面前，既给我带来了失去她、失去整个世界的恐惧，也无形中使我成为那个原本天真烂漫的群体中，最与众不同的一个，我显得郁郁寡欢，孤寂落寞，然而，日光落下的影子里，我又能看到自己饱满的灵魂，透着高于世人的睿智。

作为一个无师自通的宿命论者，母亲似乎早就参透生命甚至于宇宙的秘密，并不执着拘泥于人间情义种种，她三十九岁的生命在嫁接完一批西瓜苗后定格。据去探望她的邻居说，她离世之前十分坦然平和，了无牵挂，对着床头的虚无说着一些话，像是日常说笑，讲的却是她们听不懂的事，最后一刻，她才叹了口气，说，让芬儿把想完成的学业好好完成，其他人都要给她创造条件。然后她闭上了眼睛。

我无从验证她去世之前是否果真如此，又或许，这些话，她从未说过，那些听过她这些话的人，来自另一个时间维度。但我确实在所有人的努力推动下，完成了该完成的学业，并如愿长成母亲想要的样子——做一个知识分子，一个城里人，一个永远在警惕着"放荡"的人，一个在参透欲望与生命的关系之后，依然坦然活着的人。在漫长的未来岁月中，为了抵御忘却，我无数次回放母亲的面容和声音，我怕某一天在人群中突然遇见她，会认不出她来，从而第二次永远地失去她。我已经在时间的流逝里，在第一次有机会牢牢地抓住她时，徒劳地看到，她躺在地上，面色苍白，雨砸在她的脸上，她一动不动，很快她就被抬进一个巨大的木盒，放入土坑，被一锹一锹的黄土覆盖。那时她的话何等清晰，"生在何处，死在何方"，这就是她的死去之所，按她的说法，从出生的那一刻起，死亡的时间与地点早就写就。一生的审判就这样开始了。

在第一铲黄土覆盖下去的三十年后的今天，我毫无预兆地想起那一幕：浅黄湿润的泥土发出一股海的腥味，晌午的云层厚积，欲雨未雨，山岗上的天光响亮，像是有什么必定会发生，使人陡生一种什么都无法改变的悲凉。三十年过去了，面对命运的曲谱，我曾做出了什么改变？

按母亲的说法，命运从来不是无常的。正因为一切都在按照既定的秩序有条不紊地向前推进，那我们的奋斗、挣扎、禁绝、克制又有什么意义？

想着这一切时，我正伫立窗前，望向窗外。从七楼的一面落地窗望向东南，这个城市最繁华的街道顺着我的目光蜿蜒向前，汇入高楼的密林深处。电线、电缆像蛛网般连接着一栋楼与另一栋楼，花花绿绿的招牌像极了夏天穿梭在街头的花裙子，俗而不滥，给这街市笼上了温暖的烟火气，而来来往往的汽车如同海鱼，载着悲喜游向各自的目的地。城市溢动着欲望，每一个来去匆匆的人都在寻求能够让自己心灵安稳的东西，恰恰是这些不堪、庸俗、算计、求索，这些浮在城市上空的欲求，留在人们脸上的贪恋，使人接受自我的真实，接受灵魂的不够崇高。

西边是另一条街，对面建筑低矮，满眼是军分区小山坡上四季常青的广阔草坪。军队威严，军区肃穆，除了站岗的士兵，鲜少有人走动。在寸土寸金的闹市中辟出这样的天地，又大又深，又有草木覆盖，简直奢侈，大约除了军队，其他单位也做不到。西面的落地窗往下一层，有一个大约六百平方米的巨大露台，当时便是冲着这个露台才果断买下这里。在不久的将来，这里可能成为一个中式花园庭院，黄昏时往落地窗前一站，远眺便可观赏这个城市难得一见的夕阳在军分区的草坪上轰然落下，任由生命垂暮的悲壮感冲撞胸膛，激起各种情绪。

当我敞开胸膛拥抱生活，我发现自己是何等迷恋这样的生活，它宁静平和，开阔包容，也有一种不容置疑的富足——在跋涉了很久之后，终于可以与心中的奢念和谐相处，如同真正的智者，我开始坦然接受属于俗人品性的自己，食求饱且美，居求安且适，各种欲念缠绕，但可以从容行走。这种感觉反而让我渐渐地活出一种温度，一种趣味。北野武说，"虽然辛苦，我还是会选择那种滚烫的人生"，"滚烫"啊。

相比于母亲贫困而自持，仓皇且苍白的一生，显然，我要丰富且复杂许多，没有一种理论可以证明，前者与后者孰优孰劣，唯一可以肯定的是，世上没有两片完全相同的树叶。以至于不知从何时开始，我选择对她命定理论的对抗，或者说，从她跟我说那些不可动摇的话的一刻开始，对于命运的反抗就已经同时开始了。一些打开天窗的片段浮现出来……

爱与恶的距离

一

我又把它下的崽摔死了。

说这句话时，她声音响亮，语气里夹着一丝得意，像在向人炫耀什么，把"摔"字的音咬得格外重，仿佛满盛着的恨意爆了浆。初秋，清晨的阳光从屋场东边极高的水杉树梢筛洒下来，淡黄的光斑拉长，铺在台阶上。她就坐在阶基的座椅里，任由光斑在她的眼睑、鼻尖、肩膀、腿上不易察觉地抖动。我看着她的脸，试图从中捕捞起某种与"母亲"一词相连的惭愧、无奈或悲伤的气息，但是，除了看到极微细的白霜粉末卡在她眼角的皱纹缝里，看到她一如既往的衰颓与平静，我一无所获。

她踹了一脚卧在她脚边的摇摇，很气愤地说，背时鬼，又只下一只，搞得我的病总不好，哎哟，我的娘呢，我这是造了什么孽。

摇摇是一条她养了八年的小狗，脸短而圆，眼睛乌黑黝亮，小耳朵时时立着，腿短而细，毛短而黄，走起路来屁股一扭一扭的，家里来了客人时，它上前去打招呼，看一眼客人，又立即垂下眼皮，欲前又止，像个羞怯而又敏感的小女孩，观察着别人的心意，聪明又乖巧，又像邻居家父母出去打工跟随着祖父母一起生活的孩子，别人的一个眼神都能让它倒退好多步，又频频回头观望，特别惹人心疼。

只见摇摇挪了挪身子，抬眼望了她一下，不解她为何忽然又生气了，想想可能是自己的错，羞愧地低下了头，缓慢地摇了几下尾巴，站起来，将尾巴夹到胯下，一路小跑着往西边小谷仓里去了。

前段时间它又怀上了，刚生下来，好壮呢，肉坨坨的，还没睁开眼，我一看，又只有一只，真是背时鬼哟，气得我抓起它，爬了半天楼梯爬到楼顶，死劲往田埂上一扔，摔死它个鬼！摇摇是急呢，跑到田埂上去找它的崽，待在死崽子旁边待了一个多小时，那小狗居然活了过来，哼哼地叫。我气啊，这样摔也摔不死，我这个霉是要倒多大！臭东西，不吉利，专门来害我的，怪不得我这一年多事事不顺，生起病来没完没了，就没做过一天好人。我不能允许它继续作怪，捡起一块砖头，就去砸那只小狗，砸了几下，算是死透了。

那摇摇呢？摇摇没护着它的崽啊？儿子红着眼，恨恨地瞪着她。

摇摇啊，它这么小的身子，刚产完，有什么力气跟我拼？不过它硬是两三天不沾水米，我以为它也会死，死了也好了，谁知道活过来了。

她的语气里，一点怜悯都没有，只有恨意，故而说起来活灵活现，酣畅淋漓，使人身临其境，只觉一股血腥气扑面而来。我听得心口堵，大口吐气，鼻酸，眼泪滚到眼眶，又拼命咽回去。儿子气冲冲地跑进房间，"砰"地一下关了门，大声吼道，奶奶，你太毒了，你怎么下得了手！

她理直气壮地说，孙呢，那没办法呢，农村一句俗话，单龙独狗，主人不死也要走，怪只怪这个背时的摇摇，连产两窝都只有一只，太不吉利了，害我这一年多真是病得生不如死，事事不顺，我不摔死它，等着霉运来缠上你们是吧？

你平时总讲"爱"字，你这哪里是爱了，啊，哪里是爱，你告诉我？你太残忍了！上次就跟你说了，你不要，给外公，外公要，他不怕倒霉。儿子大声吼，暴跳如雷。即便如此，他也只能压低声音说出下面这句奶奶听不见的话——你这么毒，活该你生病——毕竟，这是他奶奶，老祖宗啊。

想起来，去年冬天，她说她摔死了摇摇的崽时，轻描淡写过去，我非常诧异，好好的小狗，为什么要摔死呢？她自然也是这套说辞，我听得每一根骨头都痛，为了说服她，当即百度，告诉她，如果用迷信，狗生一胎，对主人家非常好，单龙独狗啊。用科学来说，一窝生几只只跟它的身体好坏有关，摇摇这些年因为在乡下，既没有节育，也没有避孕，基本上一年产两窝，它体型小，那些在外面到处窜的狗并不完全与它适配，生产时还常遇难产，因此迅速衰老，还不到九岁，就有些行动缓慢，步履蹒跚了，到现在只能怀上一只也是正常，这又与主人有什么关系呢？

当时她反驳我，老一辈的经验哪会错？我说，我爸爸需要一只小狗，他也不信这些俗话之类，下次如果还是只下一只，就留给他，他快八十了，倒霉什么的，都不怕。她看了我一眼，嘟囔着说，哪有你这样的女儿。

就这样，在摇摇第二次生下一只小狗时，她还是毫不犹豫地摔死了它，砸死了它。

我只能沉默着走开，去看初秋的田野，看小狗死去时的田埂。田野一望无垠，绿中带黄，近处稻谷吐穗，远处青霭笼罩，田埂两面是水，绿草肥壮，已经完全看不出小狗曾经的墓场。

一种无法描述的悲伤席卷我——如果当初，我把摇摇留下了，它就不用生这么多孩子，不用经历那么多悲伤，也不用在记忆与遗忘的交替之中，面露忧伤之色了。

二

儿子中考结束那天的黄昏，抱着一条小狗站在家门口，目光里写满乞求。

他一直想要一条狗，任何品种都可以。每次路过宠物店，他都会挪不动脚，哼着哀求我。他说，不然你就给我生个弟弟或者妹妹，我实在太孤独了，每天进门就是身后的门一响，完了，不是面对爸爸妈妈的问话，就是做作业，多渴望有一条狗或者一只猫可以扑我一下，或者让我抱一下，怎么样都好。但我坚决不同意，养狗耗费时间、精力和感情，我们每天工作这么忙，哪有时间顾得上狗，更何况，生活中充满变故，狗的寿命固然没有人长，人也无法保证能陪狗到终老，无论是有了很深的感情再看着它死去，抑或是我们中的某一个骤然离开，于它，于我们，都难以承受。

然而，当他义无反顾地抱着这条小狗出现在我面前，当他可怜巴巴地说，"妈妈，求求你，收留它吧"，当我看到它两三个月一团软软糯糯的样子，我的心一下子就软了：既然来了，那就接纳吧，我自己何尝不想有一只狗，这可是童年时代的梦。

这条小小的，黄色的短毛狗，看上去应该是一条土狗，土狗品种普通，流浪的自然就多些。儿子抄小路回家，途经由一堵红砖围墙和一片菜地夹着的一条狭窄小路。喧嚣的城市中央，寸土寸金，而这片围起来的区域，全是70年代建的老房子，红砖墙上留着凸起的大五角星，下面是"为人民服务"几个大字。老房子早就被喜欢电梯房和现代小区的人们抛弃了，但楼前还留着菜地，地被整得方方正正，种着绿油油的叶子菜，城里人讲究，自己种的菜吃着才放心。地里却很少见到人，大抵种菜的是进城的老人，做事也习惯趁孩子们上学或上班时，方便又清静。这条狗大概是种菜人抛下的，据儿子说，这条小狗看到他就一直使劲儿摇尾巴，矮墩墩地一路小跑跟了他好远，他说，它一定是想让我收养它，我才把它抱回了家。

从进入我视野里的那一刻起，小小的狗子那短短的尾巴就一刻不停地飞快摇着，像安了个电动小马达，我从未见过比它的尾巴摇得更快的狗，便给它取名"摇摇"，这显然是一个潦草的名字，从它开始拥有它时起，就预示着它潦草的一生。

光阴似箭，一晃三个月，暑假后，儿子上高中，每天天还没亮，一家人就匆匆忙忙出门，晚上下晚自习或晚班，到家基本上是十点，留摇摇单独在家，它的尾巴渐渐摇得不那么欢畅了，脸垂下来，颇为忧伤悒郁。随着年龄的增大，它体形也长大了些，遥想等它几个月后成年，高大健壮，与我们的房子极为不配：一间房子里全是书，两间房是卧室，客厅、茶室、餐厅、厨房，都非它的容身之所，唯独朝北的阳台有一席之地，但阳台常晒衣服，时有水渍，实在不是什么舒适的所在。思来想去，不如把它放到乡下，送给家公婆婆，一来陪着二老，聊解孤独；二来乡下天高地阔，它可以释放天性自由自在。征询儿子意见，虽然万分不舍，他还是只能同意。人的世界所求太多，难有多余的精力分配给一条狗。摇摇一见到他，追着他跑，不管尾巴摇得有多厉害，他也只能敷衍地摸几下，而摇摇待家里一待就是十几个小时，那种令人绝望的孤独，更是儿子不忍心让它承受的。

就这样，摇摇到了乡下。吃的不再是精致的狗粮，而是剩饭剩菜，没有人给它洗澡，不久后它就开始有了乡下所有的狗都有的臭味。但它获得了自由，它时而欢快地奔跑在田埂上，与一群狗嬉戏，时而慵懒地伏在台阶上晒太阳，时而又在庭院里信步，无论什么时候都不忘记摇着它的尾巴，时快时慢——婆婆的视频里，摇摇的忧郁一扫而空，取而代之的是一种看得见的欢喜光亮。

婆婆说，这摇摇啊，好聪明呢，到底是城里的狗，就是比乡下的狗聪明，它只跟着我走了一遍，就认得了乡下所有的路，我去打牌，它跑在前面带路，我打牌时，它就伏在我脚边，我一起身，它立马就知道往家里跑，又懂事，教它干什么它就干什么，从来不进房间，也不乱叫，特别温顺，人家都说我带了一个好孙呢！

不久后，她又在视频里照着摇摇，说，崽耶，摇摇发情了，怎么得了，原来它是一条长不大的狗！乡下哪有它这种体型的狗配种嘛，我看着它都难受。

很明显，婆婆想给帮摇摇解一时之困。这时的摇摇，大约八九个月的样子，已经纯乎是一条成年的狗了，但它身形并不如意想中的一般健壮，四条腿几乎没怎么长，身体短，毛也短，黄黄的，水汪汪像养着两粒大黑玻璃珠子的眼睛，长在短短的脸上，尤其显得大，而它整个身体小小的，一摇头就摆尾，倒有点像吉娃娃。莫非是吉娃娃的串串？城里娇贵的狗多，一只串串，大抵也只能有被抛弃的命吧，且谁说一定是被抛弃的呢？也许只是它不幸走失了，恰好儿子又喜欢，便改写了它的命运？可现在，面对乡下成群结队的狗，它怀上孕将是迟早的事。可它这么小……真是想都不敢想它未来会遭受怎样的折磨，毕竟，我对狗，也是没有经验的。

世间万物的命运如同河流或者道路，一旦在某个地方拐了弯，就会遇到全然出乎意料的风景。摇摇的命运会是什么样呢？或许我从一开始就不应该牵挂它，毕竟，如果它一直在野外流浪，能否活下来都是一个问题，更别奢谈什么活着的"质量"了。窝在我们那个封闭的房子里，每天孤独地等待我们回家，抑或是自由地徜徉在乡间小道，但要承受风霜冰雪的摧残，哪一种才是它想要的呢？对于暂时无忧无虑地欢腾在田埂上的它而言，什么样的命运才是它更乐于接受的，什么样的存在才有意义呢？

若要以永恒的目光注视深思生命存在的意义，结论无非是"一场荒谬"，用莫迪亚诺的话来说，大概每个人的一生，"所经之处只留下一团迅即消散的水汽"，"沙子只把我们的脚印保留几秒钟"，人尚且如此，更何况其他。但既然当下的每分每秒不可避免地存在于形而下的世界，实在，充盈，那么，当下便是全部的意义。人如此，狗，大抵亦然。

小狗摇摇将要面临的每一个当下是什么样子的？它这可疑的一生，是否存在另一种可能性？在它依赖的主人这里，它是一种什么样的存在？我们自以为在别人生命中充当着不可或缺的角色，但事实真是如此吗？

三

摇摇来到乡下，天地瞬间广阔起来。

这不是一个普通的水乡小村，放到所有洞庭湖腹地的村庄中，它也是独一份的存在——这里四面都被大堤包围着，形成了一个方圆三四里的围子，围子里零零落落住了大约一二十户人家，房子皆依靠着大堤而建，围子中间是稻田，一坦平洋，四季中有三个季节的清晨与傍晚，围子里都笼着一层轻纱似的雾，雾随着小猫的足、鸡的鸣唱、狗竖起的耳朵，来到每一户人家的门外，像是故意要与甫一开门的庄稼人撞个满怀。

堤外一面是大片大片的鱼塘，一面像油画一样的稻田，中间间或栽了些树，打破单调，像点缀在五线谱上的音符。在田地的尽头，也是高高的大堤，大堤之外便是一望无垠的洞庭湖芦苇荡了。近年来，许是因为平原上的风势极猛，不能白白浪费了这么好的风力资源，几十上百个风车被定在湖中央，风车巨大，总让人想起"堂吉诃德大战风车"的故事。

围子在波平浪静中度过了悠长岁月，即使身处这样一个喧嚣的时代，它也依然是宁静甚而清寂的。年轻一代成长起来后，陆续离开围子，离开了围子的，再回来，也只是歇歇脚做做客，宁静只能是生活的点缀，一旦成为常态，就与"封闭""衰老""停滞"挂上钩了。年节过后，年轻人一走，村子里就只剩下老一辈和只能依靠田地生活的中年人——这里成了一片像摇摇一样被抛弃的土地，像陶潜理想中的世外桃源，又因为与世隔绝，更像房龙在《宽容》的序言里写的那个村庄，有时候，甚至有一种它就是《狗镇》的错觉。

这天是端午节，天微凉，围子内外，家家户户大多在家里做大餐，风带来炊烟的味道，那里面有刚结的辣椒被炒时释放出的新鲜气，自家土鸡经过黄焖之后渗入骨髓的香味，刚捞上来的鱼炖成酽汤的鲜味……随着时代的变化，端午节不再是用来驱蚊虫避邪佞的节日，而成了另一个回乡的借口。

婆婆老了，因早年下水太多，风湿演变成类风湿，关节肿大变形，行动不便，痛得要命，常年要吃药，为此她总觉得自己不仅无用，简直是儿女们的累赘，情绪便随病痛时好时坏，好在儿女们大了，过年过节人客多，她便再也不用做饭给儿女们吃。讲完摇摇的事，可能自己也有些不快，就躺在后门口的躺椅上看风景，吹风。她十六岁出嫁，十八岁生第一个孩子，陆陆续续生了四个。世间既有悲欢离合，每一个孩子自然也都逃不出命运的安排，她跟着儿女们一起经历痛，常常为了他们的事彻夜不眠。在她身上，有这个民族的母亲特有的共性，即无私奉献、永远饱满的爱。她为大女儿、大儿子带孩子，哪怕自己的手痛得只能打封闭针，给孙子穿衣服只能用牙齿咬，她也没有半句怨言；哪怕儿媳跟别人私奔生了孩子再回来，她也能从一个女人的角度理解儿媳，为了孙子她希望儿子能够保全家庭；小女儿因家暴被打得厉害，她万分心疼，可为了女儿她多次与女婿讲和；小儿子上晚班，她硬是要等到他回来给他做上一碗热乎乎的汤才肯休息……生活由无数细节组成，无数细节里，她是我见过的最懂得爱的母亲。

这个端午节没往常热闹，二女儿真真远在深圳，无法回来，这是她最贴心的女儿，大概，此时她也有些想她了。气氛有些凝固，午饭在准备中，她终是忍不住拨通了真真的视频。

五十岁的真真在视频里笑得像个少女，她的头像背后，是一大片菜地，头像一转，照出一幢三四层的楼房。她到江西男朋友家里来了，据她说，男朋友忠厚老实，性格温和、勤劳朴实，早年赚了些钱，砌了大房子。真真爱干净，终身的梦想就是住进楼房，在她与丈夫分居多年后，她想，命运也许要眷顾她了，让她觅得良人，便放心大胆地跟着他来到了这个完全陌生的村子。

婆婆知道只怕再也保不住真真的婚姻，也只能作罢，在视频里却也不愿与这个江西人说话，聊天不到一分钟就草草挂了。谁知没过几分钟，真真又打了过来，语气里已满是焦虑。

妈妈，怎么得了，小志刚刚打电话，说女朋友怀孕了，我不知道该怎么办。

婆婆闻言立即从躺椅上弹射般坐起，她不敢相信自己的耳朵，又问了一遍，你说什么？

小志的女朋友怀孕了呢，怎么得了？真真的语气里充满忧愁。

可是小志才二十一岁，家里又是这么个条件，总不能结婚吧，婆婆说，赶紧让她去打掉。

　　我原本没太在意她们的谈话，可一听到婆婆那一句尖锐的"打掉"，也弹跳到屏幕前。此时我已经全然顾不上"事不关己，高高挂起"的处世哲学了，对着婆婆，我说了句，如果是你孙女怀孕了，你会让她打掉不？要是她打了这个孩子，从此不能生育怎么办？

　　嫁入她家二十几年，我极少与她在言语上针锋相对，但此时，我心里有一团火，"腾"地一下蹿得老高，烧得我已经完全顾不上婆媳关系中的体面。

　　不打掉留着啊？如果流产一次就不能生育，那是她的命，反正我们家的是男的，还能再找的，这世上这样的事多了去了。婆婆已经老得没有气势与我争辩，但她还是用毋庸置疑的口吻，继续对着真真说，你未必现在做得了家娘？小孩生下来也只能是死路一条，还不如趁没成形弄死他。你们看摇摇，如果流产了多好，也省了一道我把它的崽摔死的过程。为了这个事，我孙现在还在跟我置气。

　　儿子与小志同岁，相差不到二十天，一起长大的，小志的消息一起，他就在房间里竖着耳朵听，这会儿又忍不住了，将门猛地一开，冲到他奶奶面前，说，又是死！你就知道搞死搞死，你怎么就这么恶毒！

　　奶奶被他这么一冲，直接蒙了，她辩解道，你就知道生生生，生了谁养？你也不看他现在是个什么处境！不适合怀孕生子！早点打掉，都没负担，以前我们在农村，谁还没流过几次产，前一天流了，第二天就要下田插秧，不照样生了一堆儿女，打次把胎，有什么了不起的！

她这么说着，恶狠狠的，冷得如同一块冰，丝毫没有怜悯——她已经全然忘了她也是一个母亲，一个祖母或外祖母，唯一能想到的，就是拼力维护好外孙小志的个人利益。

我被她的话直接推到了二十三年前，那时的我也是这样，猝不及防地怀孕了，那是我的第一个孩子，而我已然二十三岁，除了没有与她儿子领结婚证，我们在乡下的中学一起进出，本就已是夫妻。当我们告诉她我怀孕了时，她的第一反应也是毫不犹豫地说，打掉吧，现在条件不成熟，不适合生孩子，而我，因为年轻懵懂，母亲早逝，原本就十分害怕，不知所措，也只能依赖她的决策，在手术台上，在巨大的疼痛中，我任由医生将我的第一个孩子搅成了一摊血水，任由医生在她的叮嘱下给我上了节育环，她说是为了保护我，我哪知道那节育环对于一个从未生育的女孩意味着什么。直到今天，我才恍然明白，原来那时的她根本不曾担心我是否还能生育，在她的世界观里，只要她的儿子能生育，就可以随意抛弃一个不再能生育的女孩另娶。

那时，我是多么坚定地想要一个孩子，结婚不久，就悄悄地去取掉了环，又怀上了。当时家境清贫，不具备所谓的"条件"，她仍旧坚决要求我们"打掉"，但这次我自己做主，坚持把孩子生了下来。

我有了儿子，做了母亲，更懂她，也更不懂她了。如今回望，她的冷漠，在时隔多年之后，依旧让我不寒而栗，在几十年我与她十分和谐的婆媳关系里，这是我唯一不敢直面的痛。

"打掉"。多么残忍的词，当她再次斩钉截铁地说出来，我开始对这一天，向往事深处，向未来深处，进行张望，审视。在她的身上，爱如此鲜明，以至于让人不忍心去想她的"恶"，但这"恶"也同样昭然若揭，让人避无可避。

四

小志是个可怜的孩子。

小志还没有能力当一个父亲。

小志如果像他爸爸，还不如不当这个父亲。

这姑娘太不自爱了，活该。

……

她坐在南风里，喃喃自语。三十年前她就受过洗礼，是有信仰的人，在她的信仰里，流产本就是大罪，三十年来，她风雨无阻地在唱诗班做领唱，读经书，不会不知道教义之"爱"的终极含义是什么。但她生命的前四十年，所生活的村庄教给她的，所耕耘过的土地教给她的，早已根深蒂固。她可以掏心掏肺地养大一个与她毫无血缘的孩子，对这孩子的爱胜过对自己的亲孙子，既因为这孩子是大女儿捡来的，而大女儿没有生育，这是她唯一的依靠，也因为她的本性善良，日久生情；她可以对儿媳女婿无限包容理解，只为了能让儿女们家庭和谐，对于一个母亲而言，没有什么比这更重要；她也可以对才见面的陌生人施以援手，为素不相识之人洒下同情之泪，有时一个无来由的点就能触得她泪如泉涌——我从未怀疑过她的共情能力。她是永远在付出的母亲，像一团火一样爱着周围的一切，但她的世界，又只容得下她的儿女。她护着他们，就像母鸡护着小鸡，并且从不相信小鸡会长大，可能还会飞。

我的真真命苦啊，嫁了阿雷这样的地痞流氓，听说他近来脸色很差，瘦得很快，只怕是得了绝症，我只盼他快点死，死了真真好找个好人家嫁了。

我凛然一惊。诅咒一个晚辈去死，纵然有深仇大恨，这样的话也不像是从她嘴里冒出来的。

你看啊，小志从小过的什么日子？真真怀孕时，就被阿雷打得远走他乡，住地下室，靠打工活命，没吃过一口有营养的东西，小志生下来就瘦弱。

说到这儿，她转过脸看我和儿子，说，哪有小乙这样好的条件，长这么大没受过风吹雨打，壮得像头牛。

儿子对着奶奶无可奈何地笑了笑，说，奶奶，这话你说了怕有一千遍了呢，也没什么稀奇吧，每个人投生在不同的家庭，就注定了不同的命运，但这不是你要让人家把小孩子打掉的理由，更不能成为你摔死摇摇的孩子的理由。

她讪讪地笑了笑，孙呀，你是生在好家庭里，饱汉不知饿汉饥哦。小志比你小二十天，你看你，还在读大学，读研究生，前途光明灿烂。他呢，生活在那样的环境里，爹爹一天到晚就是吹牛、打牌、喝酒、打老婆，他呢，小小年纪就成天地待在网吧里，打游戏，撒谎、打架，只差没偷盗了，初中没毕业就出去打工，这里浪到那里，什么活都干过，只为混口饭吃。上天眷顾，也没有学坏。现在好不容易在东莞学了理发，有了一技之长，浅浅地扎了根，就被这个女的缠上了。这个女的比他大六岁，听说是开着宝马车来的，不知怎么的，就看上了他这个不满二十的小伙子，爱得死去活来，还给你小姑过生日，送生日礼物，出手大方，你小姑还以为终于熬出头了。

至于摇摇呢，就没什么好说的了，谁叫它背时只生一只。

她说到这里，似乎回忆起一些事来，便停住不再说了。

这些前事我约略知道一些，说是那个女孩子的父母亲各自开了一个酒庄，家里很富裕，又读了大学，知书达理，很合真真心意。用世俗的眼光来看，小志家境不好，又没读什么书，身材虽然高大却瘦，脸极小，一口牙齿可以用"惊天地泣鬼神"来形容，怎么就能让一个比较成熟条件优越的女孩心旌摇荡呢？且听说这女孩经常过来与小志同居，父母也随她。这一切未免也太不正常，这个时代，富贵人家的女儿都是掌上明珠，成一门"门不当户不对"的婚姻基本不可能，一定是哪里出了问题。但那时我听他们兴奋地说起，小志是时来运转要过上幸福美满的人生了，便将我的疑虑收起来——冲破世俗的爱情，在这世上定是有的，只是我这样理性和讲逻辑的人理解不了，我这样批判自己。

大概，婆婆也是想到了这些，开始对那女孩的自我介绍有了怀疑，自然也对自己要女孩流产的决定有了动摇。

既然她父母是酒庄老板，应该去问问她父母，让他们自己决定生不生，这样即便以后不能生育，也怪不上小志，小志这样的状态，找个老婆不是容易的事，更何况生下孩子，做个爸爸，过了这个村可就没这个店了啊。

我还是不忍听到女子流产的事，更不愿她奔赴可能不能生育的悲惨命运。这样的日子，有一个摇摇失去孩子的消息就够了。

正当大家一筹莫展，真真又来电话了。婆婆特别紧张，问，那女孩怎么打算？

真真说，肯定会打掉的，小志怀疑孩子不是他的，他要求做鉴定后再决定，女孩听他这一说，便毫不犹豫地答应了打掉，说根据观察，女孩可能是有家庭的，小志之所以今天才肯说，是因为他一直有怀疑，但不敢肯定，近来翻阅女孩的聊天记录，掌握了一些证据。如果是这样，孩子打掉是无疑的了。

他们说要打掉一个孩子的时候，说的全都是其他的事，而忽略了孩子本身。我既被这狗血的剧情弄得哭笑不得，更被这人性的爱与恶之间的较量、拉扯，弄得惊心动魄。而已经失去孩子，只留隐隐悲痛的摇摇，一直温顺地卧在婆婆的脚边，陪她哀叹、狠心、失落、疑虑。它不知道人间的喜怒哀乐，此时，只愿沉浸在婆婆曾经给予的满满爱意里。

五

对于摇摇而言那点温暖的爱意是什么呢？

摇摇第一次发情时，她把它关在柴房里关了整整十五天，地上给它铺了旧衣服，还专门用稻草做了一个窝，每天给它送两次粮，观察血迹干了没有，也算是彼此温暖的陪伴。古人刘长卿曾经说过"柴门闻犬吠，风雪夜归人"，寒冷的夜晚，听到小狗的叫声，能让人感到温暖和安心，同样的，摇摇在孤独地等待时间流逝，体内的激情呼啸而至时又静静退潮的过程里，听到柴房门吱呀的声音，必定也是极为安全的依靠。她嫌弃摇摇身上的气味，但对这弱小的生命满怀着爱与同情，每次开门都会与它说上一会儿话再离开。摇摇与她之间，渐渐缔结了一种牢不可破的同盟：她抚慰摇摇的惶惑，摇摇消解她的单调。

对于摇摇而言，她是主人，对于她而言，摇摇却是孙辈的小姑娘。为了让摇摇不再发情，她开始在摇摇的食物里加进人吃的避孕药，这样便成功地为摇摇争取了三年多时间。那时的摇摇是健康活泼的，跟着她在村子里游荡，与一群狗在田埂上疯来疯去。

有一次，她在距离家三四里路的大堤上的娱乐室打牌，散场时才发现，摇摇不见了。她丢了魂一样到处找，没有找到，她认定是谁偷走了她的摇摇，在我们的家族微信群里撕心裂肺地哭着叫，"摇摇啊，我的摇摇，你快点回来呀，你是我命呢"，"摇摇啊，摇摇，没有你我怎么能过得下去哦"，她的哭声有些夸张，但不乏真挚，可以确定，当时的婆婆，是真的很爱摇摇的。

作为一只狗，摇摇具有狗类伟大的天性，从不让人失望，它回报给她最真挚的爱意——在丢失了三四天后，摇摇疲惫地睡在柴房里。不久之后，它开始了孕吐，很快就生下了三只小狗崽。摇摇大约是难产的，它把小狗扒拉在稻草堆里，好几天不吃不喝，小狗饿得一直叫。婆婆心疼摇摇，想方设法给它弄吃的，陪它说话，想让它快乐一点。慢慢地，摇摇活了过来。

然而，摇摇的生活质量，从它第一次当母亲开始，急转直下。小狗长大，她全送走了，摇摇到处找它的孩子，因找不着，不吃不喝了好些日子，瘦得皮包骨，婆婆心疼它，却也无能为力，用她的话来说，摇摇该，吃了避孕药还生得下孩子，神仙也救不了它。从此以后，她索性不再给它喂药，顺其自然。摇摇就开始了它默默地怀上，生产，无人管理的日子。据她所说，它的孩子多半养不活，也不知道死在了哪里，反正她只看到摇摇从身子沉重到一夜之间变得轻快，循环往复，她从没看到过摇摇养大一只小狗，但很明显的，它正在以最快的速度衰老下去。

　　你看这畜生，皮肉松弛得好厉害，产子太多，估计没几年活了，它这是活该，一发情就到处浪，关都关不住。她说这话时，语气恨恨的，不像曾经在意过、哭着找过"我的摇摇"的样子。

　　我说，要不，去给它做了绝育手术吧，太可怜了。

　　绝育手术？我去打听了，要千把块钱呢，乡下的技术不高明，有的做完伤口发炎就死了，我舍不得它死呢，难道你要接到城里去？一来一去，还需要许多天，我会想它，不能给你带过去，狗有狗的命，随它去呢。她每一句话都是真挚的，爱是真挚的，恨也是真挚的。

　　又过了一两年，摇摇更颓了，皮毛失去了光泽，体态也远不如先前的轻盈，她对摇摇的厌弃感更明显了，她总是用脚踹它，骂它，"这个鬼"，语气里满盛着不满。每每听她叫"这个鬼"，摇摇的尾巴就垂到胯下，默默地起身走开，而一叫摇摇，它仍旧不计前嫌地摇着尾巴，一路蹦跳过来，神态中有一种沉静的欢喜。

直到它开始只下一只小狗，她对它的厌弃达到了顶峰，她把家里的一切不顺都归咎到摇摇的一株胎上，她一见到它就厉声呵斥"背时鬼"。摇摇总是默默地靠近她，拱她，想让她抚摸，见她不睬，又躺在地上，露出肚皮，讨她欢喜。但她已经不喜欢它了，她想它早点死去，尽管她深知，若它真的死了，她会不舍，会哭泣，但她很快就会忘了这一切，毕竟，人世间让她惦记的事已经太多，一只日渐衰老的狗，注定只是她生命中的过客。

她就像那片土地一般，自然地爱，自然地恶，很多时候，爱与恶不分，她甚至让人觉得，当她希望自己更健康家庭更和谐的愿望，凌驾于她遵从自己的善良意志的义务之上，这种"恶"被诠释成了一种诱惑，减轻了分量，反而成了一种崇高。

六

此时，在南风里躺着的她微微欠身，嫌恶地看了一眼摇摇，背时鬼，就知道你只下一只狗，准没好事，要死就快点死嘛，不然搞得一家人不得安宁。她哪里知道，这还远远不是最糟糕的呢。如果有的人一生的剧情从一开始就注定了狗血，那么，谁也无法改变其出人意料之外而又在情理之中的本质。

端午团聚后，孩子们各自归位，生活恢复平静。一天半夜，真真突然打来视频，泪水糊了一脸。我心里本能"咯噔"一下，糟糕，小志出事了。

在她断断续续的哭诉中，我慢慢知道，原来，那个女孩的父母是湘潭乡下的农民，她十几岁就到广东打工，嫁了人，所以她不仅是有夫之妇，还是一个四岁孩子的母亲。据她所说，她丈夫是广东本地人，是个地痞无赖，除了给她一台车，平时给点生活费，其他事一概不管，所以她才能成天开着车在外面玩。现在，丈夫发现她与小志好了，带着几个兄弟，打杀到小志的理发店，要求他赔偿精神损失费十万元，否则要打断他两条腿，而那个女孩早就吓得躲回湘潭老家去了。小志辩解自己并不知道女孩是已婚，最近才开始对她的行踪有所怀疑，他成天待在店里，与头发打交道远远多过于与人，而他也不过是个学徒，自己的生存尚且困难，他妈妈更只不过是餐馆服务员，一贫如洗，一时间哪里拿得出十万，只能勉强凑够五千！

那人收下五千，扬言限三天之内给齐，否则就要小志的命，然后扬长而去。

真真只能向我求助，她说，我们这种穷人，本来活得就像蝼蚁一样渺小低贱，好不容易以为生活能有点转机，谁知道是黄粱一梦，梦醒后还要买一个这么大的单，以后她会告诫儿子，要看清楚自己的身份，远离有钱有势的人，可就是眼前这一关难过。

在真真眼里，这就是"有钱有势"了？我听得一阵心酸，人间与非人间，所谓的阶层，永远都是相对而言，曾经生活在黑暗舱底的TD1900，如果不是因为一次偶然的机会，在风暴之夜看到了钢琴，又怎能想象头等舱上开阔的蓝天与新鲜的空气。昭昭日月，朗朗乾坤，广东也早不是十几年前古惑仔横行的广东了，真真却懵然不知，反而甘心于下层的安宁；小志在最好的年龄，却陷落在一段糟糕的恋情里，刚刚做了一个翻身的梦，又被按在地上狠狠地摩擦，生活一团灰暗，也只能由它灰暗；那个女孩虽然开着廉价的宝马，嫁了个所谓的本地人，生活却一样一潭死水；那个本地人被妻子背叛，却只能拿别人出气，用一点钱来寻求安慰——说到底，谁还不是那个曾光鲜地被爱又终究被嫌弃的摇摇？

我只能暂时安抚她的情绪，叫她随时做好报警和回乡的准备，但推测正常情况，那男的看小志实在敲不出钱财，断不会真的打杀过来。

果然，后来他并没有来找他们要钱，反而与妻子离了婚。时间流逝，更狗血的事发生了：那女孩长跪在小志面前，求原谅，求复合。令人讶异的是，他们不计前嫌地又在一起了。

我不敢相信这就是人世间惊天地泣鬼神的爱情，又不得不相信，这惊天地泣鬼神的"爱情"，它的前提是欺骗，它的后果却能够圆满，它以爱之名，却又一笔一画描写着恶，令人分不清到底何处是爱，何处是恶。

这让人总是会不由自主地想起如今生活在寂静乡下，被奶奶嫌恶的摇摇和它那被她用砖头砸死的小狗。如果摇摇真的死了，她必定自己也分不清是该大哭一场，还是该心存庆幸？而渺小如摇摇，倔强地活着如摇摇，它心里，对她，对这些它死命摇着尾巴表达心意的人，是只有纯粹的爱吧。

隐匿的证据

> 随着时光流逝，我慢慢地明白了，只有存在的东西才会消失，不管是城市，爱情，还是父母。
>
> ——卡尔维诺

一

从沅江的河面，到杨梅山的树梢，再到桃花仑密密麻麻的店铺前，雨已经整整下了一个月。雨脚不停歇地从此处迈到彼处，悄无声息地在屋顶、窗台和墙壁以及行人的脸上留下湿漉漉的痕迹。益阳城像一艘停泊在资江边的巨型船只，上面载着繁华都市的尾音，欢欢喜喜地等待着必将到来的日出。

清晨，当我穿过沉重的雨幕走到校园廊下的时候，一个老师正与另一个老师打趣道，要允许三胎（三孩）了，你打算要一个不？被问的是一位年近四十身材丰腴的女子，有银盘一样明媚的脸庞。我望着她，忽然就有了一种期待，不管怎样的回答，从她的嘴里流淌出来的必然是欢喜呀。于是我停下脚步，笑着等她的回答。她看看我，又看看提问者，皱着眉头说，啊，三胎，怕不是一个令人惊惧的梦吧？

雨下得更大了，砸在廊前的屋檐上，散成碎屑，形成一个又一个微型波浪，瞬间吞没了她的声音。天空阴沉，看样子一时间不会亮起来，她们说着说着往前面去了，我想着早餐还没解决，犹豫了一下，便往食堂买简易早餐。我随意要了一个水煮蛋，一个烧卖，这样可以边吃边往教室去，既省时又便于携带，并且水煮蛋营养高，味道也不错。考虑到吃着东西进教室不雅，又想着三胎问题或与之并行的一些其他事情，我完全忘了自己的禁忌，三口四口就吃下了这只蛋——

瞬间，蛋黄一下子全部卡在了喉咙口，出不来，下不去。此时，我的喉咙变得十分狭窄、僵硬，绝不妥协，不管我用手抚摸还是起跳、喝水，都无济于事。我被哽住，逐渐感觉到了呼吸困难，我的嘴角不自觉地流下了涎水。没有人可以帮到我，我扶着走廊柱子，蹲下来，试图吐出，涎水带出了一些蛋黄，但依旧无法带出更多。我不停地仰头看天，低头看地，做吞咽动作，反复良久，才使一部分蛋黄得以勉强吞咽下去，另一部分被我使劲吐出，呼吸才恢复通畅。

我曾经被人指责是个挑食狂，被许多人视为有"公主

227

病"的人，很多年以来，经过对自己极限的挑战，已经变成了一个"平常人"，很多从前不吃的东西都能吃一点了，很多从前不能做的事也能做了，那么多的禁忌都已经突破，那么多的难过都逐渐消散，我以为早已过了吃水煮蛋会被哽住这一关，然而并没有。不仅没有，这个雨声喧哗的早晨，它还以如此突兀的方式给了我森然警告：你以为已经消失了的证据并没有真正消失，它潜伏在你身体的深处，生活的深处，等待时机，将你再次击倒。

二

六岁之前的若干个日子从岁月的河底浮起，纹理清晰，语声可辨。禾场里来了一堆穿中山装与皮鞋、腋下夹着一个公文包的人，母亲搬出长条凳，拘谨地招呼着他们，父亲则在他们中间站着，脸上乌云密布。我知道，那意味着将发生一场来势不小的争吵。

他们说了什么，我并不懂，但我感觉到一阵战栗和恐惧，身体像被什么锁住了，动弹不得。不多久，父亲面色难看地向我招手，芬儿，过来。我像受了什么魔力的召唤，尽管脚一下都不想挪动，但还是走了过去。父亲以不容置疑的口吻命令我，让我张开嘴，叫一声"啊"，让那些人都看看。

我想起前些天——三月三，母亲用地菜煮了几个蛋，放在泥坯茅草屋的"8"字形柴火灶台上，我欢天喜地吃到蛋黄时，只一口便被哽住，小脸憋得通红，几乎失掉呼吸，母亲慌了手脚，没命地给我灌水，命我一小口一小口地吐出来，然后让我张开嘴"啊"给她看。里面蛋黄是没有了，但似乎有了些别的东西，她紧张地叫了父亲和祖父来看，他们火炬一样的目光全投进我的喉咙里，看完叹着气，摇着头，祖父说，作不得数了。祖父的语声里，有黯淡下去的云彩，随着这语声，父亲沉默着往外走，母亲则蹲到灶角往灶里送柴，压抑了一会儿，还是"哇"的一声哭出来。我不知道发生了什么，母亲的悲伤让我手足无措，也让我有种莫名的恐慌。

又要张开嘴。其实我很不情愿，但大人太多，他们又高又黑又壮，令我无力反抗。我仰起头，拼命张开嘴，缩着我的舌头。春日的太阳明亮温煦，全部投在我脸上，耀得我眼睛生疼。大人们的头都凑了过来，往我的嘴巴逼近，仿佛有一群乌鸦在头顶上空云集。我想起母亲常说的那个奇怪的梦，生我的前一夜，她梦见我家屋顶上聚集了许多乌鸦，突然天空像打开了一道口子，群鸦散去，只有一只还停留在屋顶正中，羽毛从黑色变成金色，慢慢长长，最后变成了一只尾巴极长的五彩鸟儿。她一惊，醒来疼痛不已，生下了我。

如今这群乌鸦又来了。其中的一个捏着我的下巴，对我说，你再"啊"一下。我又"啊"，他吓得手一哆嗦，立即放下，并退了两步。所有的人都沉默了，他们望着父亲，又望着我，不知道说什么好。

父亲脸上洋溢着一种阴沉，但也饱含了某种不可描述的洋洋自得。他说，你们看到了吧，我这个女儿，作不得数，她很快就会死去。没有一个人反驳，他们把怜悯的目光抛向我，然后叹气说，是有些可惜了，一个这么聪明乖巧的孩子。

那就还给我一个生育指标吧，我必须还要一个孩子。

乡干部中的一人沉吟半晌，说，嗯，我们是听说你老婆已经有了才来要求你们打掉的，国家政策，三胎本来不被允许，既然你们是这个情况，那就保胎结扎吧。他一边说一边掏出一个小本子，写了一张字条给父亲，父亲欢天喜地地接了，他们也一一散去。

禾场里只剩下默默发呆的我。没有人在乎我的感受，他们并不觉得我听得懂他们的谈话。这是我第二次张开嘴巴"啊"给别人看，谁来告诉我到底发生了什么？为什么"死"这个我并不懂得意味着什么的词语会让我再次有一种冰冷恐怖的感受？母亲是要还生一个孩子吗？我已经有了一个妹妹，这个家庭是多么需要一个弟弟，可这是意味着要用我的"死"去交换吗？

我不知道去问谁。但多年以后我常回头看着那个站在禾场上的小女孩，我知道她懂得一切，她的记忆会因此而强大无比，这注定早慧的她要经受种种心灵的折磨，在死亡中穿行，直到完全长大。

我真想穿过时空，拥抱彼时孤绝的她。

三

廊前的雨越下越大，小小的波浪汹涌起来，那些砸在屋顶上的全化成了雾，层层叠叠。聂鲁达说："寒冷与烈火摄人心魄的精华，它们一路陪伴着我，常常领先于我，渗入所有敞开的事物，反复敲击世界封闭的子宫。"当往事将我击中，我一向用以示人的热情、宽厚逃逸无踪，骨子里的寒凉与疏离迅速扩展，直到全面占领我……那些被悄悄隐藏在岁月深处的证据，或者从此时起即将被隐藏进岁月深处的证据，都在这一刻被重新翻找出来，成为打开某一扇门的钥匙。钥匙转动，生命尘封的大门便能轰然开启。

那个被困在时间里的女孩，从此便被赋予了张开嘴向别人发出"啊"的理由。父亲为了使这个保胎结扎的生育指标变得更为名正言顺，他开始笃定地判定我"死亡"的时间以及必然。他拖着我四处"炫耀"，说，芬儿，张开嘴，"啊"一声。我便顺从地张开嘴。父亲就问，看到了没有，两个小舌头！再长大是要封掉喉咙的！封掉了就不能呼吸了，是会死的！我这个女儿命不长了！路人唏嘘不已，均摇头慨叹，可惜啊，这水灵灵的大眼睛，可怜的孩子。

从此村子里不再有人用我们家为什么能生三胎来质疑生育政策，父亲还顺利地逃掉了因超生而应该承担的罚款。

不久后母亲去了一趟乡公社，回来时如释重负地说，结扎了也好，不管这一胎是男是女，以后我都不要受折磨了。她又开始频繁地和村子里的妇女们一起带着我，玩一种游戏，即把我拖到身边，让我摸她的肚子，问我，是弟弟还是妹妹呀？大人们都以为小孩子的嘴准，不会说谎，我也知道母亲希望是个弟弟，便会说，是弟弟。母亲一把抱住我，亲我，说，我的好孩子。母亲的语声哽咽，欢喜里掺杂着悲伤。

那时我的心里，就升起了无限的悲凉——我无师自通地读懂了放弃。成长的时间流逝得很缓慢，每一分每一秒，都在促人长大，所以当我读到杜拉斯那一句"我在十八岁的时候就已经变老了"，心中惊诧，只因为同感过于强烈。我的父亲永远不会知道，那个被他反复说"很快会死"的女儿，其实知道"死亡"的含义，她一直从旁窥视父亲的脸，希望看到一丝狡黠，以证实那只不过是一个对外宣称的谎言，或者看到一丝伤感，以确认他对这个女儿即将永远离开的不舍。然而都没有，他单纯只是陈述，他陈述时不可避免地带着几分得意，完全无视我内心遮天蔽日的悲伤。

我确定，那是悲伤，它宏大、深广、黑暗，像一张无边无际的网将我拢住，令人逃无可逃，只能束手就擒。

在被判"死刑"后的某一刻，我突然想知道两个小舌头究竟是什么样子，为什么它们会使我对所有淀粉质或遇水就会变成坨的食物如此抗拒，一旦不慎摄入将全都堵在喉咙。我找来一面小圆镜，对着镜子张开嘴发出"啊"声，终于看到，在舌根与喉咙相交的部位，两块被称为"小舌头"的、柔软绛红的肉并排垂着，挤得喉口极小，气流很难冲动它们。既然大家都说多了一个"小舌头"，想必别人只有一个？为什么我会多长一个呢？而且根据父亲的说法，年龄越大它们会长得越大，果然就有将喉咙封住的势头啊，难怪我吃什么东西都只能小口小口地吃。那一刻我明确地知道，我确乎是很快就要死的了。

一年级期中考试过后，我原因不明地病了，将近二十天，我总是半夜发高烧，迷迷糊糊里，记住了母亲捶打父亲的哭泣，父亲背着我往卫生院跑时焦虑的喘息，医院里晦暗不明的灯光和浓烈刺鼻的来苏水气味。我睁不开眼睛，但意识相当清醒，所有发生的一切明镜似的刻在我的记忆里。村子里的人都来看我，安慰母亲，说这孩子过于聪慧，注定不是人间长久之客。母亲做一会儿事就来我床边坐一会儿，哽咽着唤我的小名。学校班主任来家访，说孩子会好起来的，好了一定要继续读书，是块好料子，母亲便哭得更厉害了。

我还是觉得有浓得推不开的悲伤，我一直试图用一把刀划开一道口子，却找不到刀片。黑暗中我找啊找，终于，看见了一根有金属尖头的木棍，我使尽浑身力气握住它，掷向看不见的网，光亮照了进来，我睁开了眼。

多年以后我看到博物馆里的矛，一下子就认出来，这就是我划破黑暗的东西，曾经幼小的我从神秘的黑暗里借来的武器。那一年期末考试，我在昏迷二十天后考了全区第一名，这件事在此后的若干年里都被乡亲传颂，令我父亲每每说起都会嘴角上扬，眼睛望向无尽的远方。

四

父亲说，我哪里知道你知道什么是死啊，那么小的孩子，我随口说的，要是说得不逼真，谁会信？再说，当年你那两个小舌头，确实眼看着会越长越大，难测后果呢。当我有足够的底气与父亲叫板、往事重提时，他讪讪地笑着。

我无从得知对于我可能会来临的死，他究竟持什么态度，但弟弟出生时他脸上的喜悦把很长一段岁月都照亮了。我的父亲并不是重男轻女的人，这从他在我四岁时就教我写毛笔字、下象棋、背诗可以看出，也从无论生活多么艰难他都坚持送我读书可以看出。时间能证明的，他想要第三个孩子，不过是他热爱孩子。弟弟出生的那一天，下午放学回家，我家堂屋的大门只开了一条缝，我背着书包推开门，跨过高高的门槛，看到一个很小的肉团在母亲怀里。父亲非常兴奋地叫道，芬儿来看，这是你的弟弟。我的鼻子一酸，莫名的气流刺得我两眼通红，一种穿过外婆家松树密林时才有的气味笼罩全身，仿佛就是那一瞬间，我感觉我的另一个小舌头隐身了。

我没有告诉任何人，也不敢照镜子，我并不知道究竟发生了什么，只是从那以后确实也没有再张开口将我的小舌头示人。弟弟出生的喜悦使所有人都忘了那个从前总会被提起的小舌头，日子平静得如同门前静静流淌的河。我安然无恙地活下来，善良的人们当然不会再追问我为什么没有真的死去。只有我自己知道，被遗忘的小舌头，剥夺了我多少快乐：母亲过年做甜酒煮糯米饭，一家人争着吃，我只能眼睁睁看着，因为我只要吃一口糯米饭就会很久吞不下去。所有跟糯米有关的东西我都没法吃，因为我会哽住；红薯、南瓜、芋头、土豆、淮山……所有会成团的东西我都无法吃，因为我会哽住；鸡肉、虾子、猪蹄……不能吃不能吃……我成了一个对食物提不起兴趣的人，我成了所有认识我的人眼里跟我一桌吃饭会影响食欲的人。

在我这里，食物成了累赘，而非生活里恰到好处的修辞。

然而，当我的弟弟慢慢长大，我们发现了一个奇怪的现象，对所有我不能吃的食物他都表现出惊人的喜爱，并且，直到六岁他都讷于言，无法清楚吐词，仿佛我那隐身的舌头化为了他舌底的一根筋，赐予他对食物的敏锐，却剥夺了他语言的灵动。

随着时间推移，弟弟在语言上的匮乏日渐明显，我自然而然地担当起了他语言老师的责任。在许多个清晨与黄昏，上学前和放学后，弟弟总会搬一条小板凳，昂着头，用很崇拜的眼神看着他尚未成年的姐姐——电视里"咚"的一声，《红楼梦》的开头音乐响起，嘹亮尖厉的语声唱道"一个是阆苑仙葩，一个是美玉无瑕"，他的姐姐就教他噘着嘴念"红"，舌尖抵着下腭念"楼"，双唇相合再打开念"梦"。他一个字一个字跟着念，可是努力得满脸通红，依旧无法发准音，而我则可以一千遍一万遍，不厌其烦地教他。

我想，后来我之所以能顺利地成为一名教师，一定与当年这样教弟弟说话有脱不开的关系。生活中隐藏着许多密码，你永远不知道哪个开关在哪一环启动了，又会把我们送到哪里。我和我的弟弟，通过那隐匿起来的舌头缔结的，不仅是从同一个子宫里出来的关系，而是带着共同的证据，遥遥地相望于人间。

五

邻居倪章死后，过了很多年，某一天，我毫无预兆地想起他打我弟弟一巴掌的那个正午。在我遥望生活的那一刻，它体现出本质的荒诞——一个充满恶意的人，却在那个正午让我突然意识到我弟弟是我的亲人，是不容他人侵犯的亲人，他的生命与我的生命注定交织，他的荣辱即我的荣辱。当我重新想起他，又明白了如果每一个人都是一座孤岛，那么一定有某些东西把这些孤岛连接起来，然后陆地形成，大地上绿荫成片。

炎夏接近尾声时，太阳依旧暴烈。我家与东邻家中间的橘子园里，橘子长得把路都遮住了。我们从路上经过，头顶是硕大的、一挂挂青中带黄的果实，诱人得很。但这些果实不是我们家的，它们属于倪章。倪章是环子的父亲，环子是一个长相漂亮娇俏的小姑娘，是我的发小。她家家境向来殷实，倪章在上世纪80年代就第一个尝试做饮料厂，做橘子汽水，全村男女老幼都给他洗汽水瓶子挣钱，因此他的脸上总有一种说不出的傲慢、一种凛然不可靠近的冷漠。

年仅六岁的弟弟从橘子树下经过，一挂特别饱满的橘子就在他伸手就能够得着的前方。他急急地前倾，要去摘，我吓得一把拉住他的手，说，不行，这是别人家的橘子。

弟弟"嗯"了一声，"我……想……吃"，他眼神恳切，吐词十分含糊，除了我，几乎无人可懂。在他的世界里，橘子就是橘子，不分自家与别家。我不能满足他，只能丢下他往前走，将他远远地甩在背后，等他跟上来，心想，如果他自己摘了，一是可能不会被发现；二是可能人家看他这么小，发现了也不会责怪。

他果然摘了。然后，倪章出现了，一个那么大的男人，像铁塔一般站在弟弟面前，一把抢过弟弟手中的橘子，铆足力气，对着我弟弟就是一巴掌，还大声吼了一句："这么小，就会偷！"

"偷"，多么羞耻的词语！我吓得一激灵，转过身，看到我弟弟站在光影斑驳的橘子树下，青黄色的橘子布满他的头顶，而他的脸上，清晰地印着五个手指印。弟弟吓蒙了，含糊而激动地说着什么。而倪章，这个自以为高人一等的中年男人，万分鄙夷地看着他眼前的孩子，骂道："哑巴，小偷！"

刹那间，一股"杀机"弥漫我全身，我向他冲过去，用头使劲撞他的胸膛，撞得他打了个趔趄，如果那时我的手里有一把刀，我一定用尽力气刺进去了，他也一定会横尸当下。然后我抱着我的弟弟，声嘶力竭地大声哭喊："他没有偷，他就是想吃个橘子！你会不得好死！"

倪章或许见过世面，但他一定想不到这个被判了死刑却一不小心长大了的女孩会诅咒他。他愣了一下，迅速以不容置疑的口气，冰冰冷冷、居高临下地说，这是我家的橘子，他就是偷了，小孩子要接受教育，不然小来偷针，大来偷金。他的声音即使在他销声匿迹若干年后，我依然能从万千声音里辨认，那是来自地狱的声音。我不相信宽恕，如果记住意味着存在，无论他消失在哪里，他都可以借助我的记忆以这样的方式存在，这声音便是他活过的证据。

祖父、父亲、母亲，相继来了。村子里的人分为两个阵营，叽叽喳喳，指指点点，最后因为倪章的富有，他拥有了绝对的话语权，而我贫穷的父母只能带着受伤的孩子悻悻离场。在乡村，孩子的喜怒哀乐从来都被忽略，现场变成了一场原因不明的聚会，最后变成了倪章的个人演讲会，他谈起整个村子的未来，有一种指点江山、睥睨众生的倨傲。仿佛只有我在乎不会说话的弟弟脸上鲜明的五道指印。从那时起，我成了一个对没来由的恶意永不宽恕的人。

时间带走很多东西，岁月无痕，直到我们可以相逢一笑泯恩仇。弟弟八岁那年，父亲带他去医院动了一个小手术，割掉了舌头下多出来的一根筋（真的是多了一根筋），捋顺了舌头，自然就能流利地说话。其赫然的证词便是，他突然就能吐词清楚地说"红楼梦"了。那时他对我说的

第一句话是，那天我不知道是"偷"，我只是想吃个橘子。就这句话，他憋了两年。为此我热泪盈眶，又欢呼雀跃，又有什么东西正在我的体内消隐，我明显感觉到了。

没过多久，倪章突然去世，留下一封遗书，其中写了他对我弟弟的歉意。他是服老鼠药自尽的，谁也不知道具体的原因。许多年来，我都会发问，如果那天的橘子不是那么诱人，如果我的弟弟没有突然想要吃它，如果倪章的心稍微柔软善良一些，是不是就不会有那一巴掌？是不是从我喉咙里冲出的那句话就永远不会夹带我的怨念融入空气？是不是我隐身的小舌头就不会显出它神奇的力量？

时隔多年，我愿意选择宽恕，并且为自己年幼时随口说出的诅咒深深后悔，但时光已无法倒流。

六

如果当时我就选择宽恕，会怎样呢？我的母亲还会离开我们吗？我那个隐身了的小舌头会因为并不甘心的宽恕而再次显形以堵死我下咽的路吗？成年后某个农历六月初六，我们按惯例搬东西到禾场里翻晒，我翻找母亲那件左胸上绣了一朵大花的墨绿色呢子大衣，却不见了它的踪影，就像母亲的身份证（那上面有一张母亲的相片）、几个珍藏在木箱子底的银罗汉，以及那把生了绿锈的铜锁一般，它无缘无故消失了。

所有消失的事物都有令人恍惚的本事，它们只存在于记忆里，一旦失去行踪，便会在话语体系中变成可疑之物，比梦境更不可确认和捉摸，因为消失，我们可以随意添加想添加的内容以确保记忆的真实可靠，也可以模糊甚至避开那些刺痛我们的瞬间，或者美化原本稀松平常的事物。只要没有旁观者，我们可以随心所欲地在记忆里挑选、决策。比如，每当想起阳光刺眼的夏天，母亲搬出黑漆早已剥落、散发着清香的大木箱，在太阳底下掀开暴晒，我便会觉得母亲一定是某个大户人家的小姐，流落民间，苦难相随，只是为了增添她生活的戏剧效果。箱子平时总是锁着，两块半圆形锁搭发出黄铜敦实厚重、比金子稍微暗沉的光泽，它们完全可以成为曾经富有的证据。箱子里无非是些换季的衣服或者账本之类，但我们睁大眼睛想看的，就是那十八只纯银铸的憨态可掬的罗汉，每一个都拇指大小，母亲深情地抚摸它们，说着外公得来它们的惊险，别有一种过往岁月的神秘。接着她一定会又掏出一把十多厘米长的铜锁抚摸一番，锁的表面光滑，锁芯与花纹凹陷处长满了铜绿，特别沉。母亲叹息，可惜这把锁的钥匙找不到了，不然倒是一个极好的古物。

母亲这么说着时，我总是浮想联翩。大概，我会是那个突然被发现的流落民间的公主？童年时，谁没有借助这样那样的事物期待过自己令人艳羡的身世？因此每年六月六，成了比新年更令人期待的日子，罗汉与铜锁都不是梦，母亲的神秘也不是梦。

母亲走得突然，她走时，连一双没有破洞的袜子也找不到，还是邻居雪奶奶拿了自己的一双新袜子给她穿上，她才能穿戴整齐地入殓。我们烧掉了她所有的衣物，我不敢问父亲那些银罗汉与那把铜锁是否要陪葬，但它们从母亲去世的那一刻再也没有出现，就像它们从未存在过。

当那件仅被母亲穿过一次的崭新呢子大衣被要求烧掉时，我拼命护住了它。一九九四年的春天，雨也是这样铺天盖地，初春天气，寒意料峭，生活极为节俭的母亲在卖掉一担蒜苗后，头一次给自己买了一件新衣服，这是一件中长的墨绿色中式毛呢大衣，左胸用同色丝线绣了一朵花瓣张扬如同凤爪的花。平时因为劳动和忙碌总是蓬头垢面的母亲，穿着这件衣服在镜子前站了许久，并多次问我好不好看。

对于我而言，母亲永远是好看的，她的眼睛很大很黑，似乎能照亮黑暗，只这一点就足够，新衣上那朵张扬的花生出长长的瓣，有些说不清的妖娆，衬得她有点幽深。这是平日辛苦劳碌的母亲从未有过的气质，但与她很贴合。在三个儿女面前，母亲隐藏着现实与心灵之间盘根错节的苦难，但我在她保胎结扎回来后黯淡的眼神里，在她怀抱我刚出生的弟弟低眉垂目的表情里，在她轻轻哼唱的忧伤歌谣里，窥得天机——生育与爱并非同时进行，但她无可奈何。如果她可以选择，她宁愿要我平安长大，而不需要一个未知的生命取而代之。

生完第三个孩子的母亲，依旧要在田地里像男人一样挥洒汗水。回家后，父亲躺着休息，母亲做饭洗衣。很多次，她突然晕倒在田地里，被父亲扛回家，我看到脸色苍白双眼紧闭的母亲，预演失去她的绝望。等她真正离开，悲伤完全不是排山倒海，而是在绵长的时间里像一小股流水一样汇聚成深潭。

在我的第二个小舌头确定不知去向后的第七个年头，也就是在我诅咒倪章的第二年，母亲突然抽身离开。若干年后，她到人间来过的证物（除了我们三个孩子）仅剩那件墨绿色呢子大衣遍寻不着，只有那朵张牙舞爪的花，还印在我的脑子里。

我第一眼看到曼珠沙华，便确认与它谋面已久，这种花不见叶、叶不见花，专门开在坟头的花，就是绣在我母亲已经消失的呢子大衣上的那朵，只有我的记忆有权拥有这个证据。

七

祭奠母亲时我跪在老家堂屋正中高悬的神龛下，神龛上竖写着"太原堂列代宗亲位"，墨迹黑亮，笔画敦实，自带威严，左右两边分列"故祖考王公玉轩大人之灵位"与"故显妣王母彭氏之灵位"。

房子装修后，堂屋做成了客厅，神龛下面是沙发的贵妃位，灰白的布面沙发，柔和温润，冲淡了神龛的肃穆气息。也许是过于现代化的装修风格与这种古老的仪式相冲突，在后代眼里，祭奠成了一种哄骗祖宗的把戏，少了一分庄重，多了几分过场感。但父亲仍旧是一丝不苟的，他每月朔望日必定点香与蜡烛，烧几片纸钱，以保证他还记得死去的人。

一日，没有燃尽的纸被一股风吹到了布沙发的贵妃位上，一下子就点着了布面，火苗渐渐壮大，等父亲发现，整个沙发都燃起来了，神龛也烧着了，父亲情急之下只能先浇灭沙发，再扑神龛，但无济于事，一切都要重建。父亲说，一定是沙发上坐留的秽气冲撞了神灵，重建后他坚决要空出这一块地方来，并且他也开始使用电子蜡烛。黑漆漆的乡村之夜，堂屋那一盏红彤彤的烛光通宵不灭，多少安抚了父亲在失去最重要的两位亲人后凄恻的内心。

人是需要精神支撑的物类，神龛只是寄托哀思的载体。用父亲的话说，只要心诚恳，即使神龛只是一张纸，也一样有它不可替代的威严。我知道，父亲仍在怀念从前堂前那一纸铁画银钩——那张写着宗亲位的红纸，是一个书法家跪在堂屋地上，一笔一画写成的。父亲不知道那个书法家的出现对我意味着什么，也不懂得那个人的离去带走了我多少感情。父亲只是单纯喜欢那个人写的字，喜欢他写字时的虔诚，喜欢他如同宗亲一样稳定的性子，喜欢他温暖的笑。

他的字是那样好，这为他赢得了俗世纷至沓来的赞誉，也赢得了父亲的尊重。过年之前，父亲买好红纸，满含敬意地请他为我们的祖宗写一个牌位，并撰写对联。当时已经名声大噪、地位显赫的他，依言在写字前沐浴更衣，焚香敬拜，再匍匐在地上，一笔一画地写。笔画流动间，徘徊俯仰，风流韵致，刚劲如铁，柔媚如银，墨迹干后贴在堂屋正中，整个黯淡的房子都被这字照亮了。写完他微笑着，目光如炬地直视父亲，承诺以后每年他都给他写，保证墨迹新鲜，红纸干净。

但我不是这样的，为了我的弟弟能够顺利读完高中，在遇到那个人时，我拼力迷惑他也迷惑自己，我以为一场樱花般绚丽粉红、漫山遍野张扬的情意是发自我的本心。而时隔多年回望，缘起于需要他帮助的感情里，隐藏了太多其他因素。我将自己献祭给了一场实力悬殊的追逐，成了才貌出众的他的俘虏，当然，他也名正言顺地为我解决了当务之急——我的弟弟，在他的帮助下一帆风顺地完成了学业。那时，我已毫无风险地迈过二十岁的门槛，没有如世人所料般提前死去。我的父亲承诺，只要那人愿意，他同意我嫁给那人。

然而承诺从来是不可靠的，终究，我小小的喉咙吞咽不下如此盛大的情意，他那有质地的生命于我而言无异于水煮蛋的蛋黄，无论怎样诱人，都是我消化不了的东西。在我将所有他赠送给我的书法、国画作品付之一炬之后，我还把日记、礼物全部毁灭，我试图以此证明我的世界里他从未来过，直到我抬头看到他写下的牌位。我要撕掉牌位。父亲焚香敬拜，坚决不肯。父亲说，牌位有什么罪过？等它自行褪色、变脆，直到不能用的一天吧。就这样，他曾来过的唯一证据，被父亲保管了好几年，直到房子装修，破旧的纸张终不与新房子洁白的墙面相配。

电脑书写的牌位客观多了，所有的证据最终都销匿于岁月。

在换上新牌位的那一刻，我的内心五味杂陈。

八

舌头被割了一刀的弟弟最终考上了重点大学，毕业后在一家大型国企上班。尽管他思维敏捷早已经能够口齿清楚，然而从童年出发时带着的讷于言的习惯，伴随了他的一生，使他在职场除了埋头苦干别无他途。他不甘于碌碌一生，经过多番辗转，最终选择在上海，这座谜一样的巨型城市落脚。他要把自己投到海里去，哪怕只是一滴水，也强过在陆地被蒸发于无形，他用孤注一掷的方式告诉我们，每一个人都在用自己的方式反抗着既定的命运，也反抗着过早隐匿的未来。

炎夏的一天，我带着刚满十岁的儿子，去往弟弟所待的传说中的大都市，看他，看众生。那天正午，我们路过著名的外滩，我停住了脚步。我要看看白天的外滩。于是给儿子买了一个乐高，徒步走到江边，此时滩边行人稀少，放目望去，黄浦江雄浑辽阔，滚滚东去，江面游轮缓缓驶过，汽笛声响彻云霄。对面的陆家嘴高楼林立，静默深沉，遮天蔽日。我们静静地坐在外滩边半人高的围墙下，借着一点点荫凉，儿子开始忘乎所以地拼他的乐高，而我，听着外滩的钟声每半小时敲一次，恍惚间似乎置身于无垠的宇宙，水流静止、人声静止、车马静止，时间一分一秒流淌的声音击打得耳朵生疼，大都市的繁华全都成了这悠远钟声色彩斑斓的背景。直到对岸的第一盏灯亮起，陆陆续续所有的灯璀璨成片，直到第一个游人出现，外滩观景的人似乎一瞬间全拥过来，人与灯，形成了上海外滩令人惊叹的夜色。

灯火人间，有多少故事在灯的背景里上演，就有多少生命的密码在被不断设定和开启。而这一切最终都将隐匿在岁月深处，无所作为，这是可以预知的宿命。那一刻，在嘈杂的人声里，我看着辉煌灯火掩映下的黄浦江如同薄纱轻绡，我听见藏到生活深处的欢喜与悲伤，如同奔雷亦如同萧萧车马滚滚而至，我前所未有地感知到了对这虚妄生命的热爱。

多年以后的这个春雨潇潇的早晨，被一个水煮蛋哽住的早晨，那些被庸庸碌碌的生活替换掉的一切，使我骨子里深感"清角吹寒，都在空城"之悲凉的一切，早已消失得无影无踪的一切，借助我的隐匿了的第二个小舌头，借助打开的生命之门，一一重现，并继承、流转、壮大，变成沉默里最具宏大意义的证据。

风

流

时间的洄流

田野上的柜门

冬日黄昏，湖区水杉柔软的羽状叶全变成深浅不一的枯黄，像中年男人的头顶，日渐稀少的头发使人生出几分"临风听暮蝉"的意味，参天的身影，壮实的树干，在冷风中彰显出一种桀骜不驯的高冷感。成群的麻雀像一块在天空变幻着形状的黑布，一会儿东，一会儿西，高天里流传着鸟的絮语，如同大地上冬眠的虫声。

我背着相机往收割了的一望无垠的稻田里去，稻茬有点硌脚，但田里的水已经干了，土壤有一点点柔软。这里是洞庭湖的腹部，无论围湖造田有多么成功，无论时间过去多久，芦苇这种事物还是会时不时地在田埂上展示一下它们蓬勃洁净的身姿，以体现它们作为湖区的主人的强势地位。从一丛孤独的芦苇里望去，血红的落日，那么圆，光焰平静，像是谁画上去挂在西边大堤上的，这真是绝美的构图。这会儿，垸子里分布零落的几户人家沉落在一片即将暗下去的静默里，似乎亘古以来这里都是这样，又似乎在不久的未来，这里终将真的沉入无人的死寂。

只剩一线天光了。我返回已经亮起了灯的房子，如同一个侠盗返回自己深山老林里遗世独立的窝点。为了让这个临时"窝点"住上去舒服一点，看上去美观一点，我们对老房子进行了改头换面的整修，不仅做了一个水泥浇筑的顶，内部全部现代化装饰，换掉了所有的旧家具，而且在东面的竹林中间做了一个木亭子，于亭子内放置了石桌石凳，又修了蔷薇花围篱、石子路，修整了两个小池塘，在池塘边堆了大石，种了鸢尾。

作为老家的"匆匆过客"，我们把它改造成了我们喜欢的样子，于当代都市人而言，有一处如此安静恬淡的"世外桃源"，自然是一种奢侈，而我们想，如此雅致舒适的环境，对于父母来说，亦是最大的欣慰吧，尽管我们这么安排时，只跟婆婆商量了，完全没有问过家公的意见。他能有什么意见呢，对于婆婆的决定，他这一辈子都没有过意见，他总是默默地做事，黄昏时就开始打盹，凌晨四点准时起床，大声说着一天的打算，把碎布条一根接一根地做成绳，挂在所有他认为挂得了的地方。在儿女们这里，他是必要而又透明的存在，没有一个人想过要问他的意见，即使他偶尔会为了什么事大声地表达不满，但谁都装作听不见。

通往房子的水泥路边，码着一大堆干柴。对于摄影者，将夜中的干柴是绝好的意象。我再次举起相机，对准造型独特的柴堆。这时，竖在路边挡住干柴的一块深黄色木板闯入了我的镜头。木板上写着许多小楷，一排一排，歪歪扭扭，但笔画之间，又显得极为严肃认真。调焦，仔细看下去，是一些农历日期：

一九六九年六月初六卯时三刻，女儿，红。生时哭声微弱，瘦小不足四斤，只怕养不活。补充：养活了，长大，像个霸王。欣慰。

一九七一年十月十一寅时一刻，儿子，军。眼睛很大，很漂亮。我的第一个儿子，以后有劳动力了。

一九七四年十一月初五子时，女儿，珍。哭声响亮，不停歇。

一九七六年十一月二十八辰时，儿子，海。出生一百天，哭一百天，会着看灯，就停止。

每一排字的墨色深深浅浅，看得出即使同一个人的内容，都是不同时间写上去的，那里面凝聚着一个父亲所有的欣喜、期待、惊奇、担忧和责任。木板的反面是掉漆的衣柜表面，上面的铜制门环还没有敲下来。

时间在此刻停驻了，然后又迅速地如同一个漩涡一般，往前、往后，奔腾不息。

这里并不是我的出生之地，尽管我已经来到这里二十年。它如此陌生，又如此熟悉。到目前为止，我生命里有超过一半的光阴，是与这片土地对视而行的，但我从未真正了解过这片土地，正如我从未在意过我丈夫的父亲，他曾有过的年轻过往，和往日时光里作为一家之主的他，对未来岁月的所有预算。

那一辈人，大概认为，把生日，这么重要的日子，以及孩子成长最重要的细节，写在装衣服和储蓄以及所有的秘密的大柜子的内侧，就是永恒的吧？在贫穷而缺乏想象力的过去，他是绝没有展望过有一天这个大柜子将失去它的作用的，毛笔小楷的印记将被书本、电脑、居民身份证打上真正恒久的印章，这也不是他的认知能够接受的事。

大柜子敲掉，放置于露天，一个父亲的所有与爱相关的秘密在这个黄昏被无限放大。在无数次经过这个被遗弃被拆得七零八落的大柜子时，在码起干柴，并终将在烧掉这些干柴之后，也将这块木门烧成灰烬的未来某刻，作为父亲的他，是否能够习惯这种巨大的失去？

房子里亮起了灯，但他没有坐进屋子，他在西边的小棚里烤火，双手笼进袖口，默默地看着火光，目光迷离，似要睡去。太阳完全落下去了，鸟已经宿入了竹林，水杉倔强的树影，笔直地指向天空。

那块写着生日的木板，是保留在相机里，还是锯下来留给他做个古物，或许我们应该问问他的意思。

喧嚣与萧条的渡口

父亲坐在禾场里，半眯着眼，似乎在想什么，又似乎只是干活累了，休息一会儿。

夏天的傍晚，暑气还在禾场上肆虐，父亲就已经开始等待属于他的晚餐。他回望劳累的一生，终于可以在这个时刻安静地享受一下暮色。橘子林成片地招摇，此时青橘与橘树叶片融在一起，呈现出一层比一层更重的墨绿，父亲已经习惯了生活的沉重，这样的暮色与橘色，与他的心意交织，刚刚好。

远处早已废弃的子堤，因为二十几年前一场声势浩大的洪水，断掉了。我们的禾场是这一带位置最低的，子堤从前像座山压着远处的视线，如今缺了口子，露出远处的天光来，远处的远处，是那条一直在流淌着的河，那条河上，曾经写满悲欢离合的故事。他坐着坐着，在望与不望之间，整个身影一不小心就消失在低矮的地势与迅猛的时间相碰撞之处。他是乐意于这样的，他磅礴一生八十年的经历，岂是纸笔可堪其重，又岂是存在与虚无可以释义。

一碗油爆青椒，一碟水煮茄子，一个咸鸭蛋，一锅绿豆稀饭。青椒是刚从土里摘的本地种，有特殊的香味，令人闻了就要流口水，茄子也是那种有了生芝麻一样的籽却依旧鲜嫩的，怎么做出来，味道都极好。现在杂交品种多了，原来的种子，原来的味道，让人格外怀念。他拿起筷子，夹起一块辣椒，又半眯着眼尝了尝，大声问妻子，辣椒结很多了吧，明天上街去，也能换几个钱。

怎么去？又开你的小三轮电动车？不要吓死我才好呢！她笑着回答。哪怕已经六十五岁了，她说话依旧十分娇俏，总像在撒娇。听她这么一说，父亲心里极为舒坦，驼背往椅背上一靠，说，年轻人说，我那是敞篷车，很拉风，你还嫌弃，你以为还是以前，要过河渡水，又久又危险。她便又笑起来，说，要得要得，明天一大清早就去摘辣椒，跟你上街！

他们这样说着话，岁月静好，光阴停驻，仿佛三十几年前那条河流边的渡口，人声喧嚣里，父亲对我说着话。

河水清澈，河底的水草、游鱼、卵石，全都清清楚楚，"千嶂见底""游鱼戏石，直视无碍"，大抵就是那个样子。渡口边距离岸比较远的高地，是参差错落的几户人家，每户一条乌篷船停在门口的河面。可能是看惯了乘客来来往往，他们极少停下手中的活与人攀谈几句。渡口最热闹的是一个商店，很小，很暗，商品少得可怜，货架上落满了灰，几个玻璃罐里，无非一些花花绿绿的糖果，或者几包烟。上街的人带着自家的果蔬去，换一些钞票或者衣物、糖果之类的新鲜玩意儿回，又或是揣着不一样的见闻，揣着一点一滴改变生活的希望，再看这个渡口商店里的东西，谁还瞧得上？但这里却是一个极佳的休息场所，等船的间隙，坐在阶沿摆的一条长凳上，人手一根烟，划根火柴点燃，对着水天相映的河面，胡天胡地地聊，甚是惬意，船一来，各自散去，毫无牵挂，又是另一种好处。有时零零落落几个人，彼此不识，只默默地坐着看河。人多的时候，很多人只能围着商店站定，三三两两各自说着家长里短，让人不由得想起"渔梁渡头争渡喧"的诗句，遥想起借助水运而繁荣起来的时代，那些码头上的故事。

春夏水涨，河水一直往上漫，商店被浸到水里去，只剩腰际以上，船也靠到了平时的大路上来。没有靠船的桩，人们只能人为地做桩，水越涨越高，越来越黄浊，桩不断后退，河面越来越宽，上面漂浮着各种草屑树皮，河带来的危险也越来越大。空气中弥漫着某种不能言说的危险气息，人们窃窃私语，说着落水鬼对几个孩子下手的事，以及去年淹死的灵魂守在相同的地方等待抓替身的事，他们故意压低声音，却又绘声绘色，给这条河流书写神秘、广阔而幽远的时空。

然而，这一切都会随着秋天水退而退去，直到冬天来临，河面因为枯瘦，结上冰，更加窄得不成样子，渡口边的商店孤单地兀立在寒风中，别有一种苍凉的诗意。过渡上街买卖的人就如树梢上的落叶，一天天变少，直到过年，要打年货了，只能来这里过渡，才又能热闹一阵子。

年复一年，渡口重复着喧嚣与萧条，人世的起起落落悲欢离合都在这里上演。原本以为，几千年岁月更迭，无非如此。但我见证的四十年光阴，便是沧海桑田——由于城市的发展，那条河已经成为城市的后港，高速公路、一级公路修起来，便捷的运输条件，使人们无情地抛弃了它，如今，它一旦枯瘦下去，便再也难以丰盈，从前看起来澎湃磅礴的河面，窄得如同一条带子，而昔日的渡口，早已死寂，无人光临了。

三轮电动车可以载着八旬老人和他的妻子风驰电掣般地驶过柏油马路，碾压往日辰光，父亲往前面走去，来不及回头。那个他总半眯着眼望过去的大堤缺口里，却泅流着不可磨灭的时光，直到他远走，我也远走。

供销社里的凝视

"我三岁死了娘，四岁死了爹，没有兄弟姊妹，我是一个孤儿，我是外婆养大的。""百禄桥有一孔亲戚。"母亲一边说着，一边开始整理去娘家的礼物，一块腊肉，一袋橘子，几个凉薯，还有悄悄用一块手帕包起来的花花绿绿的钞票。母亲神神秘秘地对我说，钱是要给姥姥和满姨的，一年见一两次，要尽点孝心，不要告诉你爸爸。

对母亲的秘密，我向来守口如瓶。因为那些母亲要给钱的人，都对我特别亲，而这些钱也只是母亲省了一年才省下来的一点点，厚虽厚，却少得可怜。

从沅江去百禄桥，要在寒风中走十里路，到烟包山大堤边的渡口等船，船在胭脂湖上行走一两个小时才靠岸，再走两三里曲曲折折两面是丛林的小路，才先到外公外婆和大舅舅家。在我很小时母亲就告诉我，他们都不是她最亲的人，只是她的伯父伯母，并没有养她，外婆教她做针线活，用半片豆豉下一口饭，但仍然是她的娘家人。母亲见到他们时，眼里有光，脸上的笑有着发自内心的激动。

外公家在百禄桥街边上，做豆腐，卖豆腐，有一个一进一出的房子，厨房里成天黑洞洞，飘着豆子的热香气，卧房的粗布蚊帐整天关着，像围着一堵半黑不黑的墙。大舅舅家挨着外公外婆，房子很长，肥胖的大舅妈生了十一个孩子，两个得了小儿麻痹症，三个夭折了。他们与我相见，总是匆匆忙忙又客套，我完全记不住表哥表姐们的模样，更别说极为相似的名字了。

小舅舅是个木匠，在那个时代，有一技之长的他，第一个住上了楼房。他与母亲更亲近些，据说是因为他已经寄到了我母亲这一脉，算是亲兄妹。

这里还有一位姑外婆、两位姨外婆，小云姨，白鹅姨以及与我年龄相近的两个姨、三位表兄。当然，最重要的是这里住着母亲的外婆，一位年逾八旬双目失明牙齿掉光的小脚老太太。她一听到母亲叫"外婆"，就会瘪着嘴，很激动得站起来，抖抖索索地伸出双手要母亲抱住她，不久她就从怀里掏出一块手帕擦拭眼角的泪。

每年正月，最期待的事莫过于与这些亲人相见，在时光的镜像里，母亲叫"大哥""小哥""外婆""满姨""大姨"，每一个称呼都十分响亮，饱含着母亲一年来的思念。周围洋溢着一种朴素而真诚的气息，每个人都对我们的到来表现出极大的热情。大家相聚在小姨外婆家里，挤在一块儿，说一些令我似懂非懂的家长里短，有时候说着说着，母亲和他们就哭到一块儿，好像在痛斥什么，又像是一种怀念。我看不懂大人们的表情，又没有同龄或同性的玩伴，便到她家门前的池塘边看水，又四望着参天的杉树，天光云影，鸟声长长短短，有种说不出的惆怅。

百禄桥从前藏在高高低低的山里面，很闭塞，家家户户用的都是摇曳的煤油灯，一到傍晚，四野寂静，山色笼罩过来，黑得吓人，更添一份神秘。母亲所讲的鬼故事发生的地点就在这里，这份神秘分外令人向往。

然而，所有美好的一切都抵不过在胭脂湖等船去百禄桥的那一两个小时有诱惑力，为了这一两个小时，无论百禄桥是怎样的，都值得期待，都能活色生香了。大抵因为序曲华丽，后面的一切才更像盲盒，能给人大大的惊喜吧。

等船原本是一件极为无聊的事，天冷起来，只能蜷缩在码头边吹着风傻等，一分一秒都难熬。好在码头边的人家点了个藕煤炉烤火，招呼我们过去坐，陪我们等船。烟包山大堤将外河的沅水与内河的胭脂湖一分为二，一边是波涛汹涌惊涛拍岸，一边却水平如镜秀雅沉稳。冬天的胭脂湖失去了往日碧绿的颜色，变得灰沉沉苍茫茫的，万物萧条，水也跟着萧瑟起来。

小孩子不懂萧条是人生的本色，只爱热闹。码头边大堤尽头有一个很大的供销社，红砖外墙，又长又高，气派得很，从大门里走进去，一排长长的玻璃柜台，亮晶晶，新崭崭，和着货物，散发出一种"新"的气味，令人心旷神怡。

跟母亲说，我去供销社里看东西，听到船响就过来。一路小跑冲进供销社，隔着玻璃柜台往里面看文具盒、本子、钢笔，各种颜色、款式、花纹、图案，看得人心动不已，恨不得伸进一只手去，一一拿出来抚摸。柜台里面的墙壁上有各种款式的衣服，各种颜色和质地的毛线，开水瓶……琳琅满目应有尽有。玻璃柜台的两头，一头堆满布料，一头堆满写毛笔字的宣纸红纸黄纸之类。这里简直无一不新奇，无一不激起人无限占有的欲望。我久久地凝视这一切，仿佛要把它们看到我的心里去，这样我就能拥有它们了。大概因为我是一个小孩子，营业员头也不抬地坐着织她的毛衣，鬈曲的刘海儿微微泛黄，分在额头两侧，颇有几分女明星的神韵。

　　我麻着胆指着一个有突起的"铁臂阿童木"图案的文具盒，说，可以把这个给我看看吗？她放下针线，抬头看了我一眼，微笑着说，可以的呀，小姑娘，想看什么阿姨就给你拿什么，天这么冷，你一个人来供销社，是要搭船吧？

　　她眼睛亮晶晶，皮肤白净净，身材细柳柳，声音甜糯糯，我发誓，她是我一生中见过的最美丽的女子。我顿时被她牵走了魂，痴痴地看着她，她比供销社里任何一样商品都好看，一笑，整个花花绿绿得近于黯淡的供销社都被她的笑容照得通明透亮。

　　她一定是这个世界上最幸福的人吧，每天陪着这些用不完的东西，出门就是两面大湖，饮着湖光水汽，听着各种风的声音，想宁静就宁静，想闹腾就闹腾，自由自在，富可敌国。

　　多年以后，我的梦里依然会重复出现两样东西，一是通往百禄桥的大船，二是供销社的玻璃柜台。只是，大船是那种有几层的游轮，坐在上面不似漂在胭脂湖的手划船上一样缓慢，而柜台上的玻璃不见了，伸手就能拿到任何我喜欢的东西。

　　从烟包山乘船，在胭脂湖上漂流，到百禄桥。每分每秒的时间，都如同欢乐跳动的精灵。多年以后我才知道，原来陆路去百禄桥，南北两边都可以，便捷轻松。那时母亲为何执意带我坐船，不得而知。也许是因为，乘船的静谧时光，正好可以抒抒她深藏的忧伤？也许是因为，光是听听那船底的水响，看看两岸的山色，就足以让她饮恨的半生得到抚慰？

时间如露如电，生活亦真亦幻。此时彼时，哪一刻才是真呢？或者，母亲还在，我亦仍在供销社那个女售货员的眼眸里，而现在的我，只是童年之我通过炫目的玻璃柜台、繁丽诱人的文具造出的一个像吧？

湖岸高崖与悬镜术

"江声浩荡，自屋后上升。雨水整天打在窗上。一层水雾沿着玻璃的裂痕蜿蜒流下。昏黄的天色黑下来。室内有股闷热之气。"翻开《约翰·克利斯朵夫》，看到第一句话，我怔住了，这不就是每年暑假在大姨外婆家度过的时光吗？那一刻，我爱上了此书，此后，一生的写作与生活，都深受此书影响。如果说，这是一本像火一样燃烧的书，约翰·克利斯朵夫就是一团如火的生命，那么，身处于大姨外婆家的那个朦胧懵懂的少年，那段特殊的岁月，成为我生命的底色，使我永远对未知充满向往，永远热烈、蓬勃、欣欣向荣。

西瓜在农历六月底就收尾，暑假还有一个多月光阴，长日无聊，天气炎热得无法想象，父亲乘船将我送到大姨外婆家来，不管我扯着将要回去的他哭得有多凶，也不管在他来接我时我表现出多么强烈的思念。大人总是对小孩的哭闹表现出玩笑的态度，他们理解不了离开他们之后那种巨大的想念的力量是怎样揪住他们孩子小小的心脏，令他们窒息。

她家就在胭脂湖边上，一个红砖半边院落，南边一个半圆形拱门，西边一个月亮门，泥巴地面坑坑洼洼。房子高踞于水面上空，凌空飞起的鸟儿一般，俯视着水声澎湃的胭脂湖，地坪前栽了几株垂柳，树体高大，叶儿垂下，也只是悬空照影。每每站在树边，向下望着湖水，我都感到头晕目眩心惊胆战两腿发抖，不明白他们为什么要把房子建在这种危险的地方，难道他们不害怕他们的孩子不小心摔落悬崖，跌入湖中淹死？

向南突出的房子后方是一个带天窗的房间，我就睡这间房。床是木制的小床，摇摇晃晃，翻一个身就担心床会垮掉。我一旦躺上去，便一动也不敢动，静静地看着天窗，任由黑暗向我围拢，如同一只无形的大手死死地扼住我的咽喉，这时房外浩荡的江声从屋后升起来。我叫，白鹅姨，白鹅姨！

白鹅姨冲进来，抱住我。她身上有一股淡淡的香味，像是青艾草，又像是蔷薇花。她长得极像母亲，但她是比母亲年少十几岁的少女，那么柔软，那么饱满，长长的麻花辫垂到腰间，乌黑透亮。她还喜欢涂口红，涂着涂着就冲我笑，问，要不要涂一点？我羞涩死了，乡间女子，谁涂口红到处晃，就是浪荡，那可不是一个好名词。可白鹅姨涂上口红，明眸皓齿，艳丽得如同她家房后山上开出的大红山茶花，比母亲好看多了。

她抱住我，问，叫姨干什么？

我害怕，水声好大，像要把我淹没。

怕什么呀，一家人都在呢，咱们的房子在高高的山崖上。

我白天已经告诉过她，其实我什么都怕。怕那条河淹死人，怕这个床垮了，怕整个房子塌下去，还怕家里那个赶鸭子的人，怕他把我们掳走。我死死地抓住白鹅姨，眼前浮现那个赶鸭子人的脸，胡子拉碴，目露凶光，一个江湖术士相。

白鹅姨"噗"的一声笑了。放心睡吧，小傻子，你仔细听听，江水的声音是多么美妙，就像一首雄壮的歌，这房子后面就是坚硬的山，几十上百年都没垮过。那个赶鸭子的人是你姨外公的朋友，不是坏人，什么都好着呢。

那你要陪着我。我拉着她的手，不让她走。她的手凉凉的，很舒服，可我脑子里满是赶鸭子人的脸。他就住在最西边的一个厢房里，每天大清早就赶着一大群鸭子到胭脂湖凫水，他自己则摇着一条极窄的船跟在鸭子后面，黄昏准时回来，带回一大兜鸭蛋交给大姨外婆。我站在杨柳下遥望他和他的鸭子，想到一句诗，"君看一叶舟，出没风波里"，又觉不应该是这样的，他哪有这样的诗意与美感，他一身鸭屎臭，脸又黑，还说一口听不懂的湖北话，粗嘎嘎的，像锅铲刮在铁锅上。

大姨外公精瘦精瘦，下颏上一颗大黑痣，使他看上去有点像大户人家的账房先生，说话声音尖尖的，给他无端添了几分诡异。傍晚时分，赶鸭人回来，一家人一起吃晚饭，他们俩总要拿个小酒杯，喝上一口。大姨外婆默默地给他俩夹菜，眼光流转之间，仿佛两个都是她的丈夫。有一次赶鸭人喝多了，一把抓住我，说，我观察你很久了，年年来，年年看，我要把你带回去做女儿，古灵精怪的孩子，将来有出息。吓得我一口气喘不过来，差点憋死，等缓过神，"哇"的一声，哭声飘到胭脂湖上，久久不散。大姨外婆拿起筷子作势要猛敲赶鸭人的头，骂道，你作死！吓孩子！

有一次，赶鸭蛋人的鸭丢了二十几只，遍寻不着，急得团团转。大姨外婆说，要不，你悬镜施个法试试？

赶鸭人连连摆手，不行不行，师父说过，这个法术是拿来救命的，这样的小事不值得用。

白鹅姨鄙夷地白了他一眼，说，吹牛吧，还悬镜术，封建迷信，骗鬼去！

大姨外婆也想亲眼看看这样的法术，便说，二十几只鸭子，抵得上我们家半年房租的呢。

赶鸭人为难许久，白鹅姨端来一盆水往他面前一放，说，叔叔，做一次嘛，让我们都见识见识。赶鸭人犹豫了一会儿，搓搓手，眯眼念念有词，过了一会儿，便探头向盘子里看，说，你们都过来看看，原来是何家大屋的李子怀偷了，咱们向他要去。

一家人都跟着说，看到了，看到了，真是李子怀晚上偷鸭子的情景呢，一清二楚，抵赖不得。于是，一家人拿着各种棍棒，浩浩荡荡去找李子怀，剩我一个人吓得魂不附体，躲在房间里听江水浩荡起起落落的声音。

李子怀乖乖赔了鸭子，赶鸭人也因此被传得神乎其神。大家都说看到他的悬镜了，丢了什么东西就来找他，他白天去放鸭子，晚上就应对各种来找他的人。一时间，各种传说令赶鸭人名声大振，可他却在某一个夜晚，带着他的鸭子消失得无影无踪，仿佛他从未出现过。

当我再次回忆起这一切，到底这是我童年的幻象，还是真的有过种种，因为几乎所有当事人都已经在这大地上消失不见或者很难再见，我也无从考证了。当时间洄流到当时，我站在赶鸭人悬起的盆子旁，竟真的仿佛看到了盆中的镜像，也看到了大姨外婆与赶鸭人的暧昧眼神。

他们都曾来过，他们也曾年轻过，活过，爱过，恨过。只是，我与他们，在时空中交错而过，一个恍惚，那一切，都只是飘过脑中的一片羽毛了。

人生到处知何似，应似飞鸿踏雪泥。泥上偶然留指爪，鸿飞那复计东西。

洄流的洄流

时间的旋涡一个又一个，有时一个连着一个，有时一个吞并另一个，有时一个与另一个并存，遥遥相望。从时间里走过时，我们只认当下。正因为时间是消逝之物，是不可逆的，个人的记忆才显得如此可疑。它是真实的吗？当我们痛哭流涕地说起某段往事，它以超过现实的真实重新刺痛我们的神经，但是，它也是虚妄的，我们用感知在越来越久远的距离里对它进行修改，补充，填色，使它符合我们的要求。

洄流之后的洄流，虚妄之上的虚妄。没有所谓的意义，比如此刻我坐在台灯下，圆形的灯光照出一片亮色，亮色之外是层次不同的暗，光与暗是并存的，地理上，时间上，皆如此。与我并存的，又何尝不是我那早已经逝去的外公，连同他暗黑的房间，永远关着的蚊帐，不是供销社里那张可以照亮暗黑的脸，还有白鹅姨身上的香味，赶鸭人的水盆，以及花花绿绿的家龙船？

天地一逆旅，同悲万古尘。

每当初春绿意萌动，万物迈出门槛，树香沁鼻，宵寒袭肘，每当夕阳余晖遍洒，河流闪动金光，云缭烟绕，山隐水迢，天地依旧混沌初开的模样，时间自由流淌，将所有人的悲欢恒久地置于它的洄流之中，酿就人间沉浮起落的故事，重复着上演……

芳草不曾遮（二章）

第一章　节令是一首首深沉的歌

1

立春了，"从此雪消风自软，梅花合让柳条新"。

母亲带着孩子在井边打水。

母亲说，立了春的水不能酿甜酒，要加紧酿啊！

孩子迷惘地问：为什么呀？

母亲说，立春后的水是大地的乳，有暖气，酿出来的酒，味酸。

孩子又问，可这又是为什么呢？

母亲笑笑，这是老祖宗传下的经验，我也不知道呢。老祖宗还说了，两年的春挤在一年里立了，第二年便是寡年，相传寡年不能成亲，否则夫妻不能白头到老。

孩子昂起天真的眼看天，天是一例的阴灰，但阴灰里有了蓝的气息。孩子说，我懂了，母亲，你看天，要立春了。

母亲拍拍孩子的头，又笑了。笑得舒畅、慈祥，她的笑容如黑白照片，留在她的记忆深处，她开始对"立春"有了种本能的尊崇。它神秘、圣洁，如高贵的帝王，令人不敢亲近；然而，立春又是一年中最令人盼望的日子，立了春，寒冷固然仍是寒冷，但嘴里呵出的热气少了，缩紧的毛孔放松了，身子骨也活动起来，风里渐添了几分使人不易觉察又分明丝丝在鼻的馨香。清新的空气迎面扑来，滋润着人的皮肤，那一抹笼罩大地的雾霭逐渐消散，太阳的明亮光辉里带了些许暖意。空气明净，大自然的颜色毫不含糊地鲜明起来。墙头的迎春花勇敢地张开了黄灿灿的面庞，它厚绿的衣裳下也泛出几分新亮的光；爬山虎的小叶似乎只在一夜，便攀爬成了一片绿的海洋。蜜蜂、蝴蝶纷飞，一会儿停在花上，一会儿落在女孩儿的头上。"池上碧苔三四点，叶底黄鹂一两声"……一切描绘春天的词汇都会在"立春"面前黯然失色。

　　农人们开始张罗一年的生计；在新春遗留的鱼肉香里，孩子们也要背上书包上学了。上学的路上是雨水打湿的新的泥土，和着春沾在裤腿上，也不再令人厌烦……

　　孩子们在诵读："大兴安岭雪花飞舞，海南岛上百花盛开。"

　　这一切，皆是立了春的缘故。

　　在立春这天，大自然以一种令人感动的姿势张开她的怀抱，拥抱山川河流，于是，人、自然与弥漫在空气中的立春的信息完美地融合在一起。在这里，土地的谷黄与河流的碧绿无比协调地出现在同一张画上，定格成永远的"立春"之语！

2

转眼到清明。"朝作轻寒暮作阴，愁中不觉已春深。"

当街边的杂货店里相继挂起红的绿的彩球，纸带飘舞，黄纸成叠出售，我们就浸入了一种"清明"的氛围之中。是扫墓浓化了"清明"的色彩，还是"清明"深化了扫墓的内涵？

"清明时节雨纷纷，路上行人欲断魂。"这似用得滥俗了的诗句，与"清明"的天气碰撞，注定了滥俗不起来，注定了"一吟双泪流"，它简单明了中含有言之不尽的意蕴，如古人长袍软襟下藏着的无尽抱负。

江南的清明烟雨迷蒙，一层青雾笼罩在水面、丘陵的高处、农家的屋舍以及洞庭湖一望无际的墨绿色芦苇荡里，如江南女子的缠绵愁绪。晌午时分，大堤、乡间小路、柏油马路、街道上，行人渐多，手里拿着扫墓的用品，心里揣着对逝者的怀想，匆匆地走向他们曾经的亲人、朋友。水墨画的背景，忽增了许多黄绿红的彩色，有些鲜明的刺眼，刺痛人们心中那根柔软的神经——对于未来某一天不期而至的"死亡",我们唯一可做的是敬畏生命。

在无数个高处长满绿草的墓地,人们不约而同地将彩球挂上坟顶,一齐跪拜,其气势何其壮观!不管是驾小车来的官员,还是卷着泥裤腿的农民,在"清明"这天,面对着死者之墓,他们平等到只有一个身份——"生者"。这样的一跪,使人在瞬间顿悟:繁华落尽之后,一切便如这"清明"的天,给每个人平等的心境。

"铁马秋风塞北",塞北留给人们渺无边际的萧瑟秋天的印象,其实不然。塞北的清明是丝丝暖风唤醒大地之际,"清明"比"立春"给人的诱惑更大。大地新绿时去踏青,青年男女的欢笑,纸灰的烟气,黑色泥土与青草混合,便成了塞北"清明"特有的味道。公路边的白杨挺直身子伸展枝叶;草原上绿色疯长延绵;马肥羊壮,人们奔跑,互告"清明"带来的喜讯:春天已经正式来了!

塞北的"清明"给人一份开朗、明静与淡定。

清,水青曰"清";明,日月相见曰"明"。好大气好贴切深刻的词语!一个"清明",在大江南北,勾起人同一份思绪:在生为清,人死方明。为生者搭起一座令人能悦然面对生,坦然接受死的桥,这便是"清明"!

3

大暑确有几分壮阔,"谩摇纨扇终嫌倦,欲倒金罍却恐醒"。

"暑"，意味着炎热；"大"字的修饰，加重了这种热，进而升为酷热。一想到"大暑"，意念中炎夏的热风便会扑面而至，令人汗流浃背，焦渴难当。大自然在此时失去平静，变得燥热不安，毫无美感。它似乎更偏爱俄罗斯北部的山岗，使它于清冷中透出睿智的光辉。

然而，事实并非如此。"大暑"如一位衣着明丽性格泼辣大胆的女子，以它完全不同于其他节令的特征，展示其鲜明独特的个性。如果生命中总是一色"低头的温柔"，岂不索然寡味？没有"大暑"，四季以何得以如此清晰？

"大暑"意味着黎明五点时的晨曦之美，清凉的夏风里送来河流涨潮的讯息；意味着满天朝霞的灿烂绚丽生机勃勃昂然向上；意味着一切长长的影子，树留下的更特别，清晨如云傍晚似栅栏；意味着晌午十点收工时"晌午茶"的清凉；意味着"锄禾日当午，汗滴禾下土"的辛劳；意味着午后懒洋洋的阳光、酣酣的午睡与不停息的热闹的蝉鸣；意味着在傍晚房屋的阴影里收好金黄的谷粒，晒了一天发出稻子特有的芳香；意味着撑着晒耙呆望西天的晚霞满天；意味着傍晚时分的清凉河水洗涤去身心的疲惫；意味着对着满天繁星摇着蒲扇谈天说地的惬意；意味着……

"大暑"，南北之人同时感受到它，共享它。怒骂也好，欢笑也罢；来的自管来，去的自管去。它大气豪爽的性情，使北方人如遇知己为南方人的柔和里掺进了刚。

城市里的"大暑"已经不是本质意味上的"大暑",人们为了避开它,躲进空调房。我一直对空调深恶痛绝,它的出现将原来爽朗的"大暑"挤到了城市的房屋之外,压缩了它的体积,使它在紧缩中膨胀,并开始疯狂报复。"火城"因此而生。

缩在冷气房中憋得慌的城市人,是"大暑"多么可怜的"手下败将"啊!当人把自己当作与自然隔离的"高贵动物"而独立于大自然的种群之外,第一个向我们发起攻击的,便是个性鲜明的"大暑"!

4

霜降一来,诗情便到,"卷帘何事看新月,一夜霜寒木叶秋"。

"霜降"这个节令,更多地流露出一种诗意。有人说,雾是附在小猫足底而来的,那么霜呢?果真是降的吗?从没有人见过霜降的过程,霜似乎没有雪那样干脆地飘飘扬扬,但她在一个寒冷的夜晚毫无声息地来了。

记忆里,打开门白霜盈眼,寒气逼卷而至,令人措手不及的日子,总是在"霜降"这一节令后近一个月才有。

"霜降",比雾厚重,比雪轻盈,比水灵秀的霜,一夜之间,悄然降临了!田野里,白菜与萝卜,撑出盈盈的绿,在白的霜与褐的土之间，盎然一片，清香四溢；那些已经收割的稻田，堆起的草垛，横竖躺着的乱草墙上，全薄薄地结着一层白晶；有水的地方，大的，霜将水面的杂物凝住了，定格成镜柜中一抹苍凉；小的，则在白霜下，坚定地洁了冰，踩上去"咯吱"作响，像马牙咀嚼枯草；田埂上，黄的草、绿的芽，披了一袭薄的白衫，全高高兴兴地站着，撑不住一脸的笑；清晨，人家的屋顶升起蓝的炊烟，与霜地里升起的雾气交融，糅杂成了家乡有霜的早晨特有的亲切气味……

尽管很冷，冷得可以使手指与脚尖毫无知觉，但上学的孩子的心里是快乐的。背着书包，踏着马牙冰，吸着冷而清香的空气，在晨曦微露时上学，求知，那是任何一个大人都体会不到的快乐。

上午十点，太阳升起，带着些许暖意。霜很快融化，田野里雾气腾腾，如大地被烤所散发的热气，并很快升起，散为无形；不过多久，空气恢复了秋日的清澈明净，手尖脚尖也有了流走的血液，远方的天空出现抹抹酡红。到正午，一切完全恢复原貌，连地面的湿迹也消失无踪，周围温暖而干燥，完全不像下过霜寒冷过的样子，直到傍晚，清冷刺骨的风再次割过面颊，才惊起：又要降霜了！我想，如果"立春"是一位神圣的帝王，那么"霜降"就是他变幻莫测的妃子，时而热情欢快，时而冷漠感伤，爱护子民，却又与子民始终保持距离，具有一种独特的凄婉美。

"霜降"来临而未降霜的时候，农人与孩子的心里都会有些微遗憾，更多的却是希望："霜降"来了，"霜"还会远吗？萝卜更甜了，白菜芽子要鲜了！

"蒹葭苍苍，白露为霜，所谓伊人，在水一方……"朦胧诗人早在上古，就为"霜"唱出了绝美的境界！

5

大雪之日，盼春风，"雪里犹能醉落梅，好营杯具待春来"。

这是一个江南雪国的早晨。

雪已停，四周一片寂静。河汉中停泊着几艘乌篷船，船顶是厚厚的一层白。天空低沉，河水凝止，远山于雪白里露出些许苍青。船家打开船舱，钻出来环望了一眼四周，呵出一团热气，又钻进舱内，捧着一杯热茶，烤着一堆炭火，与妻子闲闲地谈话。"昨晚一夜雪，今日全白了。你听见雪来了吗？"妻子轻轻一笑："雪来哪会出声？真是痴人！"船家笑了。炉火映红了脸膛，"没想今日是大雪"，居然就这么准时地下了一夜！今儿捕鱼，定能捕到最大最好的，可以美美地吃一顿了！妻子又浅笑，自顾自地嗑起瓜子。

劳动着的人们，只有"大雪"降临时，才有如此闲暇。

这一年中最后一个节令，如第一个节令一样具有特殊的地位，它承上启下，意义非凡。它形象而现实，令人遥想起旺旺的炉火红，熏黑的腊肉香，以及鞭炮的轰炸响。

"千里冰封，万里雪飘"，北国的"大雪"时节，已是千里万里，大雪飘飞，一片银装素裹的世界。滑雪的身影零星可见，但更多的是在家中享受"老婆、孩子、热炕头"的天伦之乐。没有一个节令比它更让人生起"岁暮一何速"之感。一年又过去了，孩子长大了一岁，老人向黄土更近了一步，青年走向成熟，壮年人则平添了几分紧迫感。

莫说江南温婉多情，"大雪"时节，干冷的北风穿过中国北部大陆，温润失尽，只剩干裂，肆意地钻进衣领，袖口，冷不丁呛你一口，叫你半天喘不过气来。它所经之处，清扫片片落叶，使河流凝止，村庄萧条，它的无情，更胜过豪爽的北国百倍。

然而，"大雪"时一旦飘起雪花，一片两片，一朵两朵，在空中舞蹈，厚厚地积在大地之上，千树万树"梨花"一夜之间怒放，麻雀们飞上雪地觅食，林间的小动物跑出来，把雪地当成他们奔跑的广场；鱼儿在冰下温暖的水里游来游去，凿开冰面，鱼儿跃上来呼吸新鲜的空气，毫不费力就可以捉上一盆……孩子们欢呼，大人们抑制内心的喜悦，却也不由自主地吟到"瑞雪兆丰年"啊！——"大雪"给人们带来了来年的希望！

"大雪"过后，杀猪宰羊，贴春联，准备祭祀，腊月的气味开始弥散在空气中。又一个春天即将来临。

大自然周而复始，她以最亲切的方式，把这个世界最庞大最强悍的群体纳入自己的怀抱，并赐予其"万物之灵长"的美誉。然而，随着欲望的无限制膨胀，与之共存的种群相继在地球上灭迹，大自然在人类面前初显狰狞，很多节令逐渐在失去其原有的美丽与宁静，而且变化的时间间距越来越短。

很多我们童年时曾有过的由四季更替所带来的乐趣，如今已无处觅迹。飞鸟失去了翱翔的天空，鱼儿失去了畅游的净水，牛羊失去了耕种的沃土，大地失去了昔日的光辉。

节令重回我们身边之日，便是大地将死而未死，起死而回生之时！

第二章　浓墨重彩是夏的序章

1

五月一到，正是梅雨未晴时分，田里的青蛙鸣成一片，各种小虫也相继多起来。活跃于草间树上的蚊子，开始一只两只地往人家房子里钻。起先你并不在意，等到晚上，臂上、腿上的红疙瘩多了，才惊起自语：明天该拿出蚊帐了。

每年吊蚊帐的时候，是孩子们的节日。

选个放晴的日子，大人们聚在一起，把藏了一冬的蚊帐翻出来，摆一遍水，晾在各家的禾场里。为了尽快晾干，其晾晒的方法自然有些特别。它不用衣架，而用四根木桩和四根竹竿架起，蚊帐就像在床上一般从容而充分地舒展开，微风一吹，轻纱薄翼地盈盈飘动。家家户户，皆是如此，汇成一条蚊帐的河流。我喜欢藏在里面，感受清凉扑面的帐纱拂动面颊，心中浮起许多想象。童年的玩伴们也都在蚊帐中嬉戏。年轻的母亲们怕脏脏的小手弄脏了新洗的帐子，就一声声地责呵，赶骂，可声音里，也是掩饰不住的迎接这个夏天的喜悦。

终于等到傍晚，干透了的，散发着青草和阳光香味的蚊帐被吊起来，一个风雅的夏天从这里开始了！关起蚊帐来，独自处于一个宁静幽闭的世界，任凭帐外蚊子狂嗡，我自岿然不动。心中自鸣得意：看你们拿我怎么办！这个时候是最不必担心父母责备的——他们劳累了一天，早在禾场里的竹床上摇着蒲扇迷糊地睡去，我可以放心大胆地看我的小说了。在隔着纱漏进来的柔和灯光下，我畅游于古今中外，一颗心真如一场满盛的筵席，起起落落，有时直到天明。"三更有梦书当枕"，有蚊帐的日子，空气中弥漫着书香。

有时我们也把萤火虫捉入帐内。这种小巧的尾部发光的甲壳虫，白天潜伏在地里吃菜蔬，晚上就纷纷出来盛装参加它们的舞会。它们飞起来时翅膀将空气轻微扇动，荧光明灭，像拨动了夜的琴弦。在乡村长大的孩子，个个是捉萤火虫的高手。捉来用大大的玻璃瓶装着，挂在蚊帐里当灯笼。于是，坐在蚊帐里的孩子，个个都成了诗人。

不光从里面，从外部也可看到蚊帐的妙处。越过青色的绢纱，从外窥伺那随处闪动的烛火、追杀潜入帐内的蚊子。倦意袭来，也不再担心寒气侵肤，担心蚊子轰鸣，伸长双腿，尽情放松地睡去。整个身心都陶醉在那低扫着枕畔，轻拂着鬓发的蚊帐的触摸中。

2

孟夏时节，最舒心的莫过于赤足。夹衣、衬衣一层层剥去，鞋袜自然也被痛快地抛在一边。十个解放的脚趾，先是有些犹豫，怕这一放下，便再也不能将脚装到鞋里去。但终于还是轻轻地触着泥土，然后索性整个地放下了。一种清凉从脚底一下升到脑门，流遍全身。西装革履的束缚没有了，人造的伪迹不见了，心在脚底与大自然融而为一。走几步，再走几步，泥土的芳香随风而来，啊，真是妙不可言。

小时候上学前，母亲总帮我系好鞋带，叮嘱不可赤足，因为地上有刺、碎玻璃块，而且很脏，易患脚气。我却不管，每次只要一离开母亲的视线，便马上脱下鞋袜齐齐整整叠在书包里，和一大群赤足的"英雄们"蹦蹦跳跳玩笑打闹着去上学，老师见了也无可奈何。一到放学，又相约一齐洗净，穿好鞋袜回家。因此鞋袜长时期干净不坏，很得母亲赞赏。这赤足，真可谓一举两得，算得上"赏心乐事"了。不过，幼嫩的脚，一经磨炼，起了厚厚的茧，而且常被刺之类的锐器扎伤，但即使痛得眼泪在眼睛里转悠，也绝不叫喊，因为快乐总要付出代价的，我极小就从赤足的体验中懂得了这一道理。我那时也不懂这快乐的学问，只是伤了并不叫嚷，悄悄地叫伙伴挑出刺尖。伙伴中有一个年纪稍大的女孩，挑刺的技术特好。她那柔嫩的手指生出很大的力道捏紧伤口，用针把肉拨开，看见刺顶，轻轻一挑，便出来了。看她挑，先是"嗞嗞"吸着凉气，做好受疼的准备，却总是意外地获得舒服的享受。于是，挑刺，也成了赤足的乐趣之一。

　　后来，在少年蒙昧的心里，鞋袜倒成了文明世界的象征。虽然懂得赤足的诸多快乐，但总归怕此"粗野"，也就每日穿戴齐整，不敢丝毫违背。每次看见一群群快乐的赤足孩童从身边经过，总要回首目送良久，羡慕不已。再看自己的脚，被丝袜凉鞋裹着，也不敢放近鼻子，因为臭气已取代泥土的朴实之香了。

不过，当知识日益充盈胸间，赤足又成了我的乐趣。我知道这赤足的天成之美，悄声谓我心中自有天使。

3

夏天最重要的，在我看来，是西瓜。

且不说西瓜如何美味可口，令人垂涎，单是吃西瓜的前奏，以及整个夏天守卖西瓜的逸事，便够回味。

选，是一门学问。不论大小，先看瓜柄。柄上有一层绒，到把处，绒渐稀且长。绒倒了，才见此瓜已熟，然后看壳，倘若西瓜壳硬且如上了霜一般，用手一摸齐刷刷落下，此瓜定是甜红之极品。吃前要会开，如今讲究卫生，都用刀切，一刀下去，全没那种爽快之感，而且西瓜平整整的，嘴唇咬过，也不丰润。瓜农吃瓜，用拇指的指甲，一下下扎入壳内，发出一声声清脆的"嘣嘣"声。有时瓜自己就炸开了，有时则只需轻轻一拍，"嚓"地裂开，汁流出来，红艳艳的，一排排齐头的籽……洗净手，一块块掏出，一口口品尝，真要胜过当神仙！

神仙是第一要尝这瓜的。我们家每年端午，第一个瓜成熟，总要把它供在神案上燃起檀香和蜡烛敬天地、祖先。母亲说，神仙尝了第一口，会常驻我家，庇佑家人清洁平安，乐不思归。可见这瓜的味美。

说起守西瓜，就更美妙。其实路人吃一两个解渴，也无所谓，主要是守老鼠和别处的大贼。我们村有两个大西瓜园，均在河边，方圆两里一片碧绿。每年夏天，小孩的事便是守瓜。

　　我家的瓜地正在河边，每年得了地势，长得最好。家里最爱派我守，因为我尽职尽责，从不偷懒。其实，这守瓜对我说，倒是无穷的乐趣，岂会偷懒！

　　清晨，晨曦微露。在一片清凉的露水青纱里，我带着梦的余香出发了。一路鸟语，一路泉声。到地里，裤管湿到膝盖，贴着腿，微风一拂，不禁要打个寒战，河水拍着河岸，将河边泊着的两三只小船推得一上一下。我总喜欢默默地坐在船沿聆听晨声，感受流水的韵律。河岸有一排树，在渐升的朝阳里投下一片阴影，藏在里面，或看书，或钓鱼，思想在漫无边际里遨游，直到天大明。清澈的河水里可以看见一群群快乐的鱼游过，三两个钓鱼的人，附近一些瓜农相继出现，大家相互攀谈，天南海北，世情冷暖，无所不谈。那时真是闲散至极。家里做好早餐，派弟妹送来，又可嚼着这水气风光入肚了。人多时不必守，所以直到中午午睡，我才又来。烈日、鸣蝉，令人头晕。到杨荫下坐定，河上偶然来风，才复平静。等到一身汗歇干，摘个西瓜，细细独尝，完了使劲抛向河面，就那样漂浮着，像士兵潜水时的头盔，又可编一个西瓜仙子下凡的故事……

傍晚，炎热下去了，河边又热闹起来。几里路外的姑娘小伙都来游泳。笑声歌声连成一片。有时他们向我讨一两个西瓜，我也慷慨地摘下扔到河里，他们见我年幼，常游到河心采些紫色的水葫芦花给我。那是平日里可望不可即的美丽的花，一旦到手，真不知何等欢欣。我这些送花的大朋友，如今也是人之父母，不知可还记得河边丢瓜的小朋友？生活的繁复没有让他们失去了少时的心情吧？

晚霞散尽夜幕降临时，他们也恋恋不舍地回家了。渐渐黑影幢幢。有时父亲会换我回去，有时则与他一起守。父亲点燃一根烟，悠悠地吸着，火光在夜里忽明忽灭。有月亮的晚上，河面起了一层薄雾。蟋蟀声附和着蛙鸣，萤火虫提着灯笼飞来飞去，在河面上一盏成了两盏。

由于是一大片园子，守的人也不少，时时用手电光扫着，传递信号，约定有危险扫三下，大家便马上聚拢。不过从没出现这种情况。大约十点，四周开始敲铜锣，呐喊着赶老鼠，声势排山倒海……

4

仲夏的火热，令人期待着暮色的降临。

太阳在树梢间落下后，留下一片红晕在遥远的天际。这时，父母亲还在地里劳作。我们已做好晚饭，洗完澡，搬着竹铺静候在禾场里了。东方的天边渐升起一轮皓月，一点也不耀眼，随着夜风的拂动，热气散去了；有时没有月光，只有飞云和云堆里时时露出的一两颗星宿。暮色苍茫，空气凉爽，田野里发出草木的清香。仰躺着摇着蒲扇驱赶稀微的三两蚊子，望着深蓝的夜空，屋里的灯灭了它的光芒……

夜色渐深，父母亲负着锄回来了。一家融在夜光中，享受完晚餐，母亲便忙着洗刷，父亲则往往要坐上一会儿。他身上一股酸酸的汗味夹着烟味，叫人感到格外亲切。儿时我最爱这个时候挨着他坐着，望他古铜的脸，闻他身上的那股怪味。

等到父母亲均洗完澡安静下来，夜已进入高潮。月亮升到中空，夜虫叫得热闹。我家门前有一口池塘，里面长了许多水草，岸边的草丛里，塘面，以及树间，萤火虫总爱忽明忽暗地引诱我们。

我这一辈的孩子，队上有一大群。每到这时，都聚到我家来，一则是因为父亲有讲不完的故事；二则是因为我家禾场特大，可供我们放肆地游戏。

说起游戏，最常做的是"丢手绢""天上古古龙，地下掉毛虫"之类。我那时最喜欢做"种西瓜"的游戏，因为我扮西瓜扮得最好，又装鸡叫又装狗叫，使坏人自投罗网。于是便捉住"贼"，英雄似的威风。做游戏输的一方，总被罚唱歌跳舞之类。赢了的，则得到事先大伙已捉满的一瓶萤火虫，吊在蚊帐里，当新娘，接受输方献的茶。

我们这一班分派。我这一派，多以游戏玩乐为主；另一派则以唱歌为主。他们歌唱得确实好，叫人妒忌。每每我们一游戏，他们便一齐唱民歌、通俗歌，全唱得好，分散了我们的注意力。于是我们索性地聚在一起与他们对歌。《康定情歌》《酒干倘卖无》《十五的月亮》……他们那边有一个年龄稍大的男孩子唱得极棒；我的堂姐歌也唱得好，到最后总成了他们两人的专场。没想到，唱着唱着，他们就唱成了夫妻！

其实大家彼此并无仇恨，兴趣来了，有时还邀在一起，游遍整个村子的每一家。走到田垄时，大声叫笑，拍着蒲扇，赶跑蛇虫之类。

这样玩到深夜，一个个双目交睫，各自散去。禾场又复安静。躺在竹席上，乘着凉，摇几下扇子，望一阵夜空，沉沉睡去。到中夜，被母亲叫醒，迷迷糊糊进了屋，倒在床上，酣睡至天明。

回想当日之夜，真可谓"夜色温柔如水"了。

5

七月了，老房子前池塘边那一架巴掌大叶子的冬瓜藤上，结出碧绿的大冬瓜，肥肥的，有三四十斤重了吧？父亲笑呵呵地把它摘下，一口气搬到堂屋里，大声说，孩子们，快来看，一只好肥的"小猪崽"啊！

堂屋只刷了三米高的白石灰，顶上四方，都是红砖，中间的梁上，画了太极图与五彩的龙凤，一抬头，满眼里都是古朴，那列代祖宗的牌位，也就显得格外神圣了。

农历七月，是鬼节呢！祖宗们的牌位下，这一月香火最盛，整个堂屋都弥漫着一股淡淡的檀香与烧纸的气味。老一辈们说，七月半以前，晚上别到处跑，小心被鬼抓去，这一月，蛇要进洞，鬼也要入鬼门关，田野里到处是游荡的鬼！于是，这一月，便充满了神秘的诡异色彩。

七月初七，是鬼月里最亮的一天。传说牛郎织女这一晚在鹊桥上相见，凡人躲在丝瓜藤蔓下，等到凌晨，能看到他们相见，且能接到他们相逢时的泪水，这时许下心愿，一定能实现。只是，农村的晚上，灯熄得早，劳作了一天的人们，哪里还有去看牛郎织女相会的闲情逸致？这时的孩子们正处漫长的暑期，有得是时间与精力，也曾在丝瓜藤下待过，可扛不住蚊虫的叮咬，终还是了了。也有幼年的伙伴等到那个时候，牛郎织女没瞧见，倒真接着了他们的泪水——农村里露起得早，凌晨时放在外面歇凉的凉席上，已经密密地布满了一层露珠，这翠翠润润的丝瓜藤下，焉得不滴下许多？

当然，这一月里最重要的事，莫过于"烧包"。这是一个重大的节日——给祖宗们烧去金子、银子，保证他们在阴间的吃喝住用，以示后人对他们的铭记。有谚云："十一金，十二银，十三、十四只做铜。"因此，农历十一、十二之前"烧包"的很多，过了农历十五，"鬼门"一关，烧了钱也收不到了，只能等待来年。没有子孙烧包的野鬼们，只能如人间的乞丐般艰难度日。

父亲买了"包钱纸"回来。"包钱纸"分两类，一类是白底上印了一些黑字，待具体填写；另一类是黄底黑字，一套一张，是给"邮差"的，传说阴间送钱也需"邮差"。幼时我写得一手漂亮的毛笔字，父亲便要我持毛笔填"包单"，母亲蘸糨糊，将已装好黄色打了钱孔和纸钱的"钱包"封口，妹妹写上一个大大的"封"字。因为祖先从"曾祖考""曾祖妣"一路写来，人员众多，且一个人一般有四五个"钱包"，所以我往往一写就是一上午。这时的天气带有秋凉的意味，坐在堂屋的大门口，有凉幽幽的风吹过，门前的池塘里，蛙不时发出"咕咕"的沉闷叫声，杨树上的蝉时断时续地鸣唱，一大片稻田已经金黄，有的收割了，只剩田里一截子禾根与几大堆稻草垛，稻田那边的橘林郁郁葱葱。这样的上午，我与母亲、妹妹谈笑，又体会着写字的快乐，很快就过去了。

中午是盛筵。有鱼有肉，还有胖胖的冬瓜，烧熟了，放在黑黑的方木桌上。摆好椅子，放响鞭炮，一家人轮流敬拜祖宗，心里颂一些祝福与许愿的话。然后烧一些零散的纸钱，叮嘱他们晚上记得来领钱。

那时如果有风，纸钱烧完的灰就很快被吹散。母亲最喜欢问我们，孩子们，你们看见有人坐在椅子上吃饭吗？还是他们拿走了一些钱？我们明明看见椅子是空空的，有时也会说，嗯，看见了呢，他们坐在那儿，正吃得欢呢。母亲摸摸我们的头，开心地笑。

其实我们是期盼祖先们早点吃完，我们好快点上桌呀！这是暑期里难得的一次大餐，岂肯错过？中午吃得满嘴油油的，母亲总说不喜欢吃肉，把菜都夹到了我们碗里。

晚上就是将五六十包包满了纸钱的"包"烧到阴间去。家家户户，到七八点，都在禾场上架起草来烧，一边烧，一边抛一些泡了水的米粒，说是让野鬼找不到进来的路。有时亲人没有收到钱，还会托梦来。我常想，那些孤魂野鬼，是鬼中最可怜的，要是它们也托个梦给我，告诉我姓名，我也定为它们烧上一些。在这种出神中，村子里的火光，照亮了半边天空，情景颇为壮观。

鬼月一过，晚上大家又可以来去自由了。因为这毕竟是人间的日子。

我已有好些年没有写过包了，一想到最近的亲人是母亲，要写上"故显妣王母彭氏于人"，我的心就一阵一阵的悸痛。我只是叮嘱在家乡的父亲，千万记得署上"孝女、孝婿、孝孙"之名。

将来的某一天,我的碑上,也会刻上"故显妣彭母王氏于人",想想,不觉释怀。人终须一死,珍惜在生的岁月,死后无人"烧包",亦可瞑目也。

张惠言诗云:"芳意在谁家?难道春花开落,又是春风来去,便了却韶华?花外春来路,芳草不曾遮。"当年青涩,时光犹美,念及此诗,只觉春去春来,冬夏恍惚,年光等身,一生里最好的尘光,似乎都在过往,又似乎全在未来。如今半生将过,回首当时种种,果真是"当时只道是寻常"。

小河咀，一种河流对月亮的遥想

河湾神秘，未见已思，一念起

在经过一条狭长的河道后，船家将棹猛地往后一划，立即收起来，眼前一黑之际，乌篷船已进入"汲水港"黑洞洞的石闸里，水从船底流过，哗哗，哗哗，屏住呼吸，只听见闸洞里微微的风声，正欢喜又害怕着，眼前忽地一亮，船已出了闸，眼前水面陡然开阔，简直无边无际，河水清莹澄澈，风吹浪起，船剧烈晃动，在烟波里上上下下，似乎随时可能翻掉。

"烟销日出不见人，欸乃一声山水绿"，大抵就是这么个意思吧。

河正对面，看不到边的边，就是我的家乡，我魂牵梦萦的地方，沅江联盟村，而大河延伸向左，向右，绵绵不绝，伸向遥远的天边。年少时，我多想沿着河流去看个究竟。

我问父亲，左边通往哪里？

父亲说，李家坝。

哦，李家坝，我知道的，就是我们那儿的小镇。那右边呢？

右边呀，小河咀。方言说"小荷儿"，像在说一个美丽的女孩，小河咀是什么地方？向右边眺望，水天相接，无边无际。

到小河咀要多久？

划船怕是要两个多小时啵。

这么远！我吃了一惊，原来一条河可以流那么远。船渐渐靠近码头，看着河湾边一丛一丛茂盛的水草，我对小河咀的遥想更朦胧、更诗意，也更迫切了。可是，没有谁会在意一个儿童的想象，那时，我的世界，除了自家方圆不过三里的土地，就是沅江市区三巷口的舅奶奶家，新街的姑妈家，湖心公园一带，因为父亲总带着我在这些地方卖西瓜，或者在她们家里歇脚，吃个饭什么的。比这更大的世界从未去过，被遥指描绘的小河咀，就在那个固定而又动荡的地方，诱惑着我，在我的小小的心里生了根，发了芽。

小孩子是善忘又善记的，时间流逝，不乘船时，"小河咀"又被其他新鲜的事物取代了。冬天大雪飘飞时，父亲坐在火塘旁拨动火苗，微眯着眼，讲往事，讲着讲着，又说到了小河咀。他说，我们这一带原是要出真龙天子的呢！真龙就卧在小河咀，那里的河有十八道弯，卧藏着龙的身子，龙头就在八字墙，有一年搞建设的要在八字墙这里下桩，老班子出来阻止，说下桩就会钉到龙头，龙会被钉醒来，钉死。可年轻人不信这传说，特意选了八字墙的河口下桩，一桩钉下去，血水翻涌，大地震怒，与此同时，天上瞬间乌云滚滚，遮天蔽日，龙头受了重伤，挣扎着摇动尾巴，冲天而上，回它该回的地方去了。从此我们这个地方就断了龙脉，再也出不来人才了。

这个年代可疑的故事被父亲讲得绘声绘色，像他亲眼见过，令我深信不疑。小河咀的神秘又一次长进了我的心里。

过年时，妹妹要去她干爹家拜年，他家就在八字墙，我曾跟着去过一次，走路要翻过一大片种满了松树的山岗，弯弯绕绕半天才到。那里是与我们这里的风俗习惯完全不同的两个世界，他们桌上的腊肉黑乎乎，像没洗，吃饭的木头桌子中间开了缝，夹着平时掉进去没有清理干净的菜，灶上灰扑扑的，像几十年没有打扫过，厕所更是危险的所在，概括起来，大抵就是"贫穷落后"，但那时我并没有这样的概念，只是再也不肯去了。可是父亲无意中说了句，八字墙靠近小河咀哒，天气好的话，可以去小河咀买点鱼回，我便一下子来了兴致，那我也去。

我要去小河咀看看，可以划船带我去不？我央求父亲。

小河咀有什么好看的，无非不就是一些水？而且我们从岸这边走呢，那里又没有熟人，天又冷，大正月的，也没人打鱼啊，去干什么呢？多年以后我才明白，人长大后世界会越变越小，哪里还能理解小孩子脑子里构画的远方，以及那些奇奇怪怪的向往。

也是，去干什么呢？可我就是想看小河咀呀，为了实现这个愿望，我只好揣着一腔嫌弃，跟着妹妹去了八字墙，趁大人们吃饭聊天，一个人悄悄上堤，我想沿着河堤去寻觅小河咀。大堤上风特别大，放眼望去，河水苍茫，滚滚滔滔，雄浑辽阔，把我逼退几步，令人心生怯意。堤上也有住户，堤内零零星星坐落些低矮的民房。上个世纪80年代的农村，萧条的冬天，尽是灰白黑，像李可染的水墨画。

我不甘心，远眺，终于看到一个大湾里泊了几艘船，一颗心怦怦跳到口里，快跑过去，在岸边站定细瞧。这些船比我们平日里坐的机帆船、乌篷船都大些，有两层，下面一层进舱口用厚厚的花门帘遮着，上面一层则嵌了玻璃，隐隐约约能看到窗台上有搪瓷罐、碗筷之类，黄色木头被桐油刷得放亮，甲板像才被水洗过，洁净得反光。船舷外晾晒着几件衣服，在寒风中摇摇摆摆——他们生活在船上。这大概就是父亲嘴里的"渔家"？这种河流上船上的生活，飘荡不定，却永远有新鲜的远方在等待着他们，要是我能做这样的船家的孩子就好了。

小河咀人与我所见到的所有人不同的生活方式深深吸

引了我，令人羡慕，令我向往。然而，我一路读书出去，走过很多地方的路，看过很多地方的云，却从没有真正从我家乡的那条河，那条名叫后港湖的河，从汲水港出来，往右，划船到过小河咀。

大河磅礴，乍见欢喜，一念兴

十年，二十年，沅水与澧水，循着历史的河道日夜奔流，从未因某人的目光而改变，河流两岸，山川形胜。自居于洞庭腹地，横跨沅澧交汇大河的白沙大桥建好，连通沅江南北，桥上车影穿梭，桥下的船影淡了，远了，直到完全消失。在这些来往的车影里，常有一个我，从夫家到我家乡，从一处换到另一处工作，大桥无言，陪伴着城市变迁，也陪伴了我成长的岁月。

许多年来，每次乘车从白沙大桥上飞驰而过，我都会静默地远眺河面，这条河不是后港湖的那条，那是内河，秀丽宁静，波澜不惊，而它，是外河，雄浑壮阔，激流奔涌，连通大江大海。两河中间以大堤相隔，小河咀就在沿河道而筑的大堤两侧，处白沙大桥西南。远处的远处，便是那个我儿时一直想要去的地方，近乡情更怯吧，许多年里，我竟一次也没有哪怕是转一个弯，往那个方向去。

直到一个夏日黄昏，车再次由北往南，下白沙大桥，我忽然做了个决定，去小河咀，去几十年来近在咫尺，向往而未至之所。

然后，这个黄昏，因了这个机缘，就成了我生命里最为难忘的一个黄昏。

堤面不宽，又都是急转弯，开车光顾着看路，无法看两岸景象。到第五个大弯道处，眼前忽地开阔，只见堤外天边，一轮绯红的圆日像纸糊的一般悬在河流半空，水天交界处，天的颜色从红渐次转为青，衬着一江碧水，水面凝滞，宏阔而模糊，隐约中，可听到流向无尽的水正在发出响声。脑海中涌现出那句诗，"长河落日圆"；又想到卡尔维诺笔下的帕洛玛尔的那句话，"我只能看见颤动的浪花不停地闪动，还有赶海人在潮水退却后的沙滩上刚刚留下的脚印，正透出无情的冷光。我的目光在下意识地深入，或许，只有穿越隐藏的时光，才能看见那些深得看不见的东西"。时光流逝，岁月深沉，沧海桑田，莫过于此。

我驻足凝思，河风轻拂，夹着炎夏的热气和水腥气，访问我的每一个细胞，这让我想起了童年时的那个冬天，逆风扑面，凛冽凶猛中夹带的渔家柔和的黄色甲板。直到落日沉入水底，被这景象牵住脚步，像是点了穴一般，我动弹不得，流连忘归。

等我回过神再望向内侧，夜色的绸布已经轻轻盖下，苍绿色合围中，内湖平静的水面如同镜子，温柔地依偎着大堤。而沿岸从前那些低矮的房屋已经普遍被两层小楼代替，灯光亮起来，岁月幽深，大抵如此。

近年来，为了恢复洞庭湖生态系统，禁渔令下达，自此以后，从前那些生活在船上的人家上了岸，岸上的日常，慢慢地取代老一辈渔人漂荡于河流之上的生活。

上了岸的小河咀人，如何适应新生活模式呢？他们一朝从飘着桐油味的船上岸，没有了织网撒网的生活，没有了捕鱼卖鱼的快乐，每天打开眼睛就看到水，而赖以生存的东西却离水越来越远，上岸后土地也早已分配完毕，他们举目四望，一片茫然，一步一步，从水里挪向岸边。要打破祖先们流传下来的生活方式，过上一种全新的生活，这是挑战，也是机遇，毕竟，河流上的风雨，令他们从未真正实现过富裕。要做出改变，是艰难的，但必须做出改变，脚步就该是坚定不移的。那些曾经不停摇动的船桨，只能放下，那些曾在生活里汹涌的河流，只能在梦里追忆。而新生活给他们带来了新机遇，小河咀的人民，终究要完成对自己的传奇的书写。

在大河落日的景象里，童年时小河咀模糊的面目渐渐清晰。但作为过客，我注定了只能以旁观之姿，等待时间流驶之后更多的奇迹。我深深知道，社会变迁，绝不是一朝一夕一人一事之功，既然已经有人迈出了上岸这一步，接下来，只要对于小河咀风物、人民的关注是持续的，就一定会有更大的步子迈出来，更多的欢喜接踵而至。

历史证明，人民生活之磅礴，足以与大河之磅礴相媲美。乍见之下，小河咀呈现出比童年时更值得期待的面目。

经年之后，再见惊奇，一念繁花

我从小对水情有独钟，每每见水，只觉舒坦、酣畅、通体透明。长大后慢慢知道，是河流孕育了文明，河流是通往远方的现实，河流也是浪漫的起点，人的天性里对河流的那种亲近，源自灵台深处的本能。智者乐水，水善利万物而不争，能够将水的智慧践行下去，就一定能有奇迹发生。就我的家乡一带而言，胭脂湖、后港湖的水与沅水澧水之交的水互补，孕育了沅江这个内陆相对封闭之地的文明，而这一切最鲜明的表达，便是小河咀了。

与它有了第一次的相见，便有了此后无数次的路过、欣赏、期待、赞美。从那以后的若干次路过，我见证着小河咀十八弯的大堤堤面从水泥路到柏油路；见证着路面两旁的植物从杂乱无章到栽满白夹竹桃花树，春夏之交开得一片洁白，被堤坡的绿草坪一映衬甚是娇羞；见证着堤内民居从平房到楼房再到有着外部美化的变化。小河咀有了与沅江通衢的地利，就有了发展之机，这种发展不疾不徐，日积月累，使它慢慢有了新气象，可以想象，从渔船上岸的人民，正在适应新生活的途中。

在中国大地上处处都在发生着翻天覆地变化的时代里，

一个地方的发展纵然需要政策的机遇，也呼唤灵魂人物，去完成对传奇的书写。这个人，或是这群人在哪里呢？我思索着，寻觅着。

两千年前，沅水澧水流淌，最早的渔民背靠赤山岛，面临广阔水域，生活简单清苦，读书人不至，蛮荒的朝暮，仅仅谋生而已。

九百年前，钟相杨幺起义，从子母城延及杨阁老，在船上漂流的人眺望改变命运的机遇，终究不敢下船，于是注定置身事外，随波逐流。

三十年前，破旧简陋的渔村，百户世代捕鱼之人，习惯了风吹浪打的生活，即使身处万千变化之中，那为之思虑谋划未来的光亮，仍旧难以照亮这小小的河湾。

十年前，风潮涌起，这被遗忘的角落，终于闯入世人眼中，犹如行道上的夹竹桃，一旦开放，便淡香清雅，耀眼皎白。

数月前，一个淡泊宁静的秋日黄昏，我决定再探小河咀，让它从童年的幻梦、青年的遥想和旁观者的虚构中走出来，让我看看在乡村振兴如火如荼的时代里它最真实的模样。

就在大堤的第五个弯道处，那个曾凭借着大河落日留住我脚步的堤岸的另一侧，波澜不惊的后港湖边，绿树丛中，飞翘的屋檐若隐若现。顺着开满格桑花的堤坡而下，穿过迷雾轻笼中的凤尾竹装饰林，一线竹篱围墙中间，深褐色柴门内，灯火闪烁，门旁有以"青绿山水"配色为主的隐士山水图，上面小楷书写"苔岑·莎林小院"。我心内一惊，"苔"为苔藓，多长于石头之上，是喜水与阴凉之植，有着倔强的生存本能和生命意向，无论是"苔花如米小，也学牡丹开"，还是"苔痕上阶绿，草色入帘青"，都在含蓄的诗意中蕴藏简朴的大道；"岑"为小而高的山，山虽小却保持其崖岸高峻，也是一种坚持。"谊切苔岑"，讲的则是知己之交，将此二字如此巧妙地结合在一起，别有意味。能以《千里江山图》为底色，又自喻平凡的苔与岑，却要倔强地生长于山，相遇于山，可见小院主人胸怀的谦逊与视野的开阔。仅凭此院门，我便知，处于"乡村振兴"中的小河咀，振兴的主线里，有浓浓的"文化因子"。这不仅需要对中国传统美学有执念，还需要对小河咀的渔家文化变迁有把握。这儿的主人会是一个什么样的人呢？我满带着好奇走了进去。

循着昏黄的灯光，跌入一幅宋代庭院画里。薄暮冥冥中，一廊一阁，一桥一水，一檐一瓦，一窗一槛，简素清澈，参差错落，真有"水石潺湲，风竹相吞，炉烟方裊，草木自馨"之妙，正所谓"人间清旷之乐，不过如此"。沿梯而上，东厢落地玻璃门外有一个木制大露台，露台中央，赫然一棵参天古树冲破木板，化成一把大伞，俯视院落，黛瓦深处，隐藏着灯光与人声，自有一种繁华，轻倚栏杆向外眺望，便是后港湖的满湖碧水。此时，风若有若无，入院月亮门里的木台上，古琴声起，将一院落的语声盖住。

分明诗中意，分明画中人。在一个曾经封闭落后的渔村，建一处这样的院落，开门迎客，将文化渗入餐饮，在三餐四季，平常烟火里融进代表古代建筑与山水之美的集大成者宋代美学理念，不仅需要见识、胆量、气魄、格局，还需要天时、地利、人和。

我更好奇了，集此种种之人，为何人？在何处？意何为？

刚起念，有人来给我发矿泉水，瓶身上贴着长条状青绿背景画片，上面美术字写着"苔岑"二字。我借机说道，能否见见小院主人？

两水之畔，守拙归园，一念落

眼前这个名为谢岑的女子，忙碌一天之后，朝我走来时，我依旧感受到一股热腾腾鲜活无比的生命力。

从年少时在大学校园与她未来的丈夫相遇的那一刻起，她的一生注定了风云变幻。二十岁到三十岁的黄金十年，她从一个稚气未脱的幼师蜕变成精明强干的商人，帮助夫家莎林虾蟹拿下"湖南老字号"招牌，开出分店，成为莎林实质上的掌门人，走过了别人可能需要一生才能走完的路。这十年，她在柴米油盐的俗世生活里打滚，却从未放弃骨子里对诗和远方的追寻。

某一天，她又开始寻觅了，她背起行囊，离开家乡，走向更辽阔的天地。依托自己熟悉的产业，与"洞庭渔郎"合作，闯出一片新路，从长沙到山东，从起步到熬过疫情三年。在拿下文和友的订单后，一个转背，她又开始了新的探寻——她执意寻找一个这样的去处，从乡间到都市，从田间垄头到车水马龙，不远不近，去盛放自己的梦，以至她慢慢忘了，从哪里出发，为什么出发。

她走累了，坐在某一个晨光温柔的清晨，接到母亲的死讯。言及此，她的泪水汹涌，悔意漫溢。

她想起自己的童年，那是一段漫长而艰难的岁月，她走了很久很久，寻找了很久，在最爱的母亲离开的那一刻，所有的记忆都复苏了：她在河边长大，也终将回到河边。阿城曾说过，所谓思乡，基本上是在异乡，由于吃了异乡的食物，不好消化，于是开始闹情绪，正如她此时，走过很远的路，看遍异乡，失去母亲，才明白，她的母亲如同眼前的河流一般珍贵，她不能再失去。她也深深知道，对于从土地上随着河流漂泊的游子，乡愁是一种情结，现代人用时间构筑，她要反其道而行之，用空间去构筑。

一定是命中注定，否则何以解释恰恰就是这个时间呢？渔民上岸后，有的种瓜果蔬菜，有的南下打工，留下老人孩子的村庄，一片沉寂，但十八湾的地理优势使政府决定在此有所作为，已经建造了休闲公园，渔民文化长廊，河风习习，垂柳依依，岁月静好。

就这样，她与"乡村振兴"的大潮迎面相接，她一直寻觅的远方，此刻，随着母亲的离去，一并推到了眼前——当她站在小河咀的长堤上，大风掀动她的衣裳，向左望，向右望，水以不同的姿态召唤她，牵引她，她看到母亲的羸弱之躯，看到儿时的脸色黧黑的伙伴，就站在童年时的河畔，引领她回望她曾走过的千山万水，就在那一个瞬间，她恍如穿过了自两千年而下的时光之河，她确定，这便是她寻觅的因果。

她用双手抚摩小河咀搁浅的渔船，那些生锈的铁锚，是时间侵蚀的证据，每一丝锈迹里，都残存着过去的风声；她用双脚丈量小河咀的每一寸土地，了解这片河边贫瘠的大地最真实的肌理；她走家访户，与老一辈渔民对谈，痛他们所痛，喜他们所喜。历史人文，来龙去脉，她已了然于心。她想起了母亲生前所愿，想起了自己上下求索的若干个瞬间，一个院落的构图浮现于她的脑海，她愿意倾注自己未来的时间，将全部的智慧付予一次大胆的行动——她要践行一种与渔民文化看似悖离，实则完全融合的新餐饮形式，用小河咀的大河风光下酒，用优雅的宋代庭院点缀，用舌尖的美味留住乡愁，吸引八方宾朋，让老旧的渔村焕发全新的活力。

方案从修改到确立，她事事亲力亲为，白净的皮肤变黑了，蛮荒的土地却肥沃起来。几个月后，"苔岑"悄然问世。它步步是景，处处有新，慢慢变成了她梦中的样子，在大江大河勾勒出的天地之间，隐藏着众声喧哗。

既依托于斯，必报答于斯，让每一位村民都能有获得感，这也是她的初衷。既然做的本质上还是餐饮，食材就用村民们田里现摘的吧；既然是沐着大河与渔家风，那就以村民新鲜打捞的河鲜为主线；既然主打的是"乡愁"，那就用村民的朴素做引子；既然以"雅"为画龙点睛之笔，那就带提供食材的村民们感受文化；既然村民们是纯乎一派天然，那就随四季更替，品尝时间的韵律；既然农事有二十四节气，那就以节气饮食安顿身心健康，顺天应时，生生不息……她让村庄里每一个留在这片土地上并愿意成为苔岑的"合伙人"的村民，都成为真正的受益者。

暮云四合之际，小院中竹声与松声相应，各厢房的灯火与星空相俯仰，天地万象沉浮，浓淡相宜之中，古意悠然不尽，仿佛几千年来，堤内外水声不歇，苍茫天宇间流云聚散，由来如此。令人不由得想起一千多年前李白曾参与了的那场夜宴，"阳春召我以烟景，大块假我以文章"，"开琼筵以坐花，飞羽觞而醉月"，大抵正是如此。

小河咀，新与旧交融生辉，古老的渔村，散发出迷人的魅力。然而，我又不得不追问，诗意古韵与新时代新生活融合在一起的情怀能落地为实际，难道仅凭她一人之力可以抵达？在这片近郊的独特地域，没有心系人民的人，没有那个决定将"乡村振兴"践行到底的人，没有老百姓对她的支持，谢岑哪里来的舞台？村民如何走向富裕？

一定会有这样一个人，作为一种大胆创新、大步迈进，与民合力，激活人的潜力的存在。作为一个村庄甚至于整片土地的灵魂，这会是一个什么样的人呢？

当我与他坚毅的目光相遇，我知道，一个普通人书写传奇的时代来临了。

辽阔画卷，踔厉奋发，一念风动

近郊的村庄，磅礴的河流，大堤上贯穿胸膛的风。

无数次，踏上这片土地，悲怆与热爱撞向他冲击他，使他壮怀激烈，忧思沉沉。他构想这里本应该有的未来，如同日夜奔腾的河流对定时圆缺的月亮的遥想——抱在怀中的是虚幻，当照长空的是空茫，而月是永恒真实的存在——"人生代代无穷已，江月年年望相似"。如何让浪漫的遥想化成当下的真实？既然人类早就能登上月球，为什么他不能让理想照进现实？阿基米德说，给我一个支点，我能撬起整个地球。他想，给我一支画笔，用大胆求新、务实进取为墨，我可以画出小河咀的山河远阔，画出上岸渔民的安康富足。

年逾四十的他，大名梁成伟，是琼湖街道党工委书记，体态偏于清瘦，脸型保留着少年感，好像时时刻刻都对这个世界充满好奇，但他又常常紧锁眉头，若有所思。

一开始，他是渔民们极度抗拒的人，是他，坚决推行政府"退渔还耕"政策，要将在江河漂泊、在船上生活的一群人，召唤回陆地上，这无疑是将他们祖祖辈辈的生活方式连根拔起。为什么世代沿袭的生活方式要强行改变？他们将以何为生？他们是迷惘的，也是愤怒的，他们根本无心听他解释。

"我们不知道上岸后的经济来源是什么。"渔民李荣生说。

梁成伟对这里的村支书说了两句话，让他代为传达：一句是，为了子孙后代，我们不能再捕鱼了，按现在这个捕鱼技术，不要多久河里就没有鱼了，一条没有鱼的河还是河吗？一句是，你们信我，我一定可以让村民们上岸过上好日子，让小河咀远赛往日。

他们想想过去的贫穷，仔细想想他的话，看着他的坚定，渐渐有些松动。也许，回到岸上，真的可以？

两年之后，依托气势磅礴的大河和静美秀雅的后港湖以及近郊的地理优势，依傍国家的"乡村振兴"战略，他带领办事处，夜以继日，废寝忘食，发挥资源优势，从各方引进项目资金，建成小河咀公园，公园外，村支部、渔民文化长廊、渔业俱乐部、河中观景平台、乡村会客厅……相继建起，只等客来。大堤和村级公路两旁，近水一侧种上杨柳，另一侧则种金丝楠木、红叶石楠……路边树木青翠，河面杨柳依依，小河咀真正实现了旧貌换新颜。秀丽的风光是招徕凤凰的梧桐树，文旅成为小河咀发展经济的主打，一部分村民看到了他的决心与力量，率先投入了民宿和农家乐建设。"我要在这里建一个样板房，让大家都来看看我们小河咀村的美景"，年近古稀的老人陈腊云一改往日的执拗，推倒了原本残破的小屋，建起了新楼。而谢岑更为大胆，通过多次实地考察调研，投资千万元，将"莎林小院"落户于此。

　　果树项目引进来了，蔬菜基地建起来了。近河的土地肥沃，一旦人们开始亲近它，它便以全部的真诚捧出最好的果实。而勤劳智慧的渔民们，怎会看不到风起云动之下的大势，他们全力以赴投入上岸后的新生活中，迅速学习各种新技能，了解新产业。因为这里的农家乐和苔岑·莎林的收购，村民们的瓜果蔬菜不愁销路，甚至一到丰收季节，组织来这里的客人们上门采摘，丰富了旅客们的体验感，还省了人工。

　　如何更充分地开发利用这里的天然美景，整合全村资源，达到乡村振兴的最佳效果？他与小河咀村委会一起，夜以继日，殚精竭虑，建立了一套完善的制度，将全村山林、土地、空置房，变成土地承包权和经营权入股，实现资源变资产、现金变股金、村民变股民的飞跃，既使每一位村民都能成为小河咀真正的主人，又让他们能全心全意投入到这场建设中来。

他用心中的画笔画下最美的场景，用文旅新思路，留住了乡愁。看到小河咀在鸡鸣狗吠中苏醒，在长河落日中沉入暮色，越来越多的人来到这里，悠然漫步于河堤和果林，草坪音乐放飞思绪，宋式庭院安放灵魂。这正是他带着村民们一步一步从河里走到岸上，建设一个新局面的初衷。这个小村庄，自古而降，任谁也没有想过，渔具可能只做参观，风儒清雅也可以成为农民的一个标签。"到小河咀过慢生活"不再是口头的承诺，而是日渐成形的现实。他知道，河流遥想月亮，放飞的是诗意，月亮对河流情有独钟，收获的是热爱。他终于让每一个小河咀人的故乡，成为他们为之自豪的图腾，也让每一个来到小河咀的人安心于此，安顿好自己的灵魂，使其免于动荡和恐惧。从此，每一位村民都是主人，每一个来客既有存在感又悄然隐没于红尘，遥想起童年的点滴。"美丽乡愁"不再是一种遥不可及的存在，而是悄然地渗入每一个人的骨子里，成为沅江独特的名片。

在这条磅礴的河流边，他和村民们一起，踔厉奋发，改写了一片土地的命运。

　　若小河咀人的先祖有知，大约是要欣然微笑的吧？

　　当我终于与小河咀相遇，当我无数次亲近它，那个场景，那个童年时从汲水港出来，坐在船上遥望小河咀方向，遥想小河咀的场景，总会清晰再现。时隔四十年，沧海桑田，传说中的卧龙也早已腾空飞去，时代的画卷终究要由人民书写，也只有人民，才能成为这片河流与土地永恒的守护者，他们永远在现实中，也永远在浪漫里。